장씨세가 호위무사 1

조형근 新무협 판타지 소설

초판 1쇄 찍은 날 § 2020년 7월 28일
초판 3쇄 펴낸 날 § 2023년 12월 20일

지은이 § 조형근
펴낸이 § 서경석

편집책임 § 황창선
편집 § 박현성

펴낸곳 § 도서출판 청어람
등록번호 § 제387-1999-000006호
등록일자 § 1999. 5. 31
어람번호 § 제2-2836호

주소 § 경기도 부천시 부일로 483번길 40 서경B/D 3F (우) 14640
전화 § 032-656-4452 팩스 § 032-656-4453
E-mail § chungeorambook@daum.net

ISBN 979-11-04-92221-3 04810
ISBN 979-11-04-92220-6 (세트)

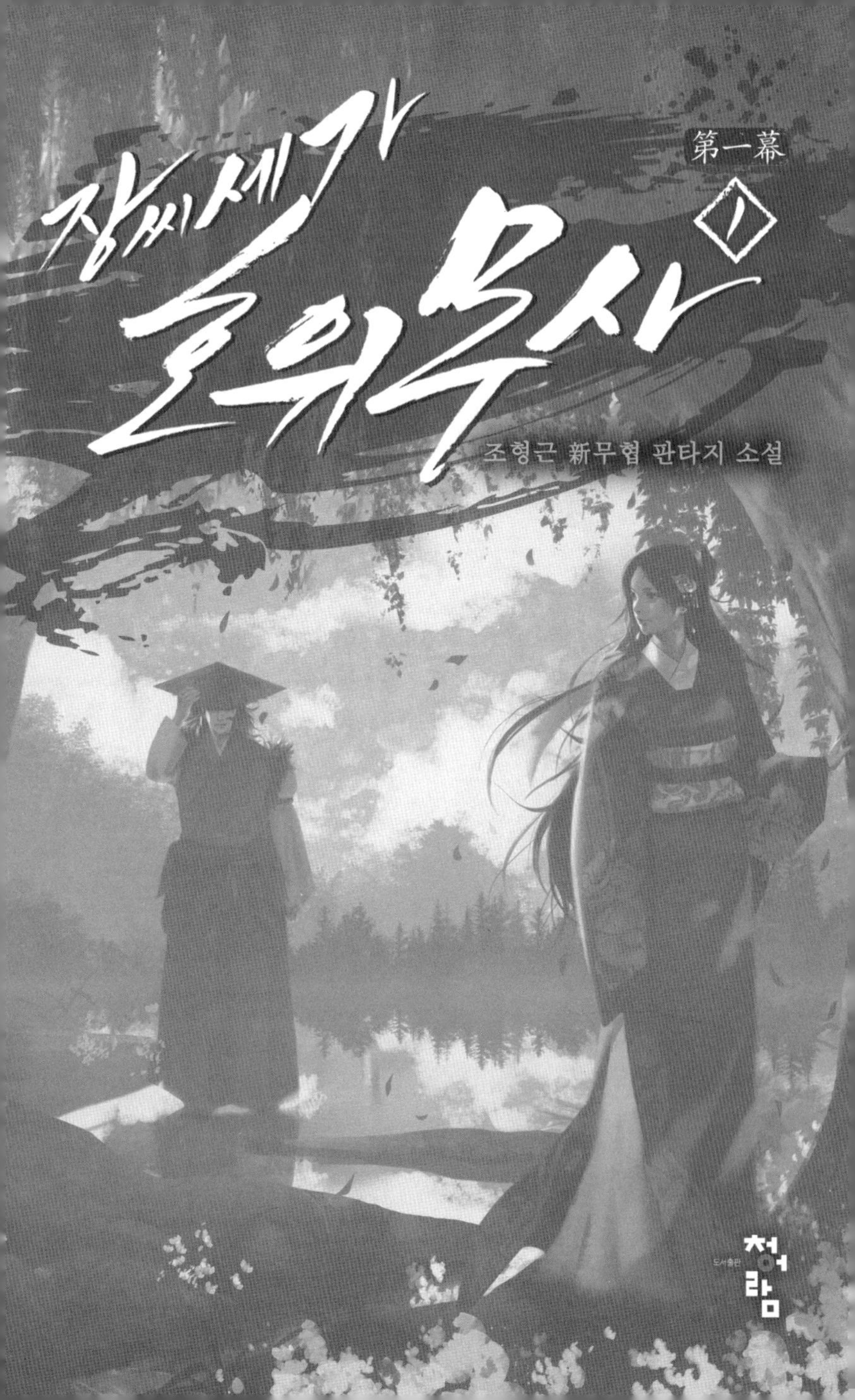
장씨세가
호위무사
第一幕
1
조형근 新무협 판타지 소설
도서출판
청어람

목차

序章

가주께서 이 첩지를 보고 있을 때쯤엔 저는 이곳에 없을 겁니다. 아마도 구현(邱縣) 땅을 지나 이름 모를 마을에 당도해 있겠지요.

가주께서 심려하실 걸 알면서도 이리 한 달씩이나 자리를 비우는 저를 용서해 주십시오.

그러나 기회가 지금밖에 없다고 생각했습니다.

횡액의 불길이 들불처럼 번지고 도처에 비명 소리가 끊이지 않는 이때에 어쩌면, 그 사내라면 믿어볼 수도 있겠다는 생각을 해보았습니다.

그를 데리고 올 수 있을지 장담하진 못합니다.

어릴 적, 소인이 베푼 약간의 은정(恩情)을 믿고 가는 것이기에 그렇습니다.

먼 길을 떠나면서 이리 말할 수밖에 없는 저의 무능함을 용서하십시오.

하지만 감히 약속할 수 있습니다.

그는 소인이 아는 자 중에선 제일 강했던 사내였습니다.

그가 우리 장씨세가로 온다면 분명 큰 힘이 될 것입니다.

지켜봐 주십시오.

반드시 좋은 소식으로 찾아뵙겠습니다.

황주일 배상.

第一章

인연

비가 추적추적 내리는 그 시각.

한 노인이 이름 모를 산속을 걸어가고 있었다.

꽤 긴 시간을 걸었는지 그의 얼굴은 수척했다.

눈앞을 어지럽히는 비바람과 짙은 어둠.

엉겨 붙은 흙으로 눅진해진 신발은 거동조차 쉽지 않을 정도로 그를 괴롭혔다.

하지만 노인은 앞을 가늠할 수 없는 안개 속에서도 발을 헛되이 놀리지 않았다.

그렇게 반 시진쯤 지난 때였을까.

그는 반쯤 쓰러져 가는 모옥 앞에 멈춰 섰다.

반쯤 기울어져 있는 대문에 창이라곤 찾아볼 수 없는 건물.

나름의 경계라 만든 울타리도 빗물 때문인지 반쯤 뜯겨 나가 있었다.

적막함보다는 삭막함을 먼저 떠올릴 만한 곳이었다.

"여긴가?"

노인은 품속에서 지도 한 장을 꺼내 장포(長袍) 안에 숨겨놓 았던 불빛을 비춰보았다.

그러다 이내 고개를 끄덕이곤 지도를 품속에 갈무리했다.

그 후, 그는 무너진 울타리를 넘어 마당 안으로 들어섰다.

뚝. 뚝. 뚝.

빗소리는 삽시간에 잦아들었다.

모옥의 지붕에서 시작된, 빛을 가리기 위해 만든 차양 때문이 다. 햇빛 가림막은 노인이 들어선 마당까지 덮고 있었다.

풀럭풀럭.

노인은 입고 있던 장포를 벗으며 털어냈다. 그리고는 바닥에 굴러다니는 굵은 나뭇가지 하나를 집어 들었다.

"후우."

장포와 죽립을 벗으며 노인은 한숨 돌렸다는 듯 숨을 크게 내쉬었다.

그리고 이내 나뭇가지를 땅에 박아 고정한 뒤 옷과 죽립을 걸고 주변을 둘러보았다.

노인의 눈은 우측 가장자리에 먼저 머물렀다. 거기에는 허리 높이 정도의 돌탑이 자리하고 있었다.

대략 반 자 높이의 둥근 돌로 보기 좋게 쌓아놓은 모습이었다.

노인이 시선을 조금 돌리자 건물 오른쪽에는 사람의 허리 높이만 한 거대한 동이가 있었다.

음식물을 저장하는 곳이라 말하기엔 너무 컸고 술통이라 말하기에도 지나칠 정도였다.

노인은 집 주위를 천천히 둘러보았다. 그러던 중 한쪽 바닥에 떨어진 나뭇잎들을 발견했다.

어디에 쓰려는지 용도를 알 수 없는 나뭇잎들은 꽤 많은 양이 한데 묶여 있었다. 그냥 지나치려던 노인은 그곳에서 뭔가를 발견한 듯 천천히 걸어갔다.

"이건……."

나뭇잎을 주워 들던 노인은 눈썹을 꿈틀댔다.

떨어진 나뭇잎 마디를 손으로 만져본 그는 이내 고개를 끄덕였다.

본 것이다.

듬성듬성한 길이와 제각각의 폭.

바닥에 대고 자른 것이 아니라 떨어지는 나뭇잎을 칼로 벤 흔적이었다.

차양으로 친 장막의 끝 지점, 노인의 키보다 세 배나 큰 회화나무가 그것을 증명해 주었다.

"삼류……."

노인은 주저 없이 판단했다.

자신이 고수라서가 아니었다. 이 정도 칼 솜씨는 자신 역시 충분히 해낼 수 있다는 생각이 들어서였다.

한참 동안 생각에 잠겨 있던 그는 자리에서 일어나 다시 주위를 둘러보았다.

"응?"

마찬가지로 조금 떨어진 곳에 나뭇잎이 한데 묶여져 있었다. 그런데 그것은 좀 전에 본 것과는 모양이 달랐다.

그는 이번에도 그곳으로 다가가 안을 열어보았다.

"이건······."

완벽한 솜씨였다.

일정한 간격으로 잘린 이파리는 마치 측량기로 잰 것처럼 정확하고도 완벽한 모습이었다.

"과연 뛰어나구나."

노인은 솜씨를 부린 상대를 인정했다.

이 정도는 자신 같은 삼류 무인이 해낼 수 없다는 걸 본능적으로 느낀 것이다.

아마도 본가의 일 공자(一公子)쯤 되어야 가능하리라.

그는 만족스러운 표정을 지은 뒤 자리에서 일어섰다. 그리고는 그 뒤쪽 한 그루 더 남아 있는 회화나무로 걸어가 다시 한번 올려다보았다.

어둠 때문에 그로서는 얼마나 높은 나무인지 눈으로 확인할 수 없었다. 대신 무수히 많은 잎이 매달려 있다는 것만은 알 수 있었다.

그렇게 뒤돌아서려던 찰나, 노인은 또다시 멈칫했다. 바닥에 떨어진 잎들이 눈에 들어온 것이다.

그는 그 순간 눈을 의심했다.

나뭇잎들이 촘촘하게 잘린 정도가 아니라 마치 짚처럼 갈가리 잘려 나간 흔적이 남아 있기 때문이었다.

"대체 이건……."

그때였다.

서늘한 바람과 함께 낯선 사내의 목소리가 노인의 등 뒤에서 흘러들어 왔다.

"오셨습니까, 어르신."

$$* \qquad * \qquad *$$

탁탁.

자갈이 부딪치는 몇 번의 소리와 함께 매캐한 연기가 서서히 피어올랐다.

장신의 사내는 미리 엮어둔 나뭇잎들을 한데 모아 불을 붙였다. 그러고는 숙련된 움직임으로 불씨를 살려 불을 피워냈다.

불길이 조금 일자 사내는 어깨에 멘 붉은 활과 단검 하나를 바닥에 내려놓았다. 그 뒤 오늘 잡은 튼실한 노루 한 마리도 같이 내려놓았다.

이미 피는 뺐는지 배 속은 꺼져 있었고 눈은 하늘로 치켜 올라가 있었다.

불이 번지며 치솟자 훤칠한 사내의 얼굴이 더욱 선명하게 드러났다.

헝클어진 머리카락과 달리 이목구비가 뚜렷하고 눈망울이 맑아 뭇사람들이 정감을 가질 법한 얼굴이었다.

"오신 줄 알았다면 더 큰 놈으로 잡아 올 걸 그랬습니다."

"마음만 받으마."

"어찌 마음뿐이겠습니까. 어르신이 제게 베푸신 것이 있는데 말입니다."

"허허허, 말이라도 고맙구나."

노인은 시선을 돌렸다. 미소를 감춘 것이다. 하지만 그의 얼굴에는, 오랜 시간이 흘렀음에도 자신을 그리 생각하는 사내에 대한 고마움이 함께 묻어 있었다.

잠시 뒤 그는 사내를 다시 바라보고는 입을 열었다.

"어때, 여기서 지낼 만한가?"

"괜찮습니다."

"산속이 깊어 인적이 드물겠더구나. 혼자 살기엔 힘들지 않겠느냐?"

"그만큼 해를 끼칠 것도 없으니 더 좋은 것이 아닙니까."

"그렇구나. 그 점을 생각지 못했구나."

노인은 다시 시선을 돌렸다. 차양 끝 무너진 울타리를 보던 그가 다시 입을 열었다.

"한데 난 줄 어떻게 알았나?"

"일부러 입구에 옷을 걸어두지 않았습니까."

"그러긴 했어도 온다고는 한 적이 없었는데……."

"여길 아는 자가 어르신밖에 없습니다."

"그것도 그렇구나."

노인의 머릿속엔 사내의 단순한 논리에 반박할 거리가 떠올랐지만 그는 굳이 그걸 말하지는 않았다.

잠깐의 침묵이 흘렀다.

오랜만에 만난 노인은 사내를 어색해했다.

그에 반해 사내는 침묵 뒤에 이어질 노인의 말을 기다렸다.

그때 탁 하는 소리와 함께 불꽃 하나가 튀었다. 그리고 그와 동시에 큰 불길이 일었다.

'아니겠지.'

모닥불을 보던 노인은 잠시 생각에 잠겼다.

불길이 일기 전까지만 하더라도 사내가 짚으로 불을 피워낸 줄 알았다. 나무 곁에 지푸라기 같은 것이 묻어 있는 모습을 보았기 때문이다.

하지만 불길이 일고 주위가 환해지자 노인은 자신의 생각이 틀렸다는 걸 깨달았다.

손목까진 튄 파편에서 티끌만 한 간격으로 잘려 나간 잎.

조금 전 회화나무 밑에서 본 잎사귀보다 몇 배는 더 작고 가는, 사람이 벴다고는 생각할 수 없는 간격의 잎줄기였다.

만일 이것을 그가 한 것이라면…….

"한데, 무슨 일로 오셨습니까?"

사내가 묻자 노인은 상념에서 빠져나와 자신의 오른쪽 무릎을 매만지며 그를 바라보았다.

말하기 힘든 것을 꺼낼 때나 몇 번을 곱씹을 때, 노인이 종종

하는 버릇이었다.

잠시 뒤 다시 사내와 시선이 마주치자 그는 생각을 정했는지 속내를 털어놓았다.

"날 좀 도와주게나."

*　　*　　*

사내는 모닥불 속에 집어넣으려던 나뭇가지를 바닥에 내려놓았다. 구부정하던 자세도 바로 폈다.

그의 눈빛 역시 조금 전보다 진중해져 있었다.

"어디서부터 말을 꺼내야 할지……."

노인은 힘들어했다.

여러 갈래로 엉킨 실타래를 푸는 사람처럼 어느 것부터 말을 해야 할지 갈피를 잡지 못했다.

하지만 그는 이윽고 얘기를 꺼냈다. 그 시점은 작년 중추절(中秋节)이었다.

"연회가 있었네. 몇 달 전 사사건건 간섭해 오는 석가장이 우리를 위해 연 집회였지. 맹(盟)에 있었다 했었지? 그럼 그곳이 어떤 곳인지 알 테군."

사내는 고개를 끄덕였다.

"하북(河北)을 남과 북으로 갈랐을 때 남에서 가장 유명한 세가라고 들었습니다."

"맞네. 하지만 무가로선 그렇지 세력으로 보자면 그렇지 않

아. 석가장이 두 개의 지주(地主)와 여섯 개의 현(縣)을 관리하고 있다면 우리 장씨세가는 네 개의 지주와 열 개의 현을 관리하고 있지. 거의 두 배에 맞먹는 숫자지.”

말을 하던 노인의 목소리가 높아졌다. 은연중 자긍심을 표출하고 싶어 했던 것이리라.

“규모가 큰 만큼 세가에 딸린 식구는 많네. 직계만 해도 이백여 명에 방계는 무려 삼백이 넘지. 단일 세가로선 가히 오대세가에 비견될 정도로 큰 세가네. 험험. 얘기가 샜구먼. 미안하네. 나이가 들어서.”

노인은 다시 말을 이었다.

“아무튼 그들은 우릴 초청했네. 그간의 오해를 풀고 강호의 번영과 발전을 위해 잘해보자는 의미였네. 그래서 그들의 초대를 받고 갔네. 순진했던 거지. 석가장주의 말을 곧이곧대로 믿어버렸으니까.”

순간 노인의 시선이 허공으로 향했다.

“나뭇가지에 걸린 초승달이 유난이 밝아 보일 때였지. 담을 넘어 들이닥친 복면인에 의해 장씨세가의 정예 고수 오십 명은 그 자리에서 무참히 도륙되었네. 혹시나 하여 일 공자와 삼 공자의 호위를 위해 자리를 메웠던 무사들까지 공자들과 함께 죽었어. 당시 살아남은 사람은 넷으로 가주님과 나, 이 공자 그리고 장련(張蓮) 아가씨뿐이었네.”

노인의 눈썹이 파르르 떨렸다.

그때의 기억이 떠올랐는지 그의 시선은 바닥을 향하고 있었다.

따딱따딱.

비가 그쳤는지 주위는 조용했다.

그래서 그런지 모닥불 소리가 그들의 귓가에 유독 크게 들려왔다.

노인과 사내는 서로 다른 곳을 바라보며 한동안 말이 없었다.

노인은 상기되는 아픔을 삭이느라, 사내는 그런 노인을 기다리느라 침묵했다.

투툭.

사내가 조금 전 모닥불에 던지려던 나뭇가지를 집어 들었다. 그리고는 그것을 불길 속으로 던짐과 동시에 말을 꺼냈다.

"맹에는 도움을 청해보셨습니까?"

사내의 말에 노인은 담담히 대답했다.

"해보았네."

"뭐라덥니까?"

"진상을 파악할 때까지는 기다리라 하더군."

"기다려라… 그뿐이었습니까?"

"그렇네. 기다리라고 했네."

사내는 더는 말을 잇지 않았다. 그 뒤로 그들이 무슨 판단을 했을지 누구보다 잘 알았다.

기다리라.

지금에 와서 그 의미는 하나였다.

맹에서 석가장을 인정하기로 한 것이다.

"그러니 내 이렇게 부탁함세."

노인은 기다렸다는 듯 강렬한 눈빛과 함께 다시 한번 말했다. 하지만 사내는 노인의 시선과 마주하지 않았다.

사내는 그의 인중 밑으로 시선을 내린 채 조용히 침묵하고 있었다.

"다른 부탁은 하지 않겠네. 전장에 나가 싸우라 하지 않겠어. 그저 시간이라도 벌 수 있게 도와주게. 마침 하북에 연이 닿은 세가에게 도움을 요청 중이네. 그 문파가 도와준다면 석가장은 충분히 막을 수 있네. 그러니 그때까지만 힘을 좀 보태주게."

'하북팽가(河北彭家)……'

사내의 머릿속엔 한 세가가 떠올랐다.

오호단문도(五虎斷門刀)란 도법으로 중원 전역까지 명성을 떨친 명문 중의 명문세가.

오대세가의 한 자리를 꿰찬 하북의 실질적인 주인이 바로 그들이었다.

"죄송합니다, 어르신."

사내는 바로 답했다. 처음부터 그런 결정을 하기로 정한 것인지, 그의 대답은 그만큼이나 빨랐다.

"이유를 물어봐도 되겠는가?"

노인의 눈엔 큰 실망감이 어렸다. 예상은 했었지만 이렇게 직접 들으니 아픔이 배로 다가온 것이다.

"이제껏 누굴 지켜본 적이 없습니다. 그러니 큰 도움이 되지 못할 것입니다."

"그런 건 상관없네. 과거 자네가 어떤 일을 했는지 모르지만 이건 말할 수 있어. 임무를 수행했던 자와 호위무사의 차이는 단 한 가지. 목표가 정해진 것과 정해지지 않는 것. 단지 그 차이뿐이네."

노인의 말에도 사내의 표정은 어두웠다. 여전히 생각을 꺾지 않은 모습이었다.

그 모습에 노인의 눈빛에는 불안이 어렸다. 어쩐지 거절당할 것 같은 느낌을 받았기 때문이다.

"어르신, 사실 그 이유 말고도 하나 더 있습니다. 이제는 칼 쓰는 일은 하고 싶지 않습니다. 사람을 죽여서까지 다른 사람을 살리는 일이라면 더더욱 말입니다."

노인이 잠시 침묵했다.

그저 고개를 숙인 채로 다른 곳을 말없이 응시하고 있었다.

텁텁한 공기가 부담스러워질 무렵, 노인은 품속으로 손을 집어넣었다.

그러고선 서책 한 권을 꺼내 사내에게 건넸다.

"이게 뭡니까?"

사내는 영문을 모른 채 서책을 받아 들었다. 노인이 별말 없이 자신을 바라보자 그는 잠시 머뭇거리더니 책장을 넘겼다.

때마침 이를 기다린 듯한 노인의 목소리가 흘러나왔다.

"첫 장엔 석동(石東)이란 아이가 있네. 올해 열네 살이 되고 산의 약초를 캐는 일을 하네. 책임감이 강해 약재가 모자라면 밤에도 서슴없이 산을 타는 아이지. 석강식(石江植)의 아들로 방계 쪽 사람이야. 두 번째 장엔 개윤(開倫)이란 아이가 적혀 있을 거네. 올해 열네 살로 다섯 살 때부터 짚더미를 모아 생계를 유지하고 있지. 아버지는 개홍익(開紅益). 그 역시 방계 쪽 사람이야. 세 번째 장은 장대식(張大湜). 올해 열다섯 살로 직계인 장춘몽(張椿夢)의 둘째 아들로 태어나……."

"지금 무슨 말씀을 하시는 겁니까?"

약간 불쾌해진 듯 사내의 눈썹이 올라갔다. 노인이 뜻을 알수 없는 말을 계속 쏟아냈기 때문이다.

그 순간 노인은 기다렸다는 듯 눈을 치켜떴다.

"삼백 명의 목숨일세."

"……."

"자네가 가면 어쩌면, 살 수도 있는 목숨의 수 말일세."

그 말에 사내의 눈이 커지며 다시금 서책으로 이동했다. 장부로 보이는 서책 앞에는 인명록(人名錄)이란 글귀가 쓰여 있었다.

"싸울 줄 모르는 방계와 직계의 사람들만 삼백이야. 아니, 더있을 수 있네. 그 많은 목숨이 사라지는 걸 가만히 앉아서 볼수 없지 않나. 애꿎은 목숨이라도 살려야 하지 않겠나."

그 말에 사내의 눈빛이 싸늘하게 변했다.

강요하는 노인의 말투가 불쾌감으로 이어진 것이다.

"어르신, 모르셨습니까?"

"……."

"강호란 곳은 그런 곳입니다. 생존할 힘이 없으면 명분도, 대의도 없어지는 그런……."

"자네!"

노인은 고성을 지르며 자리에서 일어났다.

어느새 그의 얼굴도 붉게 물들어 있었다.

"힘이 없으면 다 죽어야 하는가! 힘 있는 자에게 죽어야 하는 것이 강혼가! 자네는 태어날 때부터 강했던가! 자네의 아비는? 어미는 태어날 때부터 강했던가!"

노인은 목소리는 점점 격양되었다.

"우리가 지금 살아 있는 것은 우리가 모르는 다른 누군가가 도움을 주었기 때문에 가능한 것이야. 자네가 살아 있는 것도 내가 살아 있는 것도 많은 다른 사람들이 도움을 주었기 때문에 비로소 가능했던 것이야!"

사내가 자신의 말을 경청하지 않는다고 생각해서였을까.

노인의 목소리는 더욱 커졌다.

"착각하지 말게. 사람들이 진정 원하는 것은 절실히 도움이 필요할 때 손을 내미는 것이라네. 이따위 노루나 잡아 농경지에 피해를 막는 것 따위는 도움이 아니야. 마을 어귀에서나 볼 만한 돌탑을 쌓아 죽어간 자들에게 기도하는 것은 더더욱 아니란 말일세."

사내는 아무 말이 없었다.

자기가 했었던 일들을 거론하는 노인의 말을 듣고서도 묵묵히 앉아 있었다.

잠시간의 침묵이 일었지만, 조금 전과는 분위기가 달랐다.

사내는 자리에 앉아 있었고, 그를 더는 설득할 자신이 없는 노인은 자리에서 일어섰다.

사박.

노인은 뒤돌아서서 나뭇가지에 있는 옷과 죽립을 몸에 걸쳤다.

무거웠다.

비를 뚫고 여기까지 왔을 때보다 비가 그친 듯한 지금이 몇 배는 더.

"첫 장에……."

노인은 걸음을 옮기나 싶더니 이내 멈추었다.

그러고는 여전히 앉아 있는 사내를 향해 말을 이었다.

"석동이란 아이를 기억하는가? 오 년 전… 자네가 초주검으로 발견되었을 때 자네를 가장 먼저 발견한 자가 바로 그 석동이란 아이일세."

"……."

"인적도 없는 그 깊은 산속에서 쓰러진 자네를 발견했네. 그러고는 나에게 달려와 그곳으로 안내했지. 그때 그 거리가 얼마인지 아는가? 자그마치 이십 리야. 왕복으로 합치면 무려 사십 리일세!"

노인의 착각일까.

그의 눈에는 사내의 몸이 꿈틀대는 것 같았다.

"건장한 사람도 쉽지 않은 거리를 열 살도 채 되지 않는 아이가 뛰어와 얘기했네. 숨이 턱 밑까지 차오르는 와중에도 자넬 살려달라고 사정했네."

"……."

"웃기지 않는가? 약한 아이가 자네를 살렸네. 자네가 말한 그

약한 사람들이 자네를 살린 걸세! 자네가 지금 나와 볼 수 있는 것은, 이렇게 얘기를 나눌 수 있는 것은 바로 그 약한 사람들이 우리들 곁에 있었기 때문이야."

"……."

"기억하게. 강호도 사람이 살아가는 세상일세."

노인은 품속에 손을 집어넣었다. 그러고는 다시 바닥에 내려놓았다.

"그럴 리 없겠지만……."

"……."

"혹시라도 도중에 마음이 변하게 된다면 오게. 이건 우리 장씨세가로 오는 지도네."

그 길로 노인은 떠났다.

더 이상 돌아보지도, 말을 꺼내지도 않았다.

노인이 정말 미련 없이 떠났는지, 미련이 없던 것처럼 보이려 한 것인지 사내로선 알 수 없었다.

어쨌든 그는, 정말로 떠났다.

얼마나 지났을까.

모닥불이 모두 타고 재만 수북이 남았을 때 사내가 움직였다.

정확히는 지금까지 시선을 떼지 못하고 있던 서책을 주워 든 것이다.

'석동…….'

사내가 모르는 이름이다.

그는 이제껏 죽을 고비를 수차례 넘겨왔고, 반시체가 되었다가 살아난 적도 부지기수였다.

그러나 사내는 노인이 거짓말을 하지는 않았을 거라 생각했다. 그렇다면 분명 그의 기억에 있을 것이다.

"죽으면 안 돼요, 아저씨."

한참을 머리를 쥐어짠 그는 왠지 아이의 울음소리일지도 모르는 목소리 하나를 기억해 냈다.

툭.

사내는 들고 있던 서책을 모닥불에 던져 버렸다. 아직 채 꺼지지 않은 불씨가 순식간에 종이를 태워 버렸다.

이를 묵묵히 쳐다보던 그는 돌탑으로 몸을 돌렸다.

"……"

돌탑 앞에 선 사내는 무언가를 생각하는 듯 말이 없었다.

그러다 이내 천천히 두 손을 내밀며 절을 하기 시작했다.

세 번의 절을 한 뒤 그는 무릎을 꿇었다.

"용서해라."

경건한 자세로 말하고는 그는 자리에서 일어났다. 돌탑 앞에 선 그는 둥근 돌을 조심스레 바닥에 내려놓기 시작했다.

시간이 걸렸다. 돌의 양은 많았고, 그의 행동은 느렸다.

꽤 긴 시간 동안 모든 돌을 치운 사내는 그 아래 있던 모래 흙을 파내기 시작했다.

일정량을 파내니 거기엔 사람 키 높이만 한 목함(木函)이 있었다.

사내는 그것을 꺼내 바닥에 내려놓고는 뚜껑을 조심스레 열었다.

사락.

도인지 박도인지 알 수 없는 기형도 하나, 자루의 형태가 사(ㅅ) 모양으로 꺾인 검 하나가 서로 엇갈린 채 놓여 있었다.

그리고 그 우측엔 무기의 이름을 알려주는 표식 하나가 들어 있었다.

구마도(究魔刀).

괴구검(怪究劍).

무림맹에서 살수를 저격하기 위해 최초로 창설된 살수 암살단 두 번째 생존자 광휘(光輝).

임무를 끝내고 세상에서 숨은 지 삼 년 만에 그는 다시 구마도와 괴구검을 손에 쥐었다.

第二章

만남

　장씨세가는 새벽부터 사람들로 북적댔다.

　이른 아침부터 사람들이 움직이는 것은 이상한 일이 아니나, 오늘같이 그들이 분주했던 적은 거의 없었기에 낯선 풍경을 연출했다.

　외부 영입 인사는 이번이 두 번째였다.

　하지만 무게감은 그 이전과 조금 달랐다.

　예전에 온 인사들은 장씨세가가 하북 내에서 초빙한 고수들이었다.

　실력이 뛰어난 것이야 의심할 여지는 없었지만, 중원 전체에 비해 그들의 명성이나 이력이 장씨세가에 크게 와닿지 않는 것 또한 사실이었다.

하지만 이번은 출신부터가 다르다.

하북에서 알려진 자들이 아닌 타지방의 고수.

거기다 그들은 하남 이십이수(二十二秀)라는 상징적인 직급 체계, 화산파 속가제자 등 누가 들어도 그 수준을 짐작할 만한 이력들을 가지고 있었다.

그 때문인지 이른 아침에도 많은 사람들이 장씨세가 내원으로 향했고, 일 때문에 가지 못한 사람들도 그들의 얘기로 쑥덕댔다.

밖의 풍경과는 다르게 대상전(大上殿) 주위에는 엄숙한 분위기가 흘렀다.

연무장 위에 있는 세 명의 사내가 가주를 향해 자신을 소개하고 있기 때문이었다.

"곡전풍(曲巓風)이라 합니다. 장씨세가가 위기에 처했다는 얘길 듣고 곧장 달려왔습니다. 이렇게 뵙게 되어 반갑습니다."

그는 당찬 자세로 자신만만하게 포권했다.

대전의 엄숙한 분위기와는 달리 그의 얼굴에는 여유가 감돌았다.

"잘 왔네. 나는 장원태(張原太)라고 하네."

단상 위에 앉은 가주 장원태는 그를 반갑게 맞이했다.

곡전풍의 우직하고 늠름한 모습에 장원태의 입가엔 절로 미소가 떠올랐다.

곡전풍이 뒤로 몇 발짝 물러나자 이번에는 다른 사내가 가주 앞으로 다가가 포권을 했다.

"황진수(黃眞手)라고 합니다. 미력하게나마 힘을 보태고 싶어 왔습니다. 잘 부탁드립니다."

대답은 짧았고 눈빛은 강렬했다.

하나, 장 가주는 그 모습도 싫지 않은지 고개를 끄덕이며 밝게 웃었다.

"잘 와주었소."

두 명의 소개가 끝나자 뒤쪽에서 이를 지켜보던 이 장로의 표정이 급격하게 밝아졌다.

가주의 반응에 내심 기분이 좋아진 것이다.

그가 추천한 곡전풍과 황진수는 어디에 내놓아도 부족함이 없는 뛰어난 무인이었다.

그 넓은 하남 땅에서 이십이수라 하면 다들 혀를 내두를 정도이니, 그 정도 인물을 데리고 온 이 장로의 기분이 좋지 않을 수가 있겠는가.

두 명의 사내가 물러서자 이번엔 맨 우측에 있던 사내가 걸어 나와 부복했다.

그의 입에선 곡전풍, 황진수보다 좀 더 묵직한 목소리가 흘러나왔다.

"능자진(凌子辰)이라고 합니다. 십여 년을 강호에서 활동했고 그사이 세가나 문파의 식객으로도 머문 적이 있습니다. 이번에 장씨세가의 사정을 듣고 무인 된 자로서 가만있을 수 없었기에 찾아뵙게 되었습니다."

그의 키는 곡전풍보다 조금 작았지만, 동작이 절제되어 있고 눈빛이 강렬해 뭔가 비범한 느낌을 자아냈다.

거기다 이목구비도 뚜렷해 누구든 호감을 가질 만한 무인이었다.

또다시 가주의 얼굴이 밝아지자 이번엔 삼 장로가 미소를 띠었다.

능자진을 영입하기 위해 공을 들였던 몇 달이란 시간이 그의 머릿속에 주마등처럼 스쳐 지나간 것이다.

"흐음."

세 명의 소개가 끝나자 장 가주는 대상전 주위를 다시 한번 둘러보았다.

사내들 옆으로 총관인 장태윤(張太尹)이 서 있었고 그를 기준으로 양쪽엔 다섯 명의 장로와 네 명의 당주들이 자리를 채우고 있었다.

그가 시선을 좀 더 멀리 두자 일찍이 연무장에 들어온 백여 명의 사람들이 그의 눈에 보였다.

그리고 연무장 우측 아래에는 그의 직계가족이 한데 모여 그를 바라보고 있었다.

가장 앞쪽에 앉은 자는 상당히 수려한 인상에다 기품 있는 청년 이 공자였다. 그리고 그 옆에 가주의 숙부인 장원기(張原基), 장운석(張雲石), 딸 장련이 차례대로 앉아 있었다.

그리고 마지막으로 그 뒤쪽에 장원태가 시선을 돌리자, 거기에는 뻣뻣한 자세로 서 있는 황 노인이 보였다.

그는 가주를 보자마자 급히 고개를 숙였다.

서신을 남기고 간 일이 아직 마음에 남아 있는 모양이었다.

'차라리 잘된 것일지도⋯⋯.'

장원태는 황 노인이 그가 찾던 사내를 데려오지 못했다고 했을 때 다른 의미로 기뻐했었다.

선친 때부터 장씨세가에 있던 그이지만, 그렇다 해도 가주인 자신이나 발이 넓은 여타 장로들보다 뛰어난 고수를 알 리는 없었다.

그러니 괜한 사람을 초빙하느니 오히려 아무도 데려오지 않는 것이 모든 면에서 나았다.

장원태는 생각을 접고 다시 눈앞에 있는 사내들을 바라본 뒤 입을 열었다.

"먼 길을 달려와 주셔서 감사하게 생각하오. 본 가는 세 분께 전폭적인 지원을 아끼지 않을 것은 물론이거니와 일 년 동안 식비, 임무 수당을 별도로 한 은 다섯 냥을 매달 내어줄 생각이니 부디 우리 세가를 위해 힘써주시길 바라오."

장 가주의 말에 곡전풍, 황진수, 능자진의 얼굴에는 은은한 미소가 번졌다.

한 달에 은 다섯 냥.

일 년이면 육십 냥이나 되는 엄청난 액수였다. 거기다 식비를 포함한 임무 수당까지 별도로 붙는다고 했다.

예상은 하고 있었지만 굉장한 액수에 그들은 속마음을 숨기지 못했다.

사실 재력은 장씨세가의 가장 큰 힘이라 해도 무방했다.

석가장보다 무인과 인재들은 부족했지만, 그것을 극복하게 했던 것이 자금력이었다.

네 개의 지주(地州)와 열두 개의 현(縣) 안에는 강호인들 사이에서 입소문이 난 세 개의 대객잔이 있다.

어디 그뿐이랴. 장씨세가는 중원에 이름이 오르내릴 정도로 유명한 팔대상단 중 유정상단과 거래도 하고 있었다. 거기다 이름 모를 상단과 중소 상회를 합치면 그 거래처의 수가 무려 서른 군데를 넘었다.

거기다 관에 뒷돈을 내긴 하지만 하북에서 알아주는 삼룡표국과 남산표국이 장씨세가에 통행세를 낸다.

규모로는 석가장을 능가한다는 것이 거짓이 아닌 셈이었다.

장원태는 말을 이었다.

"본 가는 위기에 처해 있는 와중에 그대들 같은 고수를 마주하여 매우 기쁘오. 혹시 실례가 안 된다면 모인 세 분께 한 가지 제안을 드리고 싶소만."

사내들의 시선은 장 가주에게 향했다. 제안이란 말에 궁금증을 띤 것이다.

"사실 나와 장로들, 당주들은 그대들이 어떠한 분들인지 충분히 알고 있소. 하나, 여기에 모인 본가의 사람들은 그대들이 어떤 분들인지 잘 알지 못하오. 해서 세 분이 아랫사람들에게 견문을 넓힐 기회를 주었으면 하는데 어떻게 생각하시오? 물론 그대들에게 지급할 금액과는 별개로 기쁨의 사례를 하겠소."

"저는 좋습니다."

가주의 질문이 끝나자마자 곡전풍이 가장 먼저 동의했다.

입가에 걸린 미소를 보니 아마도 사례라는 말에 마음이 동한 듯했다.

뒤이어 사내들도 포권을 하며 긍정 의사를 표했다.

"그럼 제가 먼저 하겠습니다."

다른 사내들과 나란히 서 있던 곡전풍은 먼저 걸어 나갔다. 여덟 걸음을 움직인 그는 주위를 향해 간단한 자세로 읍을 해 보였다.

순간 대상전 안의 모든 시선이 그에게로 집중되었다.

타지방 고수라는 것과 하남의 이십이수라는 명성.

그것이 과연 어느 정도일까 하는 호기심 어린 눈빛이었다.

그런 기대에 부응하려는 듯 곡전풍은 천천히 자신의 검 자루를 향해 손을 가져갔다.

그러다 이내 신중한 눈빛으로 변하더니 그는 정신을 집중하기 시작했다.

곧 뭔가를 보여줄 것만 같을 때였다.

그는 갑자기 자루에서 손을 놓았다.

그러고는 가주를 향해 웃으며 말을 건넸다.

"그냥 즐기기 그러니 뭐 하나를 걸고 솜씨를 보이는 것이 어떻겠습니까?"

사람들의 시선이 집중되었을 때 곡전풍은 천천히 입을 열었다.

"가을에 들어서는 날씨라 그런지 마침 오는 길에 목화솜이 많이 쌓여 있는 것을 보았습니다. 목화솜을 던져 얼마나 멋진 광경을 연출하는지 겨뤄보는 것이 어떻겠습니까?"

그 말에 장원태는 호기심 어린 눈빛으로 답했다.

"그거 아주 괜찮은 생각이오."

그 순간 가주의 말이 떨어지기 무섭게 곡전풍 뒤에서 한 노인이 소리쳤다.

"황 노대, 목화솜 좀 구해 오게."

삼 장로였다.

필요할 때면 황 노인을 시키는 습관이 여지없이 나타난 것이다.

"예? 예, 예……."

멀뚱히 지켜보던 황 노인이 반대 의사 없이 밖으로 급히 빠져나갔다. 그러고는 잠시 뒤 주먹만 한 목화솜을 한 아름 가슴에 품으며 연무장 위로 올라왔다.

"고맙소."

곡전풍은 황 노인을 향해 정중히 인사를 했다. 그 후, 그는 황 노인의 품속에 있는 목화솜을 집어 들었다.

정확히 열두 개였다.

"이제 됐습니다."

그의 말에 황 노인은 급히 뒤로 물러섰다.

그가 어느 정도 물러가는 소리를 들은 곡전풍은 이번엔 품속에서 무언가를 꺼내더니 자신의 눈을 가리기 시작했다.

놀랍게도 검은 천이었다.

그 모습에 도처에서 웅성거리는 소리가 들리기 시작했다.

주변 사람들은 그가 눈을 가린 채 대체 뭘 하려는 것인지 이해하지 못한 눈빛들이었다.

하지만 곡전풍은 아랑곳하지 않고 주위를 향해 한 번 더 읍을 해 보이며 입을 열었다.

"그럼 하겠습니다."

＊　　　＊　　　＊

"오라버니, 설마 눈을 가린 채로 목화솜을 전부 베려는 생각은 아니겠죠?"

연무장의 위를 유심히 지켜보던 장련은 믿을 수 없다는 목소리로 말했다. 몇 번을 생각해도 저 사내가 하려는 것은 불가능해 보였던 탓이었다.

반년 전부터 체계적으로 검법을 배우기 시작한 그녀는 불규칙한 표적을 향해 검을 휘두르는 것이 얼마나 어려운지 알고 있었다.

더구나 눈을 가린 채 사물을 맞힌다는 것은 그녀로선 쉽게 상상하기가 힘들었다.

"이 장로가 친히 나설 정도로 실력이 있다는 자이니 성공은 할 것이다. 다만 들고 있는 모든 목화솜을 벨 수는 없겠지."

장련보다 몇 수 위의 이 공자였지만 그 역시 일반적인 생각의 범주를 벗어나진 못했다.

그만큼 눈을 가리는 것이 그들에겐 이해하지 못할 수준의 경지였다.

"그렇겠죠?"

둘이 대화를 나누는 동안 두 명의 장년인은 아무 말 없이 연무장 위를 주시하고 있었다.

장련의 숙부인 그들은 나름 장씨세가에서도 검을 쓴다고 하는 자들이었다. 그래서인지 그들은 어느 것도 속단하지 않고 그가 어떤 무공을 펼칠지에만 신경을 집중하고 있었다.

스윽.

곡전풍이 한 발을 내밀며 검 자루를 잡았다.

엄숙한 분위기가 다시 흐르기 시작했다.

미소가 사라진 그의 표정에는 아무런 감정도 느껴지지가 않았다.

팟.

이윽고 그의 왼손이 움직였다. 마치 구름을 뭉친 듯한 모양의 목화솜 열두 개가 기다렸다는 듯 허공으로 치솟았다.

이 공자가 우려한 대로였다. 무게와 크기가 다른 목화솜이었기에 올라간 높이와 간격 또한 제각각이었다.

휘이이잉.

그런데 곧바로 검을 꺼낼 것 같던 그는 움직이지 않았다.

정면으로 던진 목화솜이 이리저리 흩날리는 와중에서도 선뜻 검을 꺼낼 기미가 없었다.

잠시 뒤 가장 낮게 뜬 목화솜이 눈앞에 오는 순간,

비로소 그의 검이 움직이기 시작했다.

쇄액.

창졸간 검집에서 쏟아져 나온 빛줄기가 일지선(一支線)을 그리며 수많은 호선과 함께 연무장 안을 수놓았다.

하나, 그 시간은 거우 숨을 한 번 들이켤 정도로 극히 짧았다.

방금 무슨 일이 있었는지 다른 이들이 자각하기도 전에, 그는 빠르게 검을 회수해 자루에서 손을 놓았다.

휘이이이잉.

다시 한번 바람이 불어올 때쯤 변화가 일어났다.

뭉게구름처럼 떨어지던 목화솜이 새하얀 눈과 같이 휘날렸다. 몇 번의 칼질로 인해 목화솜은 눈송이처럼 작아졌고 바람결에 흩어지며 눈처럼 변한 것이다.

그 사이로 무사 한 명이 군건한 자세로 서 있었다. 목화솜이 전부 바닥에 떨어지고 연무장 밖으로 흩어질 때쯤 그는 검은 천을 풀고 다시금 포권을 했다.

"이야!"

"우와아!"

그의 인사가 끝나자마자 찢어질 듯한 함성이 튀어나왔다. 모두가 보았고 경탄했다.

실력이 뛰어난 사람은 그 사람대로, 무공을 모르는 사람은 모르는 사람대로 놀랐다.

시각적 효과도 한몫했다. 눈으로 보지 않고 벤다는 것은 일류고수들도 쉽게 흉내 내기 어려운 행동.

그것을 실제로 구현하니 사람들로선 놀라움이 더욱 클 수밖에 없었다.

"확인해 보게."

자신의 자리로 돌아오던 곡전풍이 황 노인에게 검은 천을 건 넸다.

속임수를 쓸 수도 있으니 한번 살펴보라는 의미였다

황 노인은 급히 검은 천으로 자신의 눈을 가려보았다.

"보, 보이지 않습니다!"

"오오오!"

그 말에 뒤에 있던 장로들과 당주들이 감탄을 내뱉었다.

신중하기 위해 말을 아끼거나, 혹시나 의심하던 자들이 그제 야 함성을 토해낸 것이다.

처억.

연무장에서 들끓던 소리는 한 사내가 걸어 나옴으로써 다시 금 잦아들었다.

날렵한 얼굴에 강경한 눈빛을 띤 사내는 황 노인에게 다가가 그가 두 손에 품고 있던 목화솜을 한 움큼 집어 들었다.

한 손에 가득 들 정도로 많은 양이었다.

그가 곡전풍이 있던 자리로 걸어 나가자 모두의 시선들이 다 시금 집중됐다.

앞에서 보인 사내의 무위 때문인지 그가 과연 어떤 무위를 보여줄까 기대하고 있었기 때문이다.

스르릉.

황진수는 한 발 내디디며 미리 칼을 꺼냈다.

화악.

다시금 정적이 흐를 때 그는 왼손에 있던 목화솜을 던졌다. 그러고는 동시에 공중으로 뛰어올랐다.

쏴사사사삭.

엄청난 도약과 함께 검무가 펼쳐졌다.

그 속도는 눈으로 따라잡을 수 없을 만큼 빨랐고 부드러웠다. 그는 마치 그림을 그리듯 굽이치는 물결처럼 이리저리 움직였다.

처억.

두 번의 호흡 정도 됐을까. 그가 땅에 내려왔다. 그러고는 또 한 호흡 기다린 뒤 모두가 들리게 칼집에 도를 집어넣으며 뒤돌아섰다.

휘리리리릭.

어떤 변화가 일어났는지 알지 못하던 사람들은 잠시 뒤 표정이 급변했다.

공중에 내려오던 목화솜 하나가 종잇장처럼 잘려 나가는 모습을 보았기 때문이다. 그와 함께 허공을 메우던 모든 목화솜이 똑같이 잘려 나가는 장면도 같이 목격할 수 있었다.

"와아아!"

지켜보던 장씨세가의 사람들이 또다시 환호성을 질렀다.

장 가주와 뒤에 있던 노인들도 놀라운 광경에 다들 멍하니 지켜만 보고 있었다.

눈으로 좇을 수 없는 쾌검술. 거기다 정확성을 겸비한 실력자였다.

처억.

이윽고 세 번째 사내가 움직였다. 아직 함성이 잦아지지 않음에도 그는 황 노인에게 다가가 손을 내밀었다.

"세 개만 주시오."

황 노인은 눈을 껌뻑거리며 품에 있던 목화솜 세 개를 그의 손에 올려다 주었다.

그는 목화솜을 받고는 시연을 했던 자리로 걸어갔다.

사람들의 의문 섞인 시선들이 쏟아졌다. 목화솜 세 개로 뭘 할지 의문이 든 것이다.

능자진은 사람들에게 읍을 해 보였다.

그 뒤 기다리지 않고 공중으로 세 개의 목화솜을 던지며 칼을 빼 들었다.

휘리리리릭.

도약도 없고 별다른 특징도 없는 검술.

간혹 환영이 이는 것처럼 보이기도 했지만 그 움직임이 앞 사람들처럼 빨라 보이지 않았고, 예상외로 화려하지도 않았다.

거기다 다른 사람보다 더 긴 시간 동안 검을 휘둘렀다.

철컥.

의미 모를 움직임이 계속되려나 싶을 때 그는 검집에 칼을 놓았다.

아직 공중에 뜬 목화솜은 검에 이는 바람 때문에 그가 던진 높이보다 더욱 올라가 있는 상태.

능자진은 무언가를 기다리듯 오른손을 펼치며 꼿꼿이 선 채로 움직이지 않았다.

잠시 뒤 세 개의 목화솜이 아주 느릿한 움직임으로 공중에서 천천히 내려왔다.

마치 물에 떠다니는 연꽃을 연상케 하는 놀라운 광경이었다.

주위를 돌던 첫 목화솜이 그의 손으로 정확히 떨어지는 순간, 장원태가 자리에서 일어섰다.

"매화!"

매화 모양의 목화솜을 가장 먼저 확인한 사내의 경탄이 터져 나왔다.

정말로 목화솜이 매화꽃으로 변해 있었다. 꽃잎의 개수까지 정확하게 판단할 수 있을 정도였다.

이윽고 남은 목화솜이 떨어지자 사람들은 다시 한번 놀랐다. 하나도 아닌 세 개의 목화솜이 전부 매화꽃으로 변해 있었다.

"후……."

능자진은 마지막으로 떨어지는 매화꽃을 잡고는 후 하며 불었다. 매화꽃은 공중에 떠서 어디론가 날아갔다. 나풀거리며 이동하던 매화꽃은 정확히 한 여인에게 떨어졌다.

장련 소저였다.

"능자진입니다."

그는 정숙한 자세로 그녀를 향해 포권을 했다.

"멋지다!"

"과연 화산파다!"

기다렸다는 듯 곳곳에서 우레와 같은 함성이 터졌다. 여기저기서 박수도 함께 터져 나왔다.

그들이 보인 무위에 장원태는 여느 때보다 한없이 밝아졌다.

상기된 장원태는 그들을 향해 목소리를 높였다.

"내 오늘 그대들의 솜씨를 본바. 결과를 가리는 것이 무의미하다고 느꼈소. 그대들에게 은 열 냥을 하사함과 함께 우리가 가지고 있는 귀보(貴寶) 중 한 가지를 더 드릴 터이니 나중에 따로 내 방을 찾아주시오."

"감사합니다."

세 명의 사내는 기다렸다는 듯 포권을 했다. 이로써 장씨세가의 고수 영입은 사람들의 뇌리에 깊은 인상을 남기며 마무리가 되었다.

＊　　　＊　　　＊

행사가 끝나고 사람들이 모두 자리를 떴을 오후.

황 노인은 자리에 남아 행사에 쓰였던 물품들을 정리하고 있었다.

외원에서 일하다 내원으로 들어온 지 얼마 안 된 아이들만 있기에 자신이 직접 지시에 나선 것이다.

"그건 대의전(大議殿)으로 들고 가거라."

가주의 의자를 만지는 청년을 보자 그는 곧바로 명했다.

다른 것은 몰라도 가주의 의자는 자단목으로 만든 것이라 대의전에 놓아야 함이 맞았다.

잠시 뒤 어느 정도 큰 물건들이 정리되자 황 노인은 구부렸던 허리를 곧게 폈다.

"대충 다 치운 듯하구나."

어렵게 마련한 자리였다.

근 일 년 동안 석가장의 위협 때문에 여력이 없었다.

만약 석가장이 최후통첩 명목으로 한 달이란 시간을 주지 않았다면 이런 일을 벌이지도 못했을 터였다.

"황 노대."

그때 등 뒤에서 누군가가 자신을 부르는 소리가 들렸다. 황 노인은 뒷짐을 진 채 뒤를 돌아보다 급히 자세를 고쳐 잡고 고개를 숙였다.

"자, 장, 장운(張雲) 어르신."

"허허, 그리 예의를 차릴 필요가 없네."

"아닙니다. 소인이 어찌 감히……."

눈앞에는 황 노인이 가장 의지하고 믿는 노인이 서 있었다.

넉넉한 풍채에 인자한 눈빛, 그리고 반듯한 입술과 거기에 자리한 미소까지.

가주를 옆에서 보필하는 자로 곧고 우직하다는 평을 받고 있는 일 장로 장운이었다.

"그래, 호위무사를 못 구했다지?"

"아, 그것이……."

"쳇. 그 녀석들 운이 좋았군. 황 노대가 데리고 왔다면 분명 자신들보다 고수들을 구했을 테니 말이지. 사람 보는 눈으로 치자면 장씨세가에서 자네를 따라올 자가 어디 있겠는가?"

"아, 아닙니다."

황 노인은 황급히 고개를 숙이며 말을 이어나갔다.

"오늘 보니 이 장로와 삼 장로가 데려온 무사들의 실력은 매우 뛰어나 보였습니다. 소인이 보기에도 모두가 흠잡을 데가 없었습니다."

"흠."

왠지 모를 측은함이 느껴져서일까.

일 장로는 부쩍 수척해진 황 노인을 바라보며 신음을 흘렸다. 그러다 그의 어깨를 두드리며 말했다.

"구하지 못한 아쉬움이야 마음속에 남아 있겠지만, 오히려 잘됐다고 생각하게. 설사 자네가 언급한 그 사내를 데려왔다고 해도 다른 장로들은 인정하지 않으려 들 공산이 크네. 혹여나 실력이 떨어지기라도 하는 날에는 깎아내리거나 빈정거리기에 바쁘겠지. 그러니 마음을 편히 가지게."

"말씀만으로도 감사합니다."

"감사하긴. 언제나 나는 늘 자네 편이네."

일 장로는 다시 한번 더 황 노인의 어깨를 두드리고는 멀어져 갔다.

그가 시야에서 사라지자 황 노인은 잠시 하던 일을 멈추고 생각했다.

일 장로가 했던 말이 가슴속에 와닿은 것이다.

'어쩌면… 잘된 일일지도.'

곰곰이 생각해 보면 크게 틀린 말은 아니었다.

오늘 봤던 세 명의 사내들의 무위는 놀라울 정도로 뛰어났었다.

눈을 가린 채 목화솜을 종잇장처럼 썰어대거나, 목화솜으로 매화꽃을 만들어내는 실력은 거의 신기에 가까웠다.

아무리 맹에서 오랫동안 일을 했다고 해도 그 사내가 그자들보다 뛰어나다는 보장은 없었다.

더구나 그가 과거에 무슨 일을 했는지조차 정확히 알지 못하는 상황이지 않은가.

"아직도 안 버렸구나."

황 노인은 문득 자신의 손에 걸려 있는 천을 내려다보았다.

아침에 연무장에서 시연했던 곡전풍이란 사내가 주고 간 검은 천이었다.

그가 보인 놀라운 무위 때문인지 미련하게도 버리지 못하고 있었던 것이다.

황 노인은 검은 천의 매듭을 풀고는 그것을 쓰레기 더미 안으로 집어넣으려고 움직였다.

그러던 그때, 언제 왔는지 한 청년이 그의 앞에 다가와 있었다.

얼굴을 보니 좀 전에 가주의 의자를 치우던 청년이었다.

"황 어르신, 어떤 사내가 어르신을 찾습니다."

*   *   *

한정당(限貞堂)은 황 노인이 모시는 장련 아가씨의 거처 뒤편의 후원이다.

울창한 숲과 곳곳에 널린 꽃들이 아름드리 펼쳐진 곳으로 장씨세가에서도 가장 절경이 빼어난 곳 중 하나로 알려져 있었다.

오늘따라 인공 연못을 따라 심어진 붉은색 꽃들이 화원에 좀 더 화려하게 피어 있었다.

접시꽃이라 불리는 이 꽃은 장련 아가씨가 매일 한 번씩 화원에 들를 정도로 좋아하는 것이었다.

광휘는 접시꽃들 사이의 어느 목화 나무 앞에 서 있었다.

몇 번이나 주변을 살피던 청년이 그를 이곳으로 데리고 온 것이다.

아마도 사람들 눈에 띄지 않는 장소를 찾다 이리로 온 모양이었다.

그가 가고 일다경이 흘렀을까.

인기척과 함께 노쇠한 목소리가 들려왔다.

정자 앞 인공 연못을 바라보던 광휘는 그 목소리에 천천히 뒤돌아섰다.

"왔는가!"

황 노인이었다. 그는 얼마나 반가웠는지 입을 귀에 건 채 광휘를 바라보고 있었다.

"고맙네. 설마 했는데 정말 이렇게 와줄 줄은 몰랐어. 정말이지 누가 왔다는 소리에 가슴이……."

"어르신."

광휘는 조용한 어조로 말을 꺼냈다.

순간 황 노인은 자신이 흥분했음을 느꼈다.

그는 민망한지 헛웃음을 흘렸다.

"미안하네. 내가 너무 목소리를 높였구먼."

그 말에 광휘는 굳은 얼굴로 다시 말을 꺼냈다.

"다시 한번 말씀드리지만 저는 누굴 지켜본 적이 없습니다. 그러니 저를 너무 믿지 마십시오."

"괜찮네. 괜찮아. 여기 와준 것만으로도 내겐 큰 힘이 되네. 정말 잘 왔어."

황 노인의 얼굴은 다시 밝아졌다.

그가 단지 여기 있는 것만으로도 모든 걸 얻은 것 같은 표정이었다.

"자 여기까지 왔으니 우선 방을 하나를 구해봐야겠지. 아, 그 이전에……."

황 노인은 광휘의 복장을 훑어보더니 말을 이었다.

"자네, 어디 가서 긴 장포라도 하나 걸치게. 그런 복장으론 사람들의 이목만 끌 것이야."

황 노인의 지적대로 광휘의 복장은 특이했다.

초가을에 접어드는 날씨임에도 불구하고 그는 가죽 상의와 하의를 입고 있었다. 거기다 사람들이 잘 끼지 않는 발목 보호대인 각반(脚絆)도 그의 발치에 보였다.

게다가 그 또한 가죽으로 덮여 있었다.

신발과 손목 보호대 역시 가죽이었다.

무엇보다 그의 키와 흡사한 등 뒤의 장도(長刀)는 황 노인의 눈에 확연하게 들어왔다. 허리춤에 있는 얄팍한 검 자루 역시 평범하지 않았다.

"알겠습니다."

광휘는 고개를 끄덕였다.

"잠시 여기서 기다리고 있게. 내 객방이 비어 있는 곳을 물어 볼 테니."

황 노인은 그 말을 남기고는 곧장 뒷문으로 걸어갔다. 그렇게 몇 걸음 걷던 때였다.

뭔가 생각이 났는지 그는 다시금 광휘 앞으로 다가와 말을 걸었다.

"한데 말이야. 뭐 하나 물어봐도 되겠는가?"

황 노인은 덤덤하게 자신을 바라보는 광휘를 향해 다시 말을 이었다.

"자네도 눈을 가리고 사물을 벨 수 있는가?"

광휘는 말없이 그를 쳐다보았다.

질문의 의미를 물은 것이다.

"그러니까 말이지. 눈을 가리고 떨어지는 뭔가를 벨 수 있는 가 말일세. 예를 들어 옆에 있는 목화솜이 떨어진다고 치세. 자 네는 눈을 가린 채 그것을 벨 수 있겠나?"

광휘의 시선이 옆에 있는 목화나무로 이동했다.

이를 한동안 바라보던 그는 노인에게 고개를 저어 보였다.

"해보지 않아 잘 모르겠습니다."

"그런가?"

황 노인은 아쉽다는 표정을 짓더니 이내 다시 말을 이었다.

"그럼 눈을 가리지 않은 채 떨어지는 목화솜을 어느 정도 벨수 있는가? 아니지. 목화솜을 하나의 꽃으로 만들 수는 있는가? 예컨대 그것이 매화 모양이라든지 하는 그런 것 말일세."

광휘는 말없이 침묵했다.

무슨 생각인지 별다른 대답이 없었다.

"내 말이 좀 그런가? 하긴, 그런 걸 누가 해보았겠나."

황 노인은 멋쩍게 웃어 보였다.

하나, 처음처럼 밝게 웃지는 못했다. 숨기려고 했지만, 눈가엔 작은 실망이 드리워진 것이다.

그는 머리를 긁적이며 말했다.

"사실 말일세. 장씨세가에서 자네 말고도 세 명의 손님을 더 초빙해 왔네. 마침 아침에 시연회가 열렸는데 엄청난 솜씨를 뽐냈었네."

황 노인은 아직 버리지 못한 검은 천을 광휘에게 들어 보여주었다.

"한 명은 이 천으로 눈을 가린 채 열 개 이상의 목화솜을 날려 베었네. 또 한 명은 목화솜을 열 개 이상 띄운 후 머리카락 정도로 세세하게 잘라냈고. 마지막 한 명은 세 개의 목화솜으로 매화꽃을 만들어냈네. 정말 대단하지 않은가? 대체 어느 경지에 올라야 그것이 가능한 건지 나로서는 도저히 짐작할 수도 없네."

황 노인은 마치 그때의 광경이 눈앞에 떠오르는 듯 멍한 표정을 지어 보였다.

그러다 정신을 차리고선 들고 있던 검은 천을 광휘에게 건넸다.

"자네도 딱히 할 일이 없을 때 한번 해보게나. 혹시 결과가 좋으면 몇 개나 벴는지 나에게도 좀 알려주고. 나도 사람인지라 괜스레 자네 자랑 좀 해보고 싶어져서……."

광휘는 건네준 천을 말없이 내려다보았다.

"아참, 내 정신 좀 보게. 방을 물어본다는 게……."

"……."

"기다리고 있게나. 내 빨리 가서 물어볼 테니."

황 노인은 다시 뒷문으로 달려가기 시작했다.

광휘는 느꼈다. 앞에 자신을 안내했던 청년도 그렇고, 노인이 재촉하는 모습을 보니, 왠지 이 후원에도 자신이 오래 머물 수 있을 것 같지는 않았다.

노인이 자리를 떠났음에도 광휘는 그가 사라진 곳을 바라보며 서 있었다.

그가 다시 걸어오는 모습을 보기 위함은 아니었다.

대화 도중 들었던 답답한 느낌이 계속 그의 신경을 건드린 것이다.

하나, 순간적으로 잊어버려 광휘는 그것이 뭔지 생각나지 않았다.

펄럭.

그는 문득 자신의 손에 들려 있는 천 조각을 내려다보았다.

조금 전 황 노인이 건네고 간 검은 천이었다.

'……!'

그 순간 광휘는 눈을 번뜩였다.

그제야 신경을 쓰이게 했던 그 무언가가 생각이 난 것이다.

바로 노인의 얘기 중 그가 강조했었던 엄청난 솜씨라는 대목이었다.

"그것이 그리 대단한 것이었나."

광휘는 노인이 했던 말을 곱씹다 문득 자신의 허리춤에서 삐져나온 검 자루를 바라보았다.

괴이한 자루 모양의 괴구검이 거무튀튀한 검집과 함께 흔들거리고 있었다.

임무가 종료된 지 만 삼 년이란 시간이 흘렀다.

그동안 광휘는 이를 한 번도 만져보거나 열어본 적이 없었다.

녹이 슬 만한 시간이 흐른 것이다.

물론…….

아닐 수도 있다.

발로 만들어도 강호에서 다섯 손가락 안에 든다던 허풍쟁이 광 노사(光老士)가 만든 것이니까.

하지만 확인해 보는 것도 나쁘진 않았다.

좋은 일이든 나쁜 일이든, 이곳에 온 이상 분명 쓸 일이 있을 것이다.

휘이이잉.

광휘는 살랑한 바람이 부는 가운데 목화나무로 다가가 솜을 떼어냈다. 그 뒤 솜을 적당히 동그랗게 만들고는 제자리에 살짝 올려놓았다.

그러고는 느린 동작으로 노인이 준 검은 천으로 눈을 가렸다.

잠시 뒤, 광휘는 두세 걸음을 물러나며 목화나무와의 거리를 벌렸다.

처억.

이윽고 그의 오른손이 올라갔다.

그의 손은 허리춤으로 향했으나 검 자루를 잡지는 않았다.

단지 그가 한 건, 자루 위 받침을 살짝 들어 올리는 것뿐이었다.

단순한 동작이지만 그 안의 의미는 깊었다.

엄지손톱 끝에 걸린 느낌으로 검의 중량(重量)이 어느 정도이며 검집과 칼날 사이에 교착된 마찰력이 어느 정도인지 알 수 있다.

또한, 마찰음은 칼날의 상태를 가늠하는 하나의 기준이 된다.

그렇다.

시야란 것은 이렇게 눈에 보이는 것만을 의미하진 않는다.

보는 것. 들리는 것. 손에 닿는 것.

이 모두가 하나의 시야로 통용되는 것이다.

휘이이잉.

이름 모를 꽃씨가 광휘의 얼굴을 스치는 때였다.

그는 눈앞의 목화나무를 향해 검을 휘두르며 공중으로 솟구쳤다. 동시에 나뭇가지에 걸린 목화솜 하나와 근처에 있던 목화솜 십여 개가 그를 따라 솟아올랐다.

패액.

공중으로 솟아오른 광휘는 검을 빼내 원형으로 휘둘렀다. 일순간 강한 기류가 생성되며 목화솜 십여 개가 그의 품속으로 움직였다.

휘릭.

그에 맞춰 광휘의 움직임도 변했다.

검을 반대로 잡은 것이다. 날의 방향이 하늘이 아닌 지면으로 향했다.

등에 멘 기형도와 함께 그의 검 또한 기형이었다.

패애액.

그의 손놀림이 주먹을 뻗은 것처럼 도드라져 보일 때쯤.

검을 거둔 광휘는 목화나무를 다시 밟으며 지면으로 내려왔다.

척.

"……."

목화솜은 보이지 않았다.

바람에 날아갔는지 아님 증발했는지 사라져 있었다.

침묵을 지키던 그가 눈을 가렸던 검은 천을 풀었다.

그러고는 한숨과 함께 미간을 찡그렸다.

"무뎌졌구나."

복잡한 감정이 그의 가슴을 흔들었다.

그러던 그때,

"빨, 빨리 나가세."

"……."

"자세한 건 나중에 말해주겠네. 아, 아가씨가 오네. 급하네!"

황 노인은 광휘에게 급히 손짓하고는 그의 손을 잡았다.

광휘는 영문을 모른 채 그를 따라 움직였다.

황 노인의 손길에 광휘는 후원 밖으로 뛰다시피 하며 나갔다.

그가 사라지고 잠시 뒤.

멀리서 한 여인이 모습을 드러냈다.

그녀는 한 청년과 함께 후원 안으로 걸어오고 있었다.

이 공자 장웅(張雄)과 장련이었다.

그들은 간단한 담화를 끝내고 대화를 나누기 위해 이곳을 찾았다.

"정말 대단하지 않았느냐? 그 많은 목화솜을 눈을 가리고 모두 베다니. 정말이지 보고도 눈을 의심할 수밖에 없더구나."

장웅은 아직도 그들의 칭찬에 여념이 없었다. 아침에 보인 무위에 너무나 감명을 받은 그였다.

"눈을 가리고도 목화솜을 벨 수 있다니. 정말 훌륭한 사내였다. 종잇장처럼 목화솜을 자른 자도 매우 훌륭했지. 아무리 손으로 뭉쳤다 한들 칼로 목화솜을 그렇게 베기란 힘든 일이 아니겠느냐. 뭐 그렇다 하더라도 세 번째 사내가 제일 대단했었다."

"……."

"얼마나 빨리 검을 움직였으면 목화솜을 매화꽃처럼 보이게 만들어낼 수 있다는 것이냐. 아참, 그자가 너에게 그 매화꽃을 보내지 않았더냐? 가까이 보니까 어땠느냐? 정말로 매화처럼 잘려 나왔더냐?"

장웅은 미소가 걸린 얼굴로 장련을 보았다. 한데 자신과 달리 그녀의 표정은 어딘가 어두워 보였다.

"련아, 왜 그러느냐."

진중한 표정으로 변한 장웅은 그녀를 조심히 응시했다.

"걱정돼서요."

장련이 애써 웃으며 고개를 들었다.

"뭐가 말이냐?"

"정말 그들만으로 충분할지요. 듣기로 석가장엔 신출귀몰한 고수들이 많다고 들어서……."

"그건 걱정하지 말거라. 아침에 너도 보지 않았느냐. 그 정도 실력자들이라면 더는 호락호락하게 당하지 않을 것이야."

"그렇겠죠?"

"그럼. 그렇고말고. 얼마나 뛰어난 솜씨더냐."

장웅의 확신하는 말 때문인가. 굳었던 장련의 표정이 조금은 밝아졌다.

그 모습을 보며 장웅은 동생의 웃는 모습을 참으로 오랜만에 본 것임을 느꼈다. 그동안 너무나 힘겨워 이런 시간조차 갖지 못했던 것이다.

'걱정 마라. 장씨세가는 내가 반드시 지킬 테니까.'

대화를 나누던 때에 장련은 눈앞에 뭔가가 떨어지고 있음을 느꼈다.

그녀는 눈앞에 다가온 뭔가를 본능적으로 잡았다. 그러고는 그것이 뭔지 보기 위해 손바닥을 펼쳐 보았다.

"아……."

"왜 그러느냐?"

장웅은 놀라는 장련의 반응에 다가와 물었다.

"매화가……."

그녀의 손안엔 매화가 들어 있었다.

아침에 본 매화보다는 작고 독특하게 생긴 매화였다.

휘이이잉.

일순간 바람이 불었다.

그러자 그녀의 손에 있던 매화가 종잇장처럼 잘려 나가기 시작했다. 너무나 순식간이라 이를 보고 있던 장련과 장웅은 눈을 의심할 수밖에 없었다.

"아직 있어요. 위에……."

장련의 말에 장웅이 고개를 들었다.

"눈?"

흰 눈이었다. 그들의 머리 위로 눈이 내리고 있었다.

"눈이 아니에요."

머리 위를 메우던 눈은 느리게 떨어졌다. 그러다 이내 빗줄기처럼 점차 가늘게 변했다.

그러던 어느 순간, 머리 위를 메우던 눈이 하나하나씩 갈라지기 시작하더니 날실처럼 변하며 흩어졌다.

목화가 비가 되어 후원을 뒤덮은 것이다.

"아……."

장련과 장웅은 걸음을 잠시 멈춘 채 그 모습을 지켜봤다.

　그리고 그들은 비처럼 변한 목화솜이 사라질 때까지 한참이나 움직이지 않았다.

第三章

조우

　광휘가 도착한 곳은 원형으로 된 마당을 낀 채 주변엔 이름을 알 수 없는 꽃들이 심어져 있는 곳이었다.

　그곳은 한정당 후원과 그리 떨어지지 않는 건물로 장씨세가의 성세만큼이나 크고 화려했다.

　특히나 처마 끝 곧게 솟은 외관과 멋스러운 나무 기둥이 일반적인 건물과는 다른 고풍스러운 느낌을 자아냈다.

　끼이이익.

　광휘와 황 노인이 방 안으로 들어가자 그들의 눈에는 잘 정돈된 가구들과 수납장들이 보였다.

　하지만 침상은 없었고 대신 가구 사이나 수납장 위에 이름 모를 서책들만 빼곡히 들어차 있었다.

"장서고(藏書庫)란 곳이네. 일 공자가 썼던 서재 겸 휴식 공간이었네. 뭐, 지금은 과거가 되었지만……."

방에 대해 설명하던 황 노인의 눈빛이 침잠했다.

일 공자가 죽어가던 순간이 눈앞에 아른거린 것이다.

나뭇가지에 걸린 초승달이 유난히 밝아 보이던 그날.

그가 살 수 있었던 이유는 순전히 일 공자의 활약 덕분이었다.

겁에 질려 멍하니 있던 그를 온몸으로 보호한 자가 바로 일 공자였기 때문이다.

황 노인이 감정에 사로잡힌 사이 광휘는 별다른 말을 꺼내지 않고 안쪽으로 걸어 들어갔다.

굽어지는 공간에서 멈춘 그는 뭔가 생각하는지 우두커니 있었다.

상념에서 빠져나온 황 노인은 왠지 광휘의 표정이 좋지 않자 의문을 느끼며 물었다.

"왜, 무슨 문제라도 있는가?"

"아닙니다."

말은 아니라 했지만, 광휘의 표정은 여전히 굳어 있었다.

황 노인은 머리를 긁적이며 말했다.

"그럼 일단은 여기서 쉬고 있게. 내 사람들을 시켜 입을 옷을 구해 오라 할 테니. 혹 다른 누가 들어오거든 내 손님으로 왔다고 하게나."

무슨 고민이 있겠거니 생각한 그는 황급히 자리를 비웠다.

한동안 자리를 비웠으니 자신을 찾는 사람이 있을 수도 있기 때문이었다.

그가 나간 뒤에도 광휘는 여전히 그 자리에 서 있었다.

여전히 좋지 않은 표정으로 그 자리에서 꿈쩍도 하지 않았다.

한동안 그리 있던 광휘는 눈앞에 놓여 있는 의자 쪽으로 다가갔다.

그리고 그는 이내 자리에 앉고는 눈을 감았다.

그 순간,

어둠으로 존재해야 할 그의 시야가 다시금 살아나기 시작했다.

아무것도 존재하지 않는 공간 속에 전혀 다른 공간이 찾아온 것이다.

그 공간은 눈을 감고 있는 광휘의 입을 통하여 자세히 표현되기 시작했다.

가로 너비는 열다섯 보(步). 세로 너비는 아홉 보.

머리 위 대들보까지 열 자 반, 대들보에서 서까래까지는 한 자 반.

재질은 대부분 삼나무. 단, 네 자 반 간격씩 오동나무 기둥.

대들보의 두께는 칠 촌(寸), 서까래 두께 삼 촌 반, 들보 두께 손가락 한 마디······.

파앗.

쉴 새 없이 말하던 광휘는 눈을 번뜩였다.

그 순간 형성되었던 공간은 사라졌고 그만이 방 안에 덩그러니 앉아 있었다.

그는 깊게 침묵했다.

심각한 눈빛으로 멍하니 있던 그는 이내 두 손으로 얼굴을 감싸 쥐며 읊조렸다.

"정말이지 그놈의 망할 기억은… 지겹도록 따라다니는군."

미처 자각하기도 전에 떠오른 정보들.

낯선 곳에 들어가는 순간 재질과 구조를 파악하는 것은 암살단의 기본 교육 중 하나로 생존 능력을 높이기 위해선 반드시 수행해야 할 것들이었다.

그렇게 수백, 수천 번 강조했던 훈련은 임무가 끝난 지금까지도 광휘의 기억과 습관 속에 남아 그를 괴롭히고 있었던 것이다.

끼이이익.

그때 문이 열리고 한 소년이 들어왔다. 그의 손에는 비옷과 더불어 여러 비단옷이 들려 있었다.

"안녕하십니까. 황 어르신께 얘기를 듣고 가지고 왔습니다."

"놓고 가라."

바닥에 깔릴 정도로 중후한 음성에 소년은 급히 동작을 멈추었다.

사내의 눈치를 살피던 그는 한쪽 모퉁이에 옷가지를 살며시 내려놓았다.

이내 한마디 꺼내려던 소년은 머뭇거리다 고개를 저었다.

왠지 말을 걸었다가는 혼이 날 것 같았다.

소년은 방 안을 나가기 위해 조심히 몸을 움직였다.

"잠깐."

갑자기 자신을 부르는 듯한 말에 소년은 움찔하며 걸음을 멈췄다.

그러다 조심스레 뒤돌아보고는 이어질 말을 기다렸다.

사내의 시선은 다른 곳에 있었다.

마치 깊은 생각에 빠져 누가 뭐라 해도 들리지 않을 것만 같은 모습이었다.

그렇게 잠시 시간이 흘렀을 때, 사내는 말을 꺼냈다.

"여기에도……."

"……."

"술이 있는가?"

＊　　　＊　　　＊

여섯 개의 창으로 들어오는 고아한 빛깔들이 어느 방 안을 비추고 있을 때쯤.

한 여인이 침상에서 일어나 문 앞으로 다가서고 있었다.

회색 양칠 문 사이로 그녀의 얼굴이 어렴풋이 비쳤는데 뽀얀 피부와 둥그런 눈망울이 심금을 울릴 정도로 영롱하게 빛이 났다.

"알아보셨어요?"

"예."

여인의 말에 고급 비단을 입은 중년인이 머리를 숙이며 답했다.

그는 잠시 시선을 들어 기대에 찬 여인의 얼굴을 한 번 쳐다본 뒤 말을 잇기 시작했다.

"조사하기로 후원으로 들어간 사람은 모두 여섯 명이었습니다. 하역꾼 두 명과 시비 한 명, 하인 세 명이었습니다."

그 말에 장련은 고개를 저었다.

"그런 사람들 말고요. 다른 사람은 없었어요? 무인이라든지. 혹시 이번에 왔던 호위무사들은 없었나요?"

"없었습니다."

"정말요?"

장련은 실망한 표정을 내비쳤다.

잔뜩 기대하고 물었던 말이었기 때문이다.

"사실, 급히 알아본다고 모두를 조사해 보진 못했습니다. 조금 더 시간을 주시면 의심되는 자들을 모두 대면해 보겠습니다."

"아니에요. 그러실 필요까지는 없어요."

장련은 고개를 저으며 말했다. 결과가 크게 다르지 않을 거라는 생각 때문이었다.

한정당 안은 웬만해선 사람들이 발을 들여놓지 않는 곳이다.

그런 곳에서 무공을 수련했다는 것은 사람들 눈에 띄지 않기 위함이리라.

그렇다면 그 정도 되는 실력자를 발견하고 싶어도 발견하기 어려울 터였다.

'오늘 아침에 무위를 선보였던 세 명의 무인 중 한 명일 거야. 대체 누구지?'

매화가 날아온 것으로 봐서는 능자진이란 사내일 가능성이 높았다. 하지만 실처럼 갈라진 것으로는 황진수일 가능성도 있었다.

곡전풍 역시 뛰어난 사내니 완전히 배제할 수 없었다.

"아가씨……."

곧바로 물러갈 것 같던 내총관 중연(重蓮)은 다시 말을 붙였다.

장련의 시선이 다시 그에게로 향했다.

"이것을 말씀드려야 할지 모르겠습니다."

그 말에 장련은 한 발짝 다가서며 말했다.

"말해보세요."

"정확하지 않은 정보라서……."

"괜찮으니 말해보세요. 내총관이 말을 꺼낼 정도면 정확하진 않아도 중요한 정보라는 뜻 아닌가요?"

그 말에 중연이 고개를 숙였다.

매우 고심하며 시선을 내리던 그는 이윽고 말을 하기 시작했다.

"바깥을 돌다 우연히 들은 정보입니다."

"정보요?"

"예, 그것이……."

그는 다시 한번 망설였다. 그만큼 신중을 기하는 듯했다.

장련의 눈빛이 그를 빤히 바라보자 그제야 결심을 했는지 그는 얘기를 털어놓기 시작했다.

"남궁 소동객잔에 칠객(七客) 중 한 명으로 보이는 자가 머물고 있다고 합니다."

"칠객? 칠객이요? 방금 칠객이라 그러셨어요?"

그녀의 눈동자가 화등잔만 하게 커졌다. 생각지도 못한 이름이 거론된 것이다.

"담벼락을 쌓는 인부에게 들은 얘기입니다. 자신의 친구가 도부꾼인데 그곳에서 들었다고……."

"아!"

장련의 눈가에 파랑이 일었다. 그녀는 한동안 말을 잇지 못한 채 멍하니 허공만을 주시했다.

검을 처음 들었을 때 아버지에게 들었던 말이 있었다.

현 강호에 일기당천으로 불릴 만한 고수들이 있고 최고의 고수들은 저마다 특별한 별명이나 호칭으로 불린다고.

그 말과 함께 반드시 알아두어야 할 자들과 알아두면 큰 도움이 될 사람들을 얘기해 주었다.

그중에 칠객이 있었다.

어디에 적을 두지 않고 바람 부는 대로 이리저리 떠다니는 신비의 무인.

그런 인물이 있다는 말을 들으니 그녀가 놀랄 수밖에 없었다.

"다시 한번 말씀드리지만 확실치 않은 정보입니다. 그러니 참고만 해두는 것이……."

당부를 해두려는 듯 중연은 말끝을 흐렸다.

하지만 그의 말은 더 이상 장련에게 들리지 않았다.

그녀의 눈빛은 맑은 호수처럼 이미 빛나고 있었기 때문이다.

"총관."

"예, 아가씨."

"가요."

"예?"

"가자고요. 칠객 얘기를 꺼냈던 그 사내가 있는 곳으로요."

*　　　*　　　*

그날 저녁.

방 안에 들어온 장련은 한곳에 가만히 있지 못하고 안절부절못했다. 시간이 지나면 지날수록 한 사내의 이름이 머릿속을 떠나지 않았다.

"나흘 전 홍등가에서 장사하던 친구 녀석이 장사를 접고는 밖으로 나왔다고 합니다. 마침 멀리서 포의(布衣)를 어깨에 걸친 사내 한 명이 지나가고 있었다고 합니다. 어두워서 정확히 보지 못했지만 검은 영웅건을 쓴 미남형의 얼굴이었다더군요. 혹시나 하여 허리춤을 살폈는데 놀랍게도 단월도(短月刀)를 차고 있다고 합니다. 잘생긴 얼굴에 단월도를 차고 있다면 묵객(墨客)이 아니겠습니까."

허황된 정보일 가능성이 크다는 걸 안다.

그 정도 옷차림이야 도성 길바닥에 한두 명이 아니지 않은가.

또한, 검집만으로 단월도라 말할 수 없는 부분도 있었다.

그러나 장련은 포기할 생각이 없었다.

뜬소문이라 하더라도 묵객이란 이름만으로도 충분히 움직일 가치가 있었다.

그동안 석가장과 싸우면서 그녀는 고수라 하는 수많은 자를 봐왔다.

하지만 그들은 어디까지나 누군가에게 듣거나 설명을 통해 알게 된 자들이었다.

이번에 초빙한 자들도 타지방에서 명성을 떨친 고수들이었지만 그녀는 알지 못하는 자들이었다.

하지만 묵객은 달랐다.

그는 그녀가 검을 잡을 때 가장 먼저 들었던 고수 중 하나로 현 중원에서도 사람들의 입에 자주 오르내리는 자였다.

중원(中元)이란 하남(河南)을 중심으로 두고 북으로 산동(山東), 하북(河北), 산서(山西), 섬서(陝西)에 이르고 남으로는 강소(江蘇), 안휘(安徽) 등 열세 개의 성을 포함한 물경 수천 리에 이르는 거대한 지역이다.

하북 제일세가라는 하북팽가에서도 중원에 이름을 올린 자는 고작 몇 명에 불과하다는 것을 볼 때, 묵객은 명실공히 전국구 고수임에 틀림이 없었다.

"부르셨다고 들었습니다."

여러 생각으로 머리가 복잡해지던 그때 문밖에서 노인의 목소리가 들려왔다.

장련은 기다렸다는 듯 문 앞으로 걸어 나가 그를 맞이했다.

황 노인은 예의를 갖추며 문 안으로 들어왔다.

하인 중 가장 연로한 그였지만 그녀 앞에서만은 누구보다 예의를 차리는 걸 중요시했다.

장련은 그를 한쪽 의자로 안내하고는 반대편으로 돌아가 앉았다.

"무슨 일이십니까? 이 야밤에 저를 다 찾고……"

황 노인이 잠시 숨을 고른 뒤 물었다. 이에 장련은 기다렸다는 듯 말했다.

"황 노대, 지금 당장 마차를 하나 내어주세요."

"마차를… 말입니까?"

"급히 만나볼 사람이 있어서 그래요."

그 말에 황 노인은 표정을 굳히며 손사래 쳤다.

"안 됩니다, 아가씨. 가주께서 이달 말까지는 누구도 움직이지 말라 하셨습니다."

"알아요. 하지만 지금 꼭 가야 해요."

"안 됩니다!"

황 노인은 거듭 단호하게 거절했다.

"가주께서 아시면 절대 가만있지 않으실 겁니다. 그리고 석가장이 최후통첩을 보낸 시기라, 홀로 나가시면 어떤 화를 당하실지 알 수 없습니다. 무슨 일인지 모르지만 그것은……."

"승룡(承龍). 그가 소동객잔에 머무른다는 소문이 있어요."

"승… 승룡… 설마 무, 묵객?"

황 노인의 눈이 부릅떠졌다.

어찌나 놀랐는지 장련 앞에서 탁자까지 내려치는 우를 범하기까지 했다.

설마하니 그녀의 입에서 중원 백대고수의 이름이 나올 거라곤 상상도 하지 못했던 것이다.

"더 말하지 않아도 알 거예요, 그가 얼마나 대단한 자인지."

그녀는 눈에 빛을 띠며 말했다. 하지만 황 노인은 그녀를 똑바로 바라보지 못했다.

아직 충격이 가시지 않았던 것이다.

한참을 바닥을 응시하던 그가 겨우 입을 뗐다.

"하지만… 가주께서……."

"관(官)에서 운영하는 역참(歷參)이 있잖아요. 황 노대와는 면식이 있으니 쉽게 빌릴 수 있을 거예요. 어때요? 할 수 있겠어요?"

역참은 말을 갈아타는 곳으로 주로 조정에서 급히 파발을 보낼 때 말을 공급받는 곳이었다.

장련은 그곳을 말하고 있다.

황 노인은 계속 머뭇거렸다.

과거 조정에 있는 숙부를 만나러 갈 때 들른 적이 있어 어려운 일은 아니었다.

하지만 중요한 것은 정말로 거기에 갈 가치가 있느냐는 것이었다.

"하지만 아가씨, 말씀하시는 것으로 보아 어디서 뭔가를 들으신 것 같은데 소문만으로 그를 만나러 가는 것은 좋지 않은 생각입니다. 설령 그가 그곳에 있다고 해도 그가 본 세가에 도움을 줄지도 모르는 상황입니다."

"설득은 내 몫이에요. 황 노대는 제게 마차만 빌려주면 돼요."

"아가씨……."

"다시는 이런 기회가 없을지도 몰라요, 황 노대. 제 부탁을 들어주세요."

장련의 절박한 소리에 황 노인의 눈빛이 다시 한번 크게 흔들렸다.

동시에 무릎을 매만지며 고개를 가슴 아래까지 떨구었다.

심각하게 고민하는 것이다.

가주의 불호령을 감수하고서라도 묵객이란 이름을 듣고 가야 하는지.

그런 단순한 추측을 믿고, 석가장의 기습 공격이 있을 수 있는 이 상황에서 그를 찾아 나서야 할 정도로 그가 그만한 인물인지.

"하아."

황 노인은 결국 긴 한숨을 내쉬었다.

결국 그는 생각을 정했는지 고개를 들어 장련과 눈을 맞추었다.

"알겠습니다, 아가씨."

"고마워요. 정말 고마워. 황 노대, 이 은혜… 꼭 잊지 않을게요."

장련의 얼굴엔 미소가 번졌다. 황 노인이 승낙한 것이다.

그때였다

"단, 조건이 있습니다. 한 사람과 같이 동행해 주십시오."

그녀는 눈을 번뜩였다.

"동행? 그가 누군가요?"

황 노인은 기다렸다는 듯 대답했다.

"장씨세가 호위무사입니다."

＊　　　＊　　　＊

광휘는 동이 위에 떠 있는 표주박을 보고 있었다.

조롱박 하나를 내밀던 하인에게 더 많이 담긴 술을 가져놓으라 했더니 이렇게 동이를 내어놓은 것이다.

한참을 내려다보던 광휘는 뭔가를 결심했는지 표주박을 잡았다. 그러고는 동이 안을 이리저리 휘젓다가 슬며시 술을 떴다.

찰랑.

그런데 술을 입으로 가져가던 광휘의 자세는 어색했다.

표주박에서 작은 떨림이 일어난 것이다.

그 떨림은 광휘의 손으로, 어깨로 이어졌다.

그는 불편한 자세로 그렇게 술을 넘겼다.

꿀꺽꿀꺽.

광휘가 술을 두세 번 삼킨 끝에 그 떨림은 점차 잦아들었다.

그러다 술을 한 번 더 떠서 입으로 가져갔을 때는 아무런 떨림도 생기질 않았다.

발작이 서서히 멈추다 사라진 것이다.

탁.

"후우."

표주박을 바닥에 내팽개쳐 버린 광휘는 눈을 감았다.

그 순간 광휘의 눈가에 휘몰아치던, 사물의 떨림이 거짓말처럼 사라졌다.

아무런 증상도 나타나지 않았고 잠시 시야를 스쳐 갔던 다른 공간도 더는 나타나지 않았다.

대신 어둠 속에서 한 사내의 목소리가 들리기 시작했다.

"조장, 우리는 이렇게 괴물이 되어가는 거겠지요?"

삼우식(三雨食).

언제부터인가 술을 먹지 않으면 몸의 떨림이 멈추지 않는다고 했던 녀석이었다.

그가 그런 얘길 할 때면 광휘는 항상 그의 다부지지 않은 마음가짐을 꾸짖었었다.

술 따위에게 의지하는 그 나약함이 싫었기 때문이었다.

"웃기게도… 이제는 내가 그리되었구나."

광휘는 씁쓸한 미소를 지었다.

이제는 알 것 같았다.

아무리 극도의 훈련을 받는다고 해도 우리 또한 나약한 인간임을. 괴물이 되지 않고선 그 많은 사람을 죽이는 건 불가능한 것임을 말이다.

그 녀석을 생각하니 문득, 광휘의 머릿속에는 그를 처음 봤던 그날이 떠올랐다.

"나는 삼우식(三雨食)이오. 비 오는 날에도 삼시 세끼 먹을 수 있도록 빌던 우리 엄니가 이리 지어주셨소."

안타깝게도 그는 임무로 죽지 않았다.

비 내리는 어느 겨울날. 임무의 압박감을 견디지 못하고 자결한 것이다.

그런 자들은 많았다.

그들이 하는 일은 제아무리 강한 정신력을 가졌다 해도 어느 순간 자신을 무너지게 만든다.

하물며 그는 이런 일을 하기엔 너무나 착했다.

츳츳츳.

고요함 속에 인기척이 느껴지자 광휘는 눈을 떴다. 또렷한 발소리가 그의 귀에 들려왔다.

오 장 밖… 산발적인 보폭, 잰걸음, 가벼운 무게.

무공을 익힌 자는 아니며 나이도 소년일 확률이 높았다.

광휘는 자리에서 일어섰다.

"안에 계십니까?"

예상대로 앳된 목소리가 들려왔다.

조금 전 동이를 힘겹게 들고 온 아이의 목소리였다.

광휘는 한쪽 벽에 기대며 말했다.

"뭔가?"

"황 어르신의 부탁을 받고 왔습니다. 대문 밖으로 나오시라 합니다."

"왜지?"

"저도 잘 모르겠습니다."

광휘는 잠시 생각했다. 그가 왜 지금 나오라 했을까 하는 것이었다.

이내 상념에서 빠져나온 그는 한쪽 바닥에 놓인 조롱박에 술을 넣었다.

소년이 처음 내밀었다 놓고 간 술통이었다.

일정량이 차자 광휘는 그걸 허리춤에 매고는 한쪽에 놓여 있는 옷을 빠르게 입기 시작했다.

그리고 마지막 장포까지 걸친 그는 문밖으로 걸어 나갔다.

*　　　*　　　*

소년을 따라가던 광휘는 뭔가 특별한 일이 생긴 것을 직감했다.

소년이 처음부터 외진 골목으로 안내하기도 했고, 거기서도 움직일 때 이미 나 있는 길 대신 나뭇가지 사이로만 갔기 때문이었다.

광휘는 본능적으로 허리춤에 손을 가져갔다.

어린아이가 무슨 짓을 할 리가 없다는 걸 알면서도 그의 오랜 감각은 그것을 거부하고 있었다.

하지만 광휘는 곧 자루에서 손을 놓을 수밖에 없었다.

작은 문을 통과하자마자 그 옆에 서 있는 황 노인을 발견했기 때문이다.

"갑자기 이리 불러내서 미안하네. 미리 상의하고 진행해야 했었는데 너무 촌각을 다투는 일이라······."

광휘는 어둠 속이었지만 황 노인의 얼굴이 상기되어 있다는 걸 느꼈다.

"괜찮습니다. 말씀하십시오."

"저기 떨어진 곳에 마차 한 대가 있네. 안에 계신 분은 장씨세가의 소가주 중 한 명인 장련 아가씨야. 급한 일이 있어 이렇게 가는 것이니 이유를 묻지 말고 최대한 예의를 갖춰주게."

그는 긴장되는지 다시 한번 주변을 돌아본 후 다시 말했다.

"자네의 임무는 아가씨 옆에 있다가 동이 트기 전에 함께 들어오는 것이야. 물론 그녀는 안전해야 하고 반드시 제시간에 돌아와야 하네. 그리고 도착하는 순간 오늘의 일은 이 사실을 기억에서 지워 버려야 해. 할 수 알겠나?"

그의 말이 끝나자마자 광휘는 시선을 옆으로 돌렸다.

언덕 아래, 눈여겨보지 않으면 잘 보이지 않는 곳에 말 두 필과 마차 한 대가 있었다.

이 어두운 밤에도 우거진 나무들 속에 자리를 잡은 것이 나름의 신중을 기한 듯했다.

"알겠습니다."

광휘의 수락에 황 노인의 표정이 밝아졌다.

갑작스럽게 부탁한 것임에도 그가 거절하지 않아서였다.

"고맙네. 내 자네만 믿겠네. 그럼 어서 가보게."

광휘는 그의 말이 끝나자마자 걸음을 옮겼다.

성큼성큼 걸어가던 그는 언덕 아래로 내려간 후, 빠르게 마차로 달려갔다.

"아무쪼록 사고는 없어야 할 텐데……"

그 모습을 지켜보며 황 노인은 나직이 읊조렸다.

처음으로 가주의 명을 어기면서 행하는 일이다.

설령 묵객을 만나지 못한다고 하더라도 이 사실이 알려져선 안 되는 일이었다.

*　　　*　　　*

마차 안에 있던 장련은 누군가 들어오는 모습을 보고 반갑게 인사하려 했다.

하지만 낯선 사내의 모습에 말을 꺼내지 못하고 멈칫할 수밖에 없었다.

왠지 이유 모를 께름칙한 느낌을 받았기 때문이다.

그 느낌은 사내가 등 뒤로 메었던 두꺼운 무언가를 옆으로 놓아둘 때도 계속 이어졌다.

"광휘라 하오."

그가 자신의 소개를 할 때쯤 장련은 그 느낌이 무엇 때문인지를 깨달았다.

냄새.

그가 말하는 순간 흘러나온 강한 냄새가 그녀의 심기를 건드린 것이다.

"혹시, 술을 드셨나요?"

조심스럽게 묻는 장련의 목소리가 광휘에게로 향했다.

광휘는 잠시 머뭇거리다 고개를 끄덕였다.

"조금 먹었소."

"……!"

순간 그를 바라보던 그녀의 눈빛이 흔들렸다. 설마 했는데 정말로 술을 먹고 온 것이다.

"저를 호위하러 온 것이 맞으신가요?"

"그렇소."

"술을 드시고서도 저를 지켜줄 자신이 있으세요?"

장련의 말에 광휘는 시선을 다른 곳으로 돌렸다.

적당한 변명이 필요할 것 같은데 그로선 마땅히 떠오르는 게 없었다.

이리저리 생각하던 그는 이내 포기하고선 고개를 숙이며 포권했다.

"소저께 피해가 가는 일은 없도록 하겠소."

"……."

한동안 당황하던 장련은 잠시 침묵했다. 그러다 사내의 등 뒤에 있는 정체 모를 물건에 시선이 머물렀다.

마차의 양옆에 닿을 정도로 길쭉하고 커다란 물건이 신경 쓰인 것이다.

"그 뒤에 있는 것은 뭔가요?"

장련의 시선이 광휘 뒤로 향하자 그는 담담히 말했다.

"도(刀)요."

장련의 시선이 이번엔 그의 허리춤으로 이동했다. 그곳에도 비슷한 뭔가가 있다는 걸 보았기 때문이다.

"그럼 허리춤에 찬 것은요?"

광휘는 시선을 아래로 내리고는 대답했다.

"검(劍)이오."

"아……."

장련은 고개를 저었다.

두 손으로도 들기 힘겨워 보이는 도다. 거기다 검도 굽어진 데다 자루까지 독특한 모양으로 꺾여 있었다.

아무리 생각해도 실제로 사용할 수 있을 것 같지 않아 보였다.

'하지만 황 노대가 믿을 만한 사람이라 했는데…….'

평소 황 노대는 함부로 말을 내뱉지 않는 자였다.

그런 그가 믿을 만한 사람이라 말할 정도라면 분명 자신이 모르는 뭔가가 있을 터였다.

"혹시 소녀가 모르는 무슨 사연이 있나요?"

"……."

"무인이 이런 걸 쓰지는 않잖아요."

그녀가 계속 관심을 보이자 침묵하던 광휘가 입을 열었다.

"무인으로 산 지는 오래되었소."

"그랬군요."

장련이 이해하는 듯 대답했지만 그녀의 얼굴은 전혀 아니었다.

그저 형식적인 예의를 차리며 다른 곳에 시선을 둘 뿐이었다.

잠깐의 침묵이 흐르자 광휘는 어색해했다.

그녀의 반응에 뭔가 믿음을 주고 싶었지만, 딱히 생각나는 것이 없었다.

오랜 생각 끝에 그가 겨우 꺼낸 말은 단 한마디였다.

"노력하겠소."

"……."

다시금 정적이 흘렀다.

면사로 얼굴을 가린 그녀가 입을 닫자 광휘 역시 말하지 않았다.

또다시 시간이 흘렀을 때쯤, 장련이 넌지시 말을 걸었다.

"쑥 가루나 말린 쑥을 끓여 드셔보세요. 쉽게 구할 수 있고 숙취에도 도움이 되니까요. 아무리 술을 좋아하셔도 건강은 챙

기셔야 해요."

중요한 자리에서 술을 먹고 들어온 행동은 탐탁지 않았지만, 그녀는 진심 어린 조언을 했다.

생각해 보면 그도 장씨세가를 돕기 위해 온 자다.

현 석가장과 대립하는 상황에서 이렇게 올 수 있다는 것도 큰 용기가 없으면 불가능했다.

'왜 대답이 없지?'

뭐라도 감사하다는 말이 있을 거라 생각해 장련이 슬쩍 고개를 돌려 보았다.

한데 사내는 여전히 고개를 숙인 그 자세로 침묵하고 있었다.

마치 장련의 배려 따위는 신경 쓰기 싫다는 듯이.

그것이 그녀를 신경 쓰이게 했다.

그녀는 무심한 사내의 반응이 얄미워졌다.

그 순간 재밌는 생각이 떠올랐다.

무덤덤하게 반응하던 그를 놀라게 해줄 말이 떠오르는 것이다.

"우리가 어디 가는지 아나요?"

그녀가 질문을 꺼냈을 때야 비로소 광휘가 반응을 해왔다.

"듣지 못했소."

"묵객을 만나러 가요."

"……"

"……"

장련은 미간을 좁혔다.

약간 겁을 먹는 모습을 보려 했던 것인데 사내에게서 아무런 반응이 없어 의아했던 것이다.

그녀는 다시 목소리를 높였다.

"묵객이라고요."

"……."

"우린 묵객을……."

"알겠소."

장련의 눈썹이 꿈틀댔다.

최소한 무슨 반응이 나올 줄 알았는데 눈앞의 사내는 별다른 감흥이 없어 보였다.

마치 친구 이름을 듣는 듯 무덤덤했다.

장련은 또다시 머리가 지끈거려 왔다.

어떻게 된 것이 그와는 대화 자체를 할 수가 없었다.

말을 할수록 답답해지는, 그녀로선 이런 기분은 처음이었다.

잠시 침묵 뒤 그녀는 답답함을 이기지 못하고 말했다.

"정말 묵객이 누군지 모르시나요?"

"……."

"칠객 중 한 명인 묵객을 정녕 모르시나요?"

그녀의 물음에 광휘가 그녀를 바라봤다. 면사 사이로 아련히 비치는 그녀의 얼굴이 드러났다.

깨끗하고 고아하다는 느낌을 풍기는 그녀였다.

잠시 머뭇거리던 광휘가 시선을 돌리며 말했다.

"묵객이라는 자가 칠객이었소?"

반응이 있자 장련의 목소리가 커졌다.

"그래요. 묵객이란 자가 칠객 중 일인이에요."

광휘는 천천히 시선을 떨구었다. 그리고 마치 혼자 읊조리듯 알 수 없는 말을 해댔다.

"칠객이 많이 변했구려."

"……."

"알려줘서 고맙소."

그 말에 그녀는 눈가를 찌푸리며 말했다.

"대체 당신은 뭐 하던 사람인가요?"

第四章

묵객

덜컹덜컹.

돌이라도 걸린 듯 마차가 흔들렸다.

장련은 넘어지지 않기 위해, 앉은 자리와 벽에 손을 짚었다. 길이 험한 탓에 덜컹거림은 계속 이어졌다.

그녀는 벽과 의자를 붙든 채 기다렸다. 한참을 요동치던 마차는 반듯한 길에 들어서자 곧 조용해졌다.

"무인으로 산 지는 오래되었소."

마차가 조용해지자 광휘의 대답이 뒤늦게 이어졌다.

들릴 듯 말 듯 한 작은 목소리였다.

장련은 그를 잠깐 바라보다 시선을 돌렸다.

다시 말해봐야 별다른 답을 얻기 힘들 것 같았기 때문이다.

솔직히 말하면 그를 신뢰하기 힘들었다.

칠객에 대한 것을 입에 올리는 모습은 누가 보더라도 이해할 수 없을 것이다.

하지만 하나는 짚고 넘어가야 했다.

만약 묵객을 만나게 되면, 그가 자신에게 했던 것과 같은 무례한 행동은 없어야 했기 때문이다.

"묵객에 대해 모른다면 이참에 알아두세요. 그는 우리 같은 사람과는 달라요. 그의 별호는 풍운도귀(風雲刀鬼). 이름처럼 빠르고 강렬한 도(刀)로 보통의 무림인 십여 명은 혼자서도 손쉽게 상대하는 고수예요."

"……."

"그 정도로 강한 사람이에요. 당연히 자존심도 강하겠죠? 만약 그를 만나게 되면 최대한 말을 가리서야 해요."

광휘는 조용했다.

단지 무슨 생각을 하는 듯 메마른 바닥만을 우두커니 바라볼 뿐이었다.

잠깐의 침묵 뒤 광휘가 그녀에게 말을 걸어왔다.

"한 가지 묻고 싶소."

"네, 말씀하세요."

장련은 반색하며 고개를 끄덕였다.

그가 처음으로 자신의 말에 집중하고 있다는 것에 기쁨을 표한 것이다.

"강하다는 건… 정확히 무엇을 말하는 거요?"

"……"

장련은 눈을 껌뻑였다.

그의 말이 무엇을 가리키는 건지 단번에 알아듣지 못한 것이다.

하지만 이내 그 의미를 깨달은 그녀는 인상을 찌푸렸다.

"지금 절 놀리시는 건가요?"

원래의 그녀라면 그냥 얼굴을 돌려 버렸을 것이다. 하지만 지금은 그리할 수 없었다.

사내의 눈빛이 정말로 진지했기 때문이다.

이제껏 이리저리 시선을 회피하던 사내가 처음으로 자신을 또렷하게 바라보고 있었다.

그 때문일까.

그녀는 한숨과 함께 사내의 말에 대답해 주었다.

"강하다는 건 말 그대로 무공이 강하다는 거예요. 힘이 강하면 남과 싸워 이길 수 있는 거죠. 이제 이해가 됐나요?"

장련은 고개를 저었다. 설명하면서도 자신이 왜 이런 말을 하고 있나 의문이 들었다.

그녀는 또다시 머리가 지끈거리는 것을 느꼈다. 그녀에게 이건 아이들을 가르치는 것보다 더 힘이 들었다.

하지만 더 황당한 것은 그다음이었다.

사내가 강하게 그녀의 말에 부정을 했기 때문이다.

"그런 이유에서라면 소저의 말은 틀렸소."

"네?"

장련은 그가 무슨 말을 하는지 이해할 수 없었다. 사내는 계속 말을 이어갔다.

"소저의 말대로라면 그는 강한 게 아니오. 단지 무공만 강한 것이라면 말이오."

"……."

장련은 다시 그를 바라보았다. 그는 처음부터 끝까지 이해 안 되는 말만 하고 있었다.

무공이 강한 것은 강하게 아니라니.

이 무슨 얼토당토않은 말이란 말인가.

그사이 광휘는 창가에 시선을 두고 있었다.

그는 얼굴 크기만 한 작은 창을 바라보며 과거의 상념에 빠져들고 있었다.

'요산월도(樂山月刀) 장춘마(張春魔).'

그의 과거의 기억 속에서 가장 먼저 떠오르는 자였다.

그도 강했었다.

녹림십팔채 중 하나인 호용채(虎龍寨)의 산적들 수십 명과 함께 양가충(梁家忠)이라는 채주의 목을 베고 암살단에 들어온 것만 봐도 그가 얼마나 강한지 알 수 있었다.

무공에 관한 한 암살단 대원도 고개를 끄덕일 만한 뛰어난 무인이었다.

하나 그는 죽었다.

일 년 동안 고된 훈련을 받은 후 고작 세 번의 임무를 넘기지 못하고 살수의 칼에 목이 날아갔다.

자만했기 때문이다.

행동강령을 어기고 혼자 움직이다, 단 일검에 모든 것을 건 살수의 칼을 피하지 못한 것이다.

그와 비슷한 자는 또 있었다.

'매화검수(梅華劍手) 백건악(百建岳), 매화추룡(梅華追龍) 백무심(白無心).'

하나는 백발에 홍안의 노인. 하나는 벙어리 검수.

그들은 화산파 장로들로서 검에 관한 한 타의 추종을 불허하는, 맹주의 추천에 의해 들어온 절정고수들이었다.

그들 역시 강했다.

명문 정파라는 화산파. 그들이 낳은 수재라는 말만 들어도 암살단 내 그들보다 강하다고 말할 자는 거의 없어 보였다.

하지만 그들도 다섯 번의 임무를 넘기지 못하고 죽었다.

바닥을 기어야 하는 순간에 백건악이 멈칫했고 거기서 그의 가슴은 살수의 칼에 관통당했다.

그 모습을 본 백무심은 이성을 잃어버렸고, 그러다 다른 살수의 칼에 목이 날아갔다.

단지 일순간 의식과 감정을 통제하지 못했을 뿐이었는데 결과는 비참한 죽음으로 이어졌다.

'일대검호(一代劍豪) 백중건(白重建).'

하지만 가장 충격적이었던 것은 살수 암살단 삼 년 차 때 들어온 이였다.

그는 거창한 별호에 걸맞은 무공을 사용했었다. 맹에서 그를 중원의 십대고수 중 한 명이라 얘기했을 때부터 실력에 관한 한 의문을 품을 수 없었다.

실제로도 그래 보였다.

인간의 검에서 광채가 나올 수 있다는 것을 그때 처음 알았으니까.

하지만 그도 죽었다.

그것도 살수 암살단 역사를 통틀어 가장 빨리 죽었다.

첫 번째 임무 투입 만에 살명(殺名)이라는 일급 살수와 함께 죽은 것이다.

그 이유는 간단했다.

그의 무공이 너무 강했기 때문이다.

'벽력탄…….'

웬만한 암기쯤은 파훼할 수 있었던 실력이 되레 그의 발목을 잡았다.

물론 살명이란 사내의 몸에 개량된 스물다섯 개의 벽력탄이 있다는 걸 그가 알았다고 해도 그는 오래가지 못했을 것이다.

그런 인물들은 또다시 언젠가 자신의 무공을 과신할 것이었고 그러다 죽어가게 될 것이다.

그때 광휘도 깨달은 것이 있었다.

그렇게 강했던 백중건의 몸이 형체를 알아볼 수 없게 터져 나가는 것을 보며 알게 되었다.

검 하나로는 이곳에서 살아남지 못할 것이란 것을.

갑작스럽게 날아온 벽력탄에도 살아남을 수 있는 방패가 필요하다는 것을.

등 뒤에 있는 구마도를 얻었던 건 아마도 그때쯤이었을 것이다.

"잊지 마라. 우리가 상대할 자는 살수다."

침묵의 시간이 길어졌지만 장련과 광휘는 더 이상 대화를 나누지 않았다.

장련은 말을 하면 할수록 벽과 대화하는 것만 같은 답답함에, 광휘는 굳이 말을 할 필요성을 못 느꼈기에 그렇게 시간이 지나간 것이다.

이윽고 몇 번의 출렁임 뒤에 마차가 멈췄다.

그 후 문이 열리며 단신의 장년인이 고개를 숙였다.

"다 왔습니다."

*   *   *

대개의 객잔은 밤이 되면 문을 닫는다.

오는 손님이 적을뿐더러 괜한 화를 피하기 위해서라도 장사를 일찍 끝낸다.

하지만 홍등가는 모두가 잠자리에 들었을 때야 장사를 시작한다. 객잔과 달리 주루와 기루는 그때부터 손님을 맞이하기 때문이다.

그중에서도 소동객잔은 가장 빨리 문을 연다.

홍등가의 중심가인 데다, 다른 곳보다 규모가 큰 탓이었다. 오직 이곳만이 객잔과 주루, 기루를 모두 운영했다.

구슬처럼 매달린 주렴을 치우며 소동객잔에 들어섰을 때였다.

한쪽 탁자에 등을 기대고 있던 염소수염이 광휘와 장련을 발견하고 다가왔다. 서글서글한 눈매에, 아래로 접힌 이중 턱이 자못 친근한 느낌을 자아내는 사내였다.

"반갑습니다. 어디로 모실까요?"

장련은 기다렸다는 듯 소매에서 주먹만 한 전낭을 건넸다.

"사람을 찾고 있어요."

얼떨결에 그것을 받아 든 염소수염은 재빨리 주머니를 뒤지기 시작했다.

그리고 이내 은 다섯 냥을 발견하고는 일순간 그의 표정이 변했다.

그는 급히 고개를 들어 눈앞에 있는 여인을 다시금 바라보았다.

척 봐도 흔히 구할 수 없어 보이는 고급 비단. 군데군데 드러난 문양이나 도안들은 보통의 재단사가 만들 수 없는 수준의 옷이었다.

그의 허리가 자연스레 기역자로 꺾였다.

인생에 세 번 온다는 기회 중 하나가 지금임을 직감한 행동이었다.

"말씀만 하십시오. 사십 평생, 눈썰미 하나로 살아온 외길 인생입니다."

자세가 바뀌는 모습을 본 장련은 그제야 자기 생각을 털어놓기 시작했다.

"며칠 전 이곳에 들렀다는 사내예요. 훤칠한 얼굴에 검은 두건을 썼어요. 그리고 허리춤엔 단월도를 차고 있어요."

"한번 찾아보겠습니다."

곧바로 머리를 숙이며 염소수염이 뒤돌아섰다. 그러다 멈칫하더니 다시 되돌아서며 물었다.

"그런데 방금 단월도라 하셨습니까?"

"네, 혹시 기억나는 자가 있나요?"

그 말에 염소수염이 난처한 듯 머리를 긁적였다.

"그게 아니라… 단월도란 병기를 제가 직접 본 적이 없어서 말입니다. 들리는 말로는 흔하지 않은 기형도로 전국에도 얼마 없고 종류에도 몇 가지 있다고 하던데 소인이 봐도 알 수 있을지 모르겠습니다."

그 말에 장련이 기다렸다는 듯 말했다.

"두 종류지만 생김새는 같아요. 길이는 삼 척 반에 사 촌의 너비를 가지고 칼날 끝이 눈썹처럼 조금 굽어진 형상을 가진 도예요. 두 도(刀)의 차이점이라면 자루 끝에 달린 연납의 무게인데 외형으로 보기에는 차이가 없어 똑같다고 생각하시면 편할 거예요."

"아, 그렇습니까? 그렇다면 눈으로 보더라도 찾을 수가 있을 것 같습니다."

염소수염은 알겠다는 듯 고개를 꾸벅이며 다시 뒤돌아섰다.

"한 가지가 더 있소."

그가 멀리 있는 두 명의 점소이를 손짓으로 부르려 할 때였다.

낮게 깔린 음성이 그의 등 뒤에서 들려왔다.

뒤를 돌아보자 여인과 한 걸음은 떨어진 곳에서 침묵만 지키고 있던 사내가 자신을 바라보고 있었다.

"삼 척 반 길이의 사 촌 너비는 같지만… 칼날 끝은 눈썹 모양보다 좀 더 굽은 초승달 모양을 하고 있소. 거기다 칼날의 두께가 두 푼 더 깊어 허리춤에 차는 단월도와 다르게 등 뒤에 도를 메오."

그 말에 장련의 시선이 그에게로 향했다.

자신도 알지 못했던 단월도를 거론하자 약간은 당황한 모습이었다.

"알겠습니다. 유심히 살펴보겠습니다."

광휘의 말을 들은 염소수염이 고개를 끄덕였다.

그러고는 멀리서 불렀던 점소이와 함께 객잔 안을 뒤지기 시작했다.

그들이 사라지고 잠시 시간이 흘렀을 때쯤.

잠시 침묵을 지키던 장련이 호기심을 참지 못하고 말을 꺼냈다.

"단월도를 직접 본 적이 있으신가요?"

광휘는 고개를 끄덕였다.

"그렇소."

"의외네요. 단월도 같은 기형도를 아는 자는 많지 않은데……."

장련이 눈앞의 사내가 단월도를 안다는 것에 매우 의아해했다.

칠객에 대해 자세히 모르는 자가 칠객이 쓰는 기형도에 대해 자신보다 더 자세히 알고 있었기 때문이다.

화려한 이력을 가진 칠객인 만큼 그와 관련된 재미난 얘기가 많다.

그중에서도 재미난 점은 그들 대부분이 기형도와 기형검을 사용한다는 것이다.

그로 인해 한때 강호인의 상당수가 그들의 검과 유사한 형태를 만들어 가지고 다녔다.

하지만 유행은 잠시뿐이었다.

기형도와 기형검을 만드는 제작 과정은 생각보다 복잡하고 정교한 작업을 요구했다.

사람의 체형에 맞아야 할뿐더러 도를 인위적으로 변형할 때 칼날이 약간만 틀어져도 사용할 수 없기에 섬세하게 만들어야 했던 것이다.

거기다 우여곡절 끝에 그런 검을 만들어낸다 하여도 그걸 실전에 쓸 수 있는 자는 손에 꼽을 정도였다.

하여 지금에서는 기형도를 가지고 다니는 자들이 거의 없는 실정이었다.

"단월도를 가진 자는 당신과 어떤 관계였나요?"

호기심이 부쩍 커진 장련은 광휘를 향해 다시금 묻기 시작했다. 기형 병기를 사용한다는 것만으로도 범상치 않은 인물임을 직감한 것이다.

"친구들이었소."

담담하게 광휘가 대답했다.

그 말에 그녀의 눈에 이채가 어렸다.

친구라면 접촉하기도 어렵지 않을 터.

한 명의 고수라도 아쉬운 이때에 그녀의 관심이 자연스레 그곳으로 이어졌다.

"그런 자들이 있으면 소개 좀 해주시지 않을래요? 아시겠지만 우리 세가에선 그런 뛰어난 무사들이 매우 필요해요."

"어렵소."

광휘가 고개를 저었다.

"왜요? 생각보다 실력이 별로인가요?"

"그게 아니오."

"그럼요?"

광휘는 메마른 바닥으로 시선을 내리깔았다. 더 이상 말을 받을 의사가 없음을 표시한 것이다.

하지만 그럴수록 장련의 호기심은 더욱 커졌다.

그가 무엇을 원하는지만 알면 어디라도 초빙할 수 있을 것 같았다.

"그럼 어디에 사는지만 알 수 있을까요? 그것도 힘드세요?"

"찾아본들 소용없을 거요."

"왜죠?"

재촉하는 그녀의 말에 광휘는 다시 그녀에게 시선을 돌렸다.

여전히 변화 없이 굳은 표정이었지만 목소리만큼은 왠지 모르게 상기되어 있었다.

"죽었소. 오래전에 말이오."

"……."

순간 어색한 분위기가 흘렀다.

예상치 못한 답변에 장련이 당황한 것이다.

장련은 어색한 분위기를 돌리기 위해 급히 말을 돌렸다.

"그럼 알고 있는 사람들이라도……."

"모두……."

"……."

"모두 죽었소."

*   *   *

잠시 시간이 흐른 뒤 염소수염이 두 명의 점소이와 함께 고개를 절레절레 흔들며 나타났다.

장련의 표정은 굳어졌다. 하지만 그녀는 감정을 드러내지 않고 곧바로 이 층으로 올라갔다.

이 층 주루는 일 층과는 달리 주위가 어두웠다.

또한 일 층에는 거의 보이지 않던 여인들이 여기선 남정네들 사이에서 술을 마시고 있었다.

염소수염은 다시 주위를 살피기 시작했고, 일다경이 흐른 후 그녀 앞으로 걸어왔다.

결과는 같았다.

그녀가 말한 사내를 찾지 못한 것이다.

"삼 층으로 가죠."

"아가씨, 그곳은……."

장련의 말에 염소수염이 난색을 표했다.

삼 층은 주루가 아닌 기루였다.

단순히 눈으로 볼 수 있는 이곳과는 다른 구조로 되어 있었다.

하지만 장련은 그의 말을 듣지 않고 곧장 계단을 올랐다.

삼 층은 아래층과는 또 다른 분위기였다.

건물 좌우로 꽉 들어찬 내방(內方)이 대부분 공간을 차지하고 있었다.

각 내방 앞에는 칼을 찬 무사들이 삼엄한 경계를 서고 있었고 그들 밑에 놓인 신발들은 이곳 내방이 일반 기루와는 다른 좌식 구조로 만들어졌다는 걸 짐작케 했다.

내부는 전체적으로 어두컴컴했다. 사물을 인식할 수 있는 빛이라곤 천장에 매달린 보랏빛 색지뿐이었다.

"보시면 아시겠지만 여기선 최대한 행동을 가려 하셔야 합니다. 괜히 내방에 들어가려다 목이 날아갈지도 모르니까요."

"그럼 어떻게 하죠?"

"아침까지 기다리시면 됩니다. 제가 일일이 확인하고 알려 드릴 테니 걱정을 놓으시지요."

"안 돼요. 그때까진 제가 못 기다려요."

"방법이 없습니다, 아가씨."

"어떻게든 찾아보세요."

장련은 물러서지 않았다.

겨우 시간을 빼서 온 것이었다.

다음번엔 언제 시간을 낼 수 있을지 알 수 없었다.

처억.

그때 침묵을 지키고 있던 광휘는 그녀를 지나쳐 세 걸음 정도 앞으로 걸어갔다.

그러고는 내방 주위를 천천히 둘러보았다.

"뭐 하시는 것이오?"

염소수염이 둘러보는 광휘 앞을 막아섰다.

"방금 직접 들어가지만 않으면 된다 하셨소?"

"그렇소."

"들어가지만 않으면 뭐든 괜찮소?"

그 말에 염소수염은 고개를 저었다.

"문을 잡아도 안 되오. 또한, 소리를 내어서도 안 되오."

"마지막으로 묻겠소. 안을 들어가지 않고 문을 잡거나 소리를 내지 않으면 괜찮은 거요?"

광휘가 속내를 알 수 없는 말로 계속 묻자, 염소수염은 눈앞의 사내를 천천히 살피기 시작했다.

화려한 복장의 여인과는 달리 그는 그다지 존재감이 느껴지지 않는 자였다.

체격도 얼굴도 평범했다.

눈빛도 사나워 보이기보다는 온순한 쪽에 가까워 보였다.

단지 하나 걸리는 거라면 앞에 허리춤에 매달린 특이한 자루, 등 뒤에 우뚝 솟은 정체를 알 수 없는 물체뿐이었다.

그는 눈앞에 있는 사내에 대해 어느 정도 판단이 섰는지 고개를 끄덕였다.

"그야 그렇소만."

그 말에 광휘는 다시 한번 주위를 둘러본 후 입을 열었다.

"밝은 각등(角燈) 하나를 내어줄 수 있소?"

"각등? 뭐에 쓰시려고?"

광휘가 대꾸하지 않고 가만히 서 있자 염소수염은 미간을 한번 찡그리고는 고개를 돌렸다.

돈도 받았고 하니 호위무사의 말이라고 하더라도 그냥 무시할 수는 없는 일이었다.

"일 층에 가서 각등 하나 가져와 봐."

염소수염의 어깨높이만큼 오는 점소이가 한 곳으로 부리나케 뛰어갔다.

잠시 뒤 그가 각등을 가져오자 염소수염은 붉은 색지를 떼어낸 각등을 사내에게 건넸다.

안에 있던 강한 불빛이 광휘의 손 주위로 새어 나오며 주위를 또렷하게 비췄다.

"뭐에 쓰려고 그러는지 모르지만 몸조심하는 게 좋을 게요. 저들은 이곳 뒤를 봐주는 흑사벽(黑邪壁) 사내들로 우리처럼 친절하지 않소."

광휘가 무심한 표정으로 그것을 받아 들었다.

그 뒤 그는 곧장 몸을 돌리며 내방 사이로 걸어갔다.

* * *

'대체 뭐 하려는 걸까?'

사내의 갑작스러운 행동에 장련은 그를 의아하게 바라봤다.

뭔가 돕겠다고 나서는 것 같은데, 이해가 가지 않았다. 내방에 들어갈 수도 없는 이 상황에 뭘 하겠다고 하는 건지.

그사이 광휘는 내방을 계속 지나쳐 중간쯤에 섰다.

그러고는 우측으로 돌아 문 앞에 있는 호위무사의 허리 높이로 각등을 내밀었다.

"꺼져라."

광휘가 주위를 밝게 비추자 볼에 검상 자국의 무사가 눈을 부라렸다. 다짜고짜 나타난 사내의 존재가 신경에 거슬린 것이다.

"말로 해서는 안 될 놈이군."

결국 화를 참지 못한 그가 칼자루로 손을 가져갔다.

하지만 그는 실력 행사를 하기 전에 자루에서 손을 놓을 수밖에 없었다.

전혀 엉뚱한 곳에서 그의 동작을 막은 것이다.

"무슨 일이냐!"

내방 안에 있던 사람의 목소리였다. 그 말에 호위무사가 문틈에 대고 조심히 말했다.

"별일 아닙니다! 각등을 든 사내가 지나가는 중이라⋯⋯."

"어서 보내!"

"옙, 어르신."

내방 무사가 고개를 돌렸다. 그곳엔 광휘는 없었다. 이미 다른 곳으로 걸어가고 있었다.

'대체 뭘까?'

지켜보던 장련의 의아함은 더욱 커졌다. 아무리 생각을 해보아도 호위무사가 하는 행동의 의미를 찾지 못했다.

잠시 뒤 광휘는 열 번째 내방에 서며 각등을 허리 높이로 들어 올렸다.

조금 전 광휘의 행동을 보았는지 문 앞에 있던 내방 무사는 대화도 없이 칼자루에 손을 올렸다.

"웬 놈이냐!"

이번에도 노쇠한 목소리가 문밖으로 흘러나왔다.

그로 인해 호위무사는 조금 전의 무사처럼 같은 말을 반복할 수밖에 없었다.

광휘는 다시 걸었다.

그러다 이번에는 열두 번째 내방 앞에서 멈춰 섰다.

그 순간 눈앞에 있는 무사가 반응할 사이도 없이 중년인이 뛰어나와 문을 열었다.

"누구냐!"

"실례가 되었다면 용서하시오. 갑자기 어두운 곳에 오니 앞이 잘……."

광휘는 두 손을 포권했다. 그 모습에 중년인이 눈을 부라리며 말했다.

"흥! 입은 옷으로 보아하니 이런 곳은 처음 오는 모양이군. 내 오늘은 특별히 넘어가 주마. 하지만 다시 한번 문에 칼을 비출 시엔 경을 칠 줄 알거라!"

탁!

그는 세차게 방문을 닫고는 안으로 들어갔다.

'아!'

광휘의 행동에 장련의 눈이 커졌다.

이제야 저 사내가 무슨 이유로 밝은 각등을 꺼냈는지 깨달은 것이다.

밝은 빛으로 무사들의 칼자루를 문에 비춘다.

뒤쪽 문창살 사이에 붙여진 한지에 상대의 칼자루가 비치면 그 모습을 본 사람은 어떤 식으로든 반응을 하게 되어 있다.

그것은 곧 묵객이 아니라는 신호였다.

고수들일수록 오히려 냉정해지고 행동이 조심스러워진다는 건 자신도 알고 있는 것이 아닌가.

적어도 저렇게 과민하게 반응할 리는 없을 터였다.

'그런 이유라면 다른 곳은 왜 돌아보지 않는 거지?'

장련은 사내가 보여준 것만으로 모든 것을 이해하지는 못했다.

그는 무슨 이유에서인지 세 개의 내실만 비춘 뒤 이곳으로 돌아왔다. 그것은 다른 곳을 비추지 않은 데에는 이유가 있다는 것을 뜻했다.

"다른 곳은 비추지 않는 건가요?"

광휘가 다가오자 그녀는 곧바로 물었다. 광휘는 들고 있던 각등을 바닥에 내려놓고는 말했다.

"무림인이 아니오."

"어떻게요? 보지도 않았잖아요."

"내 방 앞에 신발이 있지 않소."

장련은 그 말대로 나와 있는 신발들을 힐끗 바라봤다. 그사이 광휘가 다시 말을 이었다.

"비단이나 삶은 가죽으로 만든 신발은 무림인보다는 대갓집 사람일 가능성이 높소. 동물 기름을 덧칠하거나 색이 뚜렷한 신발, 혹은 새것이거나 관리가 잘된 신발도 포함되오."

"……."

"또한, 신발 뒤쪽이 닳아 있거나 앞쪽이 닳아 있는 자들은 무림인이 아닐 가능성이 높소. 무림인은 일정한 보폭으로 걷소. 그 이유가 기습을 대비하기 위함임을 그대도 알 것이오."

장련은 그의 말을 듣고는 내 방 쪽으로 시선을 움직였다.

방 앞에 놓인 신발은 대략 이십여 켤레.

그는 각등을 들고 가면서 비슷비슷한 보이는 신발들을 단 몇 번 돌아본 것만으로도 모두 파악했다.

아니, 단순히 보는 것에만 그치지 않았다.

신발이 닳아 있다는 것까지 파악했을 정도다. 이는 신발을 유심히 보지 않는 이상 불가능한 일이었다.

그래서일까.

그녀는 자신도 모르게 고민을 털어놓았다.

"그럼 이젠 어떡하죠?"

"아직 시간이 있다면 기다려 볼 수밖에 없지 않겠소."

그 말에 장련은 고개를 끄덕였다.

아직 시간이 두 시진이나 남았다.

그사이 묵객이 올 수도 있으니 우선은 기다려 보는 것이 좋을 것 같았다.

"내려가요."

＊　　　＊　　　＊

염소수염은 이 층 난간에 붙어 있는 탁자로 안내했다.

그곳은 일 층이 한눈에 보이는 자리로 사람이 들어오거나 나가는 입구까지 볼 수 있는 위치였다.

"뭘 시키겠습니까?"

"아뇨. 괜찮아요. 그보다 일 층에 내려가서서 묵객이라고 짐작되는 사내를 목격하면 제게 빨리 알려주세요."

그녀의 말에 염소수염은 고개를 끄덕이며 곧장 사라졌다.

"그런데 황 노대를 어떻게 알게 되었어요?"

시선은 입구 쪽에 두며 장련이 입을 열었다.

문득 그에 대해 물은 적이 없다는 걸 깨달은 것이다.

"우연히 만났소."

"우연히요? 어디서요?"

"……."

광휘는 침묵했다. 기억을 더듬는 중이었다.

최근 들어 부쩍 그런 일들이 많았다.

잊고 싶은 기억들은 굳이 생각하지 않아도 또렷하게 떠오르는 반면, 기억하고 싶은 것들은 생각하려 해도 잘 떠오르지 않았다.

"그럼 어떻게 하다 호위무사로 들어오신 건가요?"

대답이 늦어지자 장련이 화제를 돌렸다.

"빚이 있소."

"돈 때문은 아니겠지요. 황 노인에게 신세 진 일이 있어서 그걸 갚으려고 호위무사를 자처하게 된 건가요?"

"…그렇소."

"그럼 본 가에 들어오기 전엔 뭘 하셨나요?"

장련이 가장 궁금했던 부분이었다.

과거엔 뭘 했는지.

대체 무엇을 했기에 황 노인이 그를 추천하여 자신과 같이 오게 했는지 궁금했다.

광휘는 별로 어렵지 않게 대답했다.

"맹(盟)에 있었소."

"맹이요? 설마 무림맹이에요?"

"그렇소."

장련의 시선이 잠시 사내에게 머물렀다.

놀라움과 호기심이 동시에 든 것이다.

무림맹.

무림인이라면 누구나 한번 들어가 보고 싶어 하는 곳이다.

명예로운 자리와 함께 안정된 수입이 보장된 곳으로, 보이지 않는 혜택까지 합하면 어느 곳보다 좋은 조건에서 일할 수 있는 곳이었다.

그렇기에 들어가기가 힘들었다.

한 해 지원하는 자가 셀 수 없을 정도로 많은 데 반해 뽑는 인원은 오백여 명이 채 되지 않았다.

'무림맹 사내라도……'

잠시 들뜬 기색을 내보이던 그녀의 눈빛은 천천히 가라앉았다. 일 년 전만 하더라도 아주 반가워했겠지만, 지금은 아니었다.

예전과 지금의 석가장은 완벽히 달라져 있었기 때문이다.

뛰어난 무인들을 대거 영입함은 물론 최근에는 상상을 초월하는 고수들을 영입했다는 정보도 있었다.

"혹시 맹의 어디에 계셨는지……."

"들어도 모를 것이오. 그냥 하부지단의 말단이었소."

"아, 네."

장련은 한숨을 내쉬었다.

짐작한 대로 하부지단의 말단.

그 정도 실력이라면 지금의 장씨세가에 큰 도움이 되지 못할 것은 자명했다.

"당신을 위해서 한마디만 할게요."

장련의 말에 광휘는 그녀의 대답을 기다렸다.

"현재 석가장의 힘은 당신이 맹에 있었던 시절과는 차원이 달라요. 단언하건대, 무림맹 출신조차도 손쉽게 상대할 실력자들이 최소 열 명은 넘을 거예요. 알려진 것만으로도 그런데 알려지지 않은 것까지 합하면 얼마나 강할지 예측조차 할 수 없어요."

"……."

"저희를 도와주려는 마음은 정말 감사하지만, 단순히 빚 때문이라면 그만두세요. 괜히 본가에 있다가 위험을 무릅쓸 필요가 없잖아요. 황 노인에게는 제가 말씀을 드릴 테니 제가 본가로 돌아갈 때까지만 도와주세요."

광휘의 눈빛은 어느 때보다 고요했다.

무슨 생각을 하는 것인지 전혀 알 수 없을 만큼 그의 시선은 내려가 있었다.

"내 일은 내가 알아서 하겠소."

광휘의 말에 입구 쪽으로 시선을 돌리던 그녀의 눈빛이 다시 그에게로 고정되었다.

"그러다 당신이 죽을 수도 있다고요."

"그건 소저가 신경 쓸 일이 아니오."

"……."

장련은 수심이 가득 담은 눈길로 그를 바라봤다.

세상에 여러 빚이 있다지만 목숨만큼 큰 빚은 없다.

그런데 그녀의 눈앞에 있는 사내는 전혀 그런 것에 개의치 않아 보였다.

미련했다.

뭐라고 꾸짖고 싶은 생각 이상으로 더.

그녀는 사내를 바라보다 고개를 다른 곳으로 돌렸다.

미련하다고 느낀 건 진심이었다.

그런데 한편으로는 미안한 감정이 들었다.

자신이 이리 말하면 미련 없이 돌아설 줄 알았다.

앞서 마차에서 그를 홀대한 게 있으니 분명 그러겠다고 할 줄 알았다.

하지만 그는 거부했다.

빚을 위해 목숨을 건 것이다.

세상에 목숨으로 빚을 갚으려는 자가 과연 몇 명이나 있겠는가.

다시 침묵이 일었다.

그리고 잠시 시간이 흘렀을 때 광휘가 뭔가 떠올랐는지 그녀에게 말을 했다.

"궁금한 게 있소."

"뭔가요?"

"과거 칠객이었던 단리형(段里形)의 근황을 아시오?"

장련은 순간 기가 막힌 표정을 지으며 그를 바라봤다.

"조심하세요. 무림맹주 본명을 함부로 부르다간 맹의 사람들에게 혼이 날지도 몰라요."

"무림맹주? 그가 지금 무림맹주요?"

"그래요. 현 무림맹주가 그예요."

광휘는 자신의 표정을 숨기기 위해 급히 바닥으로 시선을 돌렸다.

그러고는 다시 천장을 올려보며 미묘한 표정을 지었다.

'그랬구나. 단리형이 무림맹주가 되었구나.'

그리되길 바랐고 그리될 것으로 생각했다. 그런데 정말로 그리되니 이상하게 마음이 복잡했다.

"단리형, 아주 대단한 사람이죠. 칠객 출신으로 천중단(天重團)에 들어가 수없이 많은 이들을 구해냈죠. 특히 대살성(大殺星)을 해치운 영웅담은 듣고 있을 때면 정말로 기분이……"

"그건 그가 구해낸 것이 아니오."

그 순간 광휘는 그의 말을 가로챘다.

"네? 아니에요. 그들이 대살성을……"

장련이 말을 끝맺지 못했다.

좀 전과 다르게 광휘의 눈빛이 너무나 강렬했기 때문이다.

목소리 또한 그답지 않게 컸다.

"천중단의 대살성 척결은 일개 임무였소. 그 외에 숨겨지고 가려진 임무들이 훨씬 많았소. 또한 그 임무 속에는 우리가 알지 못하는 수많은 목숨이 있었소. 협(俠)이라는 허무맹랑한 오물을 뒤집어쓰고 전국 각지에서 몰려든 사내들 말이오."

"……"

"그들은 소리 없이 죽어갔소. 그저 스스로 고통을 감내하고 인내했소. 정의라는 이름 앞에 시커멓게 타들어가는 자신들의 가슴도 모르고 말이오. 단리형이 한 것이라곤 단지… 마지막까지 살아남았다는 것. 그것 하나뿐이오."

쉴 새 없이 토해내던 광휘의 말에 장련은 아무 말도 하지 못했다.

자신이 전혀 알지 못하는 얘기들이 쏟아져 나오자 뭐라 얘기해야 할지 갈피를 잡지 못한 것이었다.

"거 듣던 중 재미있는 얘기구려."

그러던 그때였다.

옆을 지나가던 사내가 갑자기 걸음을 멈추더니 장련 앞으로 걸어왔다.

뚜렷한 이목구비에 깔끔한 눈썹이 매우 인상적인 사내였다.

그를 바라보던 장련은 이내 허리춤으로 시선을 돌리다 눈을 부릅떴다.

그의 등 뒤에 눈썹보다 더 휘어진 도집.

광휘가 말했던 초승달 형태로 휘어진 도집이 등 옆으로 삐져나와 있었던 것이다.

第五章

내기

사내는 검은 두건을 쓰고 있지는 않았다.

호감형으로 보였으나 사람마다 느끼는 기준이 다르기에 장련으로선 그가 묵객인지 확신할 수 없었다.

그러나 등에 찬 도집은 진짜였다.

단월도.

그녀가 애타게 찾던 그가 나타난 것이다.

'그런데……'

장련은 그의 허리 높이에서 다시 시선이 머물렀다.

그곳에도 칼이 있었다.

검인지 도인지 알 수 없었지만 분명 허리춤에 칼집이 보였다.

"말씀 중 죄송하오. 제법 흥미로운 얘기라… 실례가 안 된다면 더 들어볼 수 있겠소?"

사내는 고개를 숙이며 포권을 해왔다.

제법 가볍긴 했으나 그런대로 예의는 갖춘 모습이었다.

허리의 칼에 눈을 빼앗겼던 장련은 그가 포권을 취하자 급히 말했다.

"이쪽으로 앉으세요."

"아? 그래도 되겠습니까? 그럼 염치 불고하고 한번……."

터억.

그 순간.

장련의 눈이 커졌다. 사내가 집어 든 의자를 광휘가 발로 막아선 것이다.

"누군지부터……."

"……."

"밝히는 것이 순서에 맞지 않겠소."

"…저기요."

장련은 나지막하게 광휘에게 주의를 주었다.

정황상 묵객일 가능성이 있는 사내에게 괜히 시비를 걸 필요는 없었다.

하지만 광휘는 단호했다. 누구와도 시선을 마주치지 않은 채로 그의 답변만을 기다렸다.

"허허허."

사내는 난감한 표정으로 머리를 긁적였다. 그러다 넉살 좋게 웃더니 이내 광휘를 향해 머리를 숙였다.

"또 실례했구려. 당신 말이 맞소. 먼저 신분을 밝히는 것이 순서지요."

그 말에 장련의 시선이 올라갔다.

직설적인 광휘의 행동에 수긍한 것이다.

사실 그녀는 광휘보다 더 그의 정체를 궁금해했다.

사내는 한 걸음 물러서며 광휘와 장련을 향해 다시 정중히 포권해 왔다.

"아명은 여홍(與鴻), 자(字)는 승룡이라 하오. 그리고 호(號)는… 여러분이 찾고 있는 묵객이오."

장련의 눈이 조금 커졌다.

더 놀랄 수 있음에도 그러지 않은 것은 그의 허리춤에 찬 병기 때문이었다.

"그럼 그건……."

"간혹 단월도를 알아보는 사람들이 있어서 패검 하나를 차고 다니지요. 이걸 직접 보면 자세히 아실……."

드르륵.

사내가 칼자루를 잡는 순간이었다.

광휘가 요란한 소리를 내며 자리에서 일어났다. 그러고는 장련 옆으로 바짝 붙은 뒤 포권했다.

"실례가 많았소."

그 모습에 사내는 칼자루를 천천히 놓으며 멋쩍게 웃었다.

광휘의 모습에서 어떤 의도를 느낀 것이다.

호위무사로 보이는 자가, 낯선 사람이 칼자루를 매만지는 모습에 반응하는 건 어찌 보면 당연했다.

"보기보다 멋진 사내구려."

사내는 광휘를 주시했다.

시기가 참으로 묘했다.

누군가의 앞에서 병기를 꺼내 든다는 건 사람에 따라 자칫 오해를 살 수 있는 행동이다. 특히나 그 사람의 호위무사가 그것을 본다면 분위기가 험악해지는 것이 당연했다.

하지만 그는 인사를 차리는 것 하나만으로 이 모든 것을 해결했다.

경색됐던 분위기를 풀고 그녀의 호위를 하기 위해 너무나 자연스럽게 위치 이동까지 했다.

만약 의도한 것이라면 그는 상대를 대함에 있어 매우 경험이 많은 자이리라.

"그럼 실례하겠소."

사내는 자리에 앉았다. 그러고는 장련과 광휘를 보며 말을 이었다.

"혹시 괜찮다면 조금 전 나눴던 얘기에 대해서 다시 한번 들을 수 있겠소?"

누가 들어도 흥미를 가질 얘기.

그것은 무림맹을 대표했던 천중단에 관한 비사였다.

어느 객잔이든 주먹깨나 쓴다는 장정들이 셋만 모여도 나오는 이야기가 바로 천중단 이야기가 아니던가.

장련이 광휘를 향해 바라보자 그는 시선을 내렸다.

그 뒤 기다리는 이들이 꽤 답답하다는 느낌을 받을 때쯤에야 그는 입을 열었다.

"별것 없소. 말하기 좋아하는 호사가들에게 들은 얘기요."

"그렇소?"

사내는 고개를 갸웃거렸다.

좀 더 자세한 이야기를 들을까 했는데 호사가들이 꺼낸 얘기라 하니 더 묻기가 어려웠다.

숨기는 것인지, 아니면 정말로 그런 것인지 모를, 그야말로 애매한 답변이었다.

사내는 이내 무슨 생각이 들었는지 미소를 머금으며 다시 말을 말했다.

"그럼 이런 얘기는 들어본 적이 있소? 무림맹이 중원에 공표하고 만들었던 천중단은 사실 살수 암살단이라는 것 말이오."

"살수 암살단요? 그게 무슨 말인가요?"

장련이 놀란 듯 목소리를 높였다.

하지만 광휘는 크게 느낌이 없는지 우두커니 자리에 서 있었다.

'신기한 자로구나.'

광휘에게 시선을 주던 사내는 눈을 가늘게 떴다.

그가 어떤 반응을 보일지 궁금해 말했던 것인데, 생각과 달리 그는 그대로였다.

사내는 광휘를 유심히 지켜보았지만, 그의 눈빛에는 동요하거나 떨리는 모습이 없었다.

"그대도 아실 것이오. 내 웃전의 칠객들은 대부분 천중단에 참

관했다는 사실을. 뭐 웃전이라 해봐야 단리형과 허욱일(許旭日)뿐이지만. 어찌 됐든 우리 칠객들 사이에선 공공연한 소문이지요."

"당신… 정말 묵객이신가요?"

장련은 조심스러운 어조로 물었다.

남들이 전혀 모르는 얘기가 들리자 의아심을 조금 지운 것이다.

"오히려 그건 내가 묻고 싶은 말이오. 그대들은 누구시기에 나를 찾은 것이오?"

사내의 말에 장련은 면사를 매만졌다.

때가 온 것이다.

정황상, 그리고 대화를 해본 후 장련은 그가 묵객이라 판단을 내린 것 같았다.

"그럼 저도 제 소개를 할게요. 저는 장씨세가의 장련이라고 해요. 제 부친께서 본 가의 가주이시죠."

그녀가 면사를 떼어내며 말하는 순간이었다.

여유롭게 이를 바라보던 사내의 눈동자가 일시에 두 배로 커졌다.

면사가 사라지자 아득할 정도로 아름다운 장련의 얼굴이 드러난 것이다.

설마하니 이 정도일 줄은 몰랐는지 그의 놀람은 눈가가 아닌 얼굴 전체로 이어지고 있었다.

한편, 장련은 생각을 더듬느라 그런 사내의 눈길을 보지 못한 채 계속 말을 이어갔다.

"현재 장씨세가와 석가장은 약간의 알력 다툼이 있어요. 같은 정파의 이름이 있기에 전면에 대고 칼을 휘두르지 않지만, 소리가 새어 나가지 않을 곳에서는 무자비하게 칼을 휘두르지요. 그들로 인해 본 가 고수들의 삼분의 일 이상이 죽었어요. 물론 그들은 자신들의 소행이 아니라고 항변하죠."

심각한 표정으로 얘기하던 그녀는 잠시 말을 멈추고 맞은편의 사내를 바라봤다.

그가 왠지 자신의 얘기를 듣기보다는 얼굴을 빤히 바라보고 있다는 느낌을 받아서였다.

"그렇소. 계속 말씀하시오."

장련의 눈과 마주친 사내는 고개를 끄덕이며 대답했다.

장련은 착각이겠거니 하며 다시 말을 이어갔다.

"본 가는 고수가 많이 부족해요. 사실 수는 조금 많다고 생각하고 있지만, 석가장과 대항할 고수가 몇 없는 실정이에요. 이번에도 몇 분을 초빙하긴 했지만 검증된 고수들인지는 아직 밝혀지지 않았고요. 이봐요. 제 얘길 듣고 있어요?"

장련이 다시 물었다. 그가 자신의 얼굴을 계속 빤히 바라보는 느낌을 받은 것이다.

"아, 듣고 있소. 그것 참 잘못됐구려. 아주 못된 놈들이구려."

사내가 흠칫 놀라더니 되레 목소리를 높였다.

그 모습에 장련은 그제야 그가 집중하고 있지 않다는 걸 깨달았다.

자신을 보는 눈빛도 그렇고, 석가장 고수들을 얘기하는데도 그의 신경은 온통 다른 곳에 쏠려 있었다.

"칠객에도 여러 사람이 있단다. 운객(雲客)처럼 사람들 속에서 있는 듯 없는 듯 살아가는 것을 원하는 자가 있는 반면, 화객(和客)처럼 사람들 앞에 나서는 것을 좋아하는 사람도 있지. 참고로 묵객은 가인(佳人)이다. 유독 가인에게 관심이 많다고 하더구나."

복잡한 감정이 머릿속을 헤매던 때에 과거 아버지가 했던 얘기가 떠올랐다.

칠객마다 붙여진 이름이 있고 몇몇은 그들의 성향을 나타내는 호칭이 붙여졌단 말이었다.

장련의 눈가에 작은 실망이 드리워졌다.

사내가 그런 모습들을 보일수록 묵객일 가능성이 높아졌지만, 자신이 그렸던 모습과는 자꾸 멀어졌기 때문이다.

하지만 그녀는 속마음을 숨긴 채 다시 말을 이어나갔다.

지금부터 건넬 말이 가장 중요했다.

"본 가의 도부꾼에게 묵객이 여기 있다는 소문을 듣고 직접 찾아왔어요. 묵객을 뵐 수 있다면 청하려고. 이야기가 여기까지 나왔으니 단도직입적으로 말씀드릴게요. 본 장씨세가를 도와줄 수 있나요? 묵객께서 저희를 도와주실 수 있다면 어떤 것이라도……."

"좋소. 도와드리겠소."

"예?"

장련은 너무나 놀랐는지 되물었다.

중요한 일임에도 불구하고 그가 생각할 시간도 없이 곧바로 말했기 때문이다.

"당연히 도와드려야지요. 정파란 현판을 내걸고 음지에서 무자비하게 칼을 쓰는 녀석들 아니오? 또한, 눈앞에 계신 미녀분이 그리 고통을 당했다니 정파 무인으로서 어찌 가벼이 볼 수 있겠소."

묵객은 험악하게 보이려는 듯 나름의 인상을 썼다.

그러고는 다시 말을 이었다.

"단, 한 가지 바람이 있소."

"네. 본 세가가 들어드릴 수 있는 요구 조건이라면 뭐든지 해 드리겠어요."

장련은 당연하다는 듯 고개를 끄덕였다.

조건 없이 도와주는 것은 애초에 생각지도 않았다.

그 편이 더 믿을 수가 없으니까.

원하는 것이 너무 크지만 않다면, 오히려 더욱 믿으며 맡길 수 있는 것이다.

"거창하게 장씨세가까지 나설 필요는 없소. 소저만 나서도 충분히 되는 일이니까 말이오."

사내의 표정은 다시 밝아졌다. 하지만 장련의 표정은 달랐다.

"저만요? 그게 뭔가요?"

그녀는 짧은 사이 자신의 권한으로 어느 정도가 가능할지를 헤아렸다.

무사의 고용에 가장 일반적으로 드는 것은 돈이다. 하지만 고수를 초빙하려면 무공의 비급이라거나 좋은 병기 등을 내밀기도 한다.

상대가 묵객 정도라면 장씨세가의 기둥뿌리가 휘청할 정도로 큰 것을 불러야 했다.

그런 것에 비하면 자신이 내보일 것은 정말로 보잘것없는 것들이었다.

"이곳에서 한 십 리쯤 걸으면 교목수(橋木水)라는 곳이 있소. 산수가 수려하고 경치가 아름다워 사람들이 주로 찾는다고 하오. 지금쯤이면 한창 단풍이 붉게 물들어 있을 게요. 보름 뒤면 절정일 텐데 그때쯤 그곳에서 당신과 함께 그 길을 걷고 싶소."

사내의 말에 잠시 의미를 되새기던 그녀는 이내 눈살을 찌푸렸다.

"지금 묵객께서는 소녀를 희롱하시는 건가요?"

장씨세가와 석가장 간의 다툼이 얼마나 위중한지는 충분히 설명했다.

한데 여기서 내세운 조건이라는 게 거리를 같이 걷는다는 것이라니 어디 말이나 되는가.

"전혀. 진심이오."

그 순간 사내의 말투가 변했다.

그의 얼굴엔 미소가 사라지고 가벼운 표정 역시 지워져 있었다.

눈빛 또한 이제껏 보지 못한 그런 눈빛이었다.

"본인이 비록 품행이 가볍고 언행에 격이 없다는 얘길 듣긴 하지만, 한 세가의 어려움을 토로한 상황에서까지 가볍게 굴 만큼 바보는 아니오. 내가 한 가지 묻겠소. 장씨세가에는 천하에 이름을 올릴 무공이 있소? 아니면 그에 필적한 신병이기나 왕실에 있을 법한 보검이 있소?"

장련은 옴짝달싹 몸을 비틀었지만 끝내 뭐라고 대답하지 못했다.

장씨세가는 무가가 아니다. 자신 있는 무공 비급이라 하더라도 묵객에게 거론할 수준은 아니었고 천하를 통틀어도 열 개가 안 된다는 신병이기 역시 장씨세가에 있을 리 만무했다.

하지만 돈이라면…….

"돈도 아니오. 소저는 칠객이 객(客)이라는 이름을 가진 이유를 아시오? 손님은 한 자리에 머무르지 않소. 회자정리 거자필반(會者定離 去者必返)이라. 본인이 돈 몇 푼 더 버는 것에 욕심을 가졌다면, 이처럼 강호를 떠돌아다니지도 않았을 것이고, 여기서 소저와 만날 일도 없었을 것이오."

엄포를 놓는 듯한 사내의 말에 장련은 조심스럽게 말했다.

"그러시다면 무엇이…….

"실은, 나 역시 듣는 귀가 있소. 장씨세가와 석가장 간의 알력 다툼은 작년부터 일어난 일이지. 이름 꽤나 떨친 무인들이 석가장에 초빙되어 가는 것을 모를 것 같소? 소저의 말대로 석가장이 그릇된 방법으로 세력을 넓히고 있다면 잘못된 일이 아니겠소. 그리고 잘못된 일을 바로잡는 것이라면 응당 도와야 한다고 생각하오. 이런 일에 객의 이름을 가진 사람이 굳이 대가를 바라겠소?"

장련의 불쾌했던 감정이 서서히 누그러졌다.

강자에 맞서서 약자를 도와주는 의로운 무사.

그가 말하는 것이 그녀가 검을 처음 들 때 배웠던 협의(俠義)란 것이었다.

"한데 나도 사람인지라 욕심을 부려보았소."

"네?"

"바로 소저요. 사실 어여쁜 여인들과 길을 거니는 걸 싫어할 사내는 없을 것이오. 설령 그 여인과 이어지든 그렇지 않든 간에. 아, 오해는 하지 않으셔도 되오. 본인은 그저, 소저와 잠시 한가롭게 그 길을 산책해 보겠다는 것이오."

장련은 잠시 말을 잊었다.

사내의 말은 이제까지 모아오던 진중함을 단번에 날려 버릴 만큼 가볍게 들렸지만, 이상하게도 이번에는 기분이 나쁘지 않았다.

뜨겁게 달아오른 그녀의 얼굴이 그것을 증명하고 있었다.

"선택은 자유요. 나의 바람은 들어줘도, 들어주지 않아도 상관없소. 지금 얘기할 수 있는 것은 소저가 어떤 선택을 하더라도 오늘부로 어떤 방식으로든 장씨세가를 돕겠다는 것. 그것이오."

그녀로선 그의 말이 진심인지는 아직 판단이 잘 서지 않았다. 하지만 대화 중 이것 한 가지는 자신이 잘못 이해했었다는 사실을 깨달았다.

"설마… 조금 전 바람이라 하셨나요?"

"그렇소. 바람이오."

"요구 조건이 아니었나요?"

"말했다시피 바람이오."

"그럼 정말로 대가를……."

"바라지 않소."

"아!"

장련은 거기서 감탄을 터뜨렸다. 그 순간 과거, 아버지가 왜 그를 유독 영웅적인 인물로 묘사했는지 이제야 알 것 같았다.

영웅호색.

단순히 여인을 밝히는 자 같았으면 영웅이란 말을 쓰지 않았을 것이다.

오늘 그녀가 만나보고 마주한 그가 가장 우선시하는 것은 바로 약자를 도와주는 마음이었다.

그 생각이 들자 장련의 심장은 천천히 뛰기 시작했다.

불편한 감정이 눈 녹듯 녹아내리자 아무런 조건 없이 도와주겠다는 묵객의 말이 이제야 현실적으로 다가온 것이다.

칠객 중 일인이 도와주는 장씨세가.

상상만 해도 그녀를 흥분하게 만들었다.

하지만 장련은 달아오르는 심장을 식혀야 했다.

마지막 확인 절차가 남아 있었기 때문이다.

정황상 묵객으로 보였고 그가 맞아 보였지만 정말로 묵객인지 아닌지는 눈으로 보고 확인해야 했다.

"증명해 줄 수 있나요?"

"……."

"당신이 묵객이란 걸 말이에요."

그 말에 사내는 장난스러운 미소를 지었다. 말투 역시 그러했지만 말속의 의미는 꽤나 무거웠다.

"무위를 보이라……. 지금 그 말이 칠객에게는 굉장한 무례가 될 수 있음을 알고 계시오?"

"예? 그게……."

"아, 이해야 하오. 사실 본인은 평소에 행동거지가 가볍다는 말을 많이 듣지요. 그러니 위명 자자한 칠객의 하나가 나라고 연상하지 못하는 사람들이 종종 있었으니. 그럼……."

그는 잠시 눈을 감았다. 그러고는 한참 동안 가만히 있다가 피식 웃었다.

뭔가 재미있는 생각이 떠오른 듯했다.

"이리하는 건 어떻겠소?"

"어떻게요?"

그의 시선이 그녀의 옆으로 옮겨갔다.

이제껏 대화에 끼지 않고 우두커니 서 있던 사내, 광휘가 있는 곳이었다.

"옆에 있는 소저의 호위무사. 저 사내와 겨뤄 실력을 증명하는 것으로 말이오."

'역시나 반응을 하지 않는다.'

광휘를 주시하던 사내의 눈빛이 조금 더 깊어졌다.

자신의 말에도 그는 당황하거나 놀라는 기색을 보이지 않았다.

흔치 않은 일이다.

칠객의 하나가 일개 무사에게 겨뤄보자는 제안을 했음에도 흔들림이 없다.

오히려 내리깔던 시선을 들어 자신을 바라보기까지 한다.

괜한 호기를 부리는 것인지, 아니면 그만한 자신감이 있는 것인지는 실력을 보기 전까진 알 수 없는 일이다.

"무례를 사과하세요."

그때 장련이 강한 어조로 말하자 묵객이 당황했다.

"소, 소저……."

"이분께서도 본 가를 도우러 오신 분이에요. 그런데 어찌 함부로 그리 말씀하실 수 있는 건가요?"

"아, 제가 보기엔 제법 실력이 있어 보이는데……."

그는 머리를 긁적이며 장련의 눈치를 보았다.

장련이 눈에 힘을 주며 뜻을 굽힐 의사가 없음을 보이자 사내는 이내 정중히 고개를 숙였다.

"사과하리다. 실례했소."

사내는 장련을 향해 머쓱하게 웃어 보이며 다시 광휘를 바라보았다.

조금 전 자신을 향한 눈빛에 변화가 있지 않을까 해서였다.

하나 그는 그대로였다.

여전히 자신에 대한 시선을 거두지 않은 채 노려보고 있었다.

그 순간 사내는 그에게서 받은 께름칙한 느낌이 무엇인지 깨달았다.

지나치리만치 기복이 없는 감정의 변화에서 그것을 찾은 것이다.

'평정심.'

사람의 눈과 표정은 감정에 따라 변화한다.

감정을 숨기기 위한 것 역시 표정의 영향을 받는다.

사람마다 크고 작음이 있지만 확실한 것은 어떤 식으로든 감정이 눈과 표정에서 드러난다는 것이다.

한데 눈앞의 있는 자는 달랐다. 감정의 변화가 극히 미미했다.

침잠한 눈빛과 함께 굳은 표정으로 있으니 그가 어떤 생각을 하는지 알 수가 없었다.

물론 지나친 생각일 수 있음을 안다.

그는 일개 호위무사다.

그것도 중원에 단 한 번도 이름을 올리지 못한 장씨세가의 무사.

가끔 흘러 들어오는 지방의 신진 고수들 이름에도 없을 정도로 제대로 된 무사가 단 한 명도 없는 곳이 장씨세가였다.

그런 곳에서 설마 자신의 이목을 자극하는 고수가 있을 리 만무했다.

하지만…….

"이걸로 했으면 해요."

장련은 싱글 웃으며 사내의 얼굴로 무언가를 내밀었다. 그것은 그녀가 이곳으로 올 때 가슴 쪽에 봉해놓았던 물건이었다.

"목화솜이에요."

"이걸로 뭘 하자는 거요?"

그녀의 주먹만 한 목화솜 두 개.

잘 뭉쳐져 있어 침구에 넣을 수 있을 만큼 풍성해 보였다.

"최근 본 가에 하남 고수 세 분을 영입해 왔었어요. 그분들이 시연회 때 이 목화솜을 가지고 무위를 뽐내셨지요."

장련은 사내의 눈을 응시하며 말을 이었다.

"한 분은 눈을 가리고 목화솜 열두 개를 공중에서 베셨지요. 다른 분은 다섯 개의 목화솜을 비처럼 가느다랗게 베셨고요. 또 한 분은 세 개의 목화솜을 매화꽃처럼 베어내셨어요. 묵객께서는 어떤 것을 보여주실 수 있나요?"

"어떤 것이라……."

사내는 천천히 팔짱을 꼈다.

꽤 흥미 있는 제안인지 장련이 말할 때마다 입꼬리가 조금씩 올라갔다.

목화솜으로 무위를 보여라.

꽤 고전적인 방법이지 않은가.

"전부……."

"……."

"보여 드리면 되겠소?"

"예? 전부라면……"

"눈을 감은 채 목화솜을 십이 등분으로 나눈 뒤 비처럼 가느다랗게 베고 그중 세 개는 작은 매화꽃을 만들어 드리겠다는 말이오."

"……!"

그 말에 장련은 눈을 부릅떴다.

묵객의 실력이 뛰어날 거라는 예상은 했다. 하지만 눈앞의 사내에게서 나온 말은 그녀가 한 상상을 벗어난 것이었다.

하지만 그것이 끝이 아니었다.

"거기다 또 한 가지를 추가하겠소."

"무엇을……?"

"그건 직접 보면 알게 될 거요."

그 말에 장련의 가슴은 다시금 뛰기 시작했다.

정말 지금 그의 말대로라면 더 볼 것도 없이 그가 묵객이라 판단할 수 있을 것 같았다.

잠시 생각을 정리하던 장련이 맞은편 사내에게 말했다.

"이제 일어날까요?"

*　　　*　　　*

건물 뒤에는 호수가 조용히 흘렀고, 커다란 나무 사이에는 정자들이 자리하고 있었다.

밤이 늦은 터라 마침 아무도 없었다.

저녁나절까지 사람들이 띄워놓고 즐겼을 각등 몇 개만이 바람에 흔들거리고 있었다.

하늘에는 구름 한 점 없이 맑았다. 그 속에는 영롱하게 빛나는 보름달 하나가 두둥실 떠 있었다.

"후읍."

장련은 보름달을 보고 숨을 크게 들이마셨다. 밖에 나오자 답답했던 속이 뻥 뚫리는 것 같았다.

무거운 짐을 내려놓은 것 같은 안도감이 그녀를 찾아들었다.

그동안 석가장에 당해오기만 한 장씨세가다.

하지만 이제는 묵객으로 인해 희망이라는 꿈을 꿀 기회가 온 것이다.

"참으로 좋은 날씨이지 않소?"

그녀와 같이 새벽하늘을 올려다보는 사내의 얼굴도 맑았다.

감성을 자극하는 말투에 장련이 그를 바라봤다. 그의 눈동자는 마치 어린아이처럼 맑게 빛나고 있었다.

"아, 미안하오. 그대와 같이 있으니 괜히 마음이 들뜬 것 같소."

"아니에요. 제가 더 영광인걸요."

장련은 부드러운 말투로 대답했다.

분명 가볍지만, 그렇다고 가볍지만은 않은 남자다.

때로는 가볍고, 때로는 소년 같은 감성을 보인다. 그것에 장련은 자신도 모르는 사이 그에게 조금씩 마음이 열리고 있었다.

사내는 빨리 보여줄 요량인지 한적한 공간으로 걸어가며 장련과 거리를 벌렸다. 그러고는 조금 전 받은 목화솜을 들며 자세를 잡았다.

"그럼 하겠소."

휘이이이잉.

줄에 걸린 각등 옆에 자리한 그는 검은 천으로 눈을 가리다 피식 웃었다.

검은 천은 장련에게 목화솜과 함께 건네받은 것이었다.

자신을 시험하기 위해 이것저것 준비하는 장련의 모습을 떠올리니 그는 왠지 모르게 웃음이 났다.

머릿결이 흔들릴 정도의 산들바람이 불었다.

사내는 한 발 내디디며 자세를 잡았다. 그리고 거기서 조금 떨어진 곳에는 장련과 광휘가 서 있었다.

눈을 가린 사내는 계속 움직이지 않았다.

무언가를 기다리는 듯 검을 계속 그 자리에 유지했다.

느껴야 했다.

이제 그가 펼칠 것은 칼을 움직이는 방향뿐만 아니라 바람의 궤적까지 읽어야 하는 매우 수준 높은 도법(刀法)이었다.

"……."

꽤 시간이 흐른 뒤였다.

톡.

사내의 오른손에 들려 있는 목화솜이 일순간 하늘로 치솟았다.

바람이 잦아든 시점을 제대로 파악했던 것인지 목화솜은 큰 흔들림 없이 곧게 올라갔다.

탁.

그 순간 사내는 제자리에서 사람의 키만큼 도약했다. 그와 함께 허리춤에 있던 칼도 덩달아 그의 손으로 이동했다.

휘리리리릭.

공중에 뜬 그의 칼날이 움직였다. 순간 그의 손에 들린 도가 열 개로 불어난 듯한 착각을 일으켰다.

적어도 장련의 눈에는 그랬다. 분명 하나의 손에서 움직이고 있는데 그 수가 점점 늘어나 보이는 것이 그녀의 눈길을 사로잡았다.

탁. 탁!

공중에서 내려온 사내가 다시 한번 뛰어올랐다.

그때까지 목화솜의 모양은 변하지 않고 허공에 두둥실 떠 있기만 했다.

패애액.

두 번째 그의 도법은 신묘하게 뻗어 나갔다.

손끝에서 약간의 빛깔이 나타남과 동시에 그것이 부챗살처럼 퍼진 것이다.

움직임도 달랐다.

처음엔 좌우로 그의 도가 불어나는 착각을 일으켰다면 이번에는 위아래로 파도치며 뒤틀리는 것 같은 형상을 보였다.

장포가 펄럭이는 듯 목화솜이 그의 도에 따라 제각기 움직인 것이다.

처억.

그런 그가 내려오는 순간이었다.

"아아!"

지켜보던 장련의 입에서 감격의 환호성이 터져 나왔다.

목화솜은 천천히 변화했다.

처음엔 커다란 솜 하나가 십이 등분으로 잘린 뒤 떨어지더니 이내 비처럼 갈라졌다.

그리고 그중 세 개의 솜은 매화 모양으로 내려오며 변화했는데 이는 마치 신기루 현상을 보는 것 같았다.

하나, 그것이 끝이 아닌 시작이었다.

그녀의 시선이 바닥으로 떨어지는 순간 그녀는 또다시 신음을 흘렸다.

비가 되어 바닥에 떨어진 수많은 목화솜이 무언가를 만들어 내고 있었다.

묵객(墨客).

객이란 글은 그리 어렵지 않은 필체다. 의도했다면 충분히 가능성이 있다고 말할 수도 있었다.

하지만 묵이라는 글자는 가히 놀라웠다.

목화솜으로 직접 만들어내도 힘들 글자를 떨어지는 목화솜만으로 구현해 냈다.

눈을 가린 채 십이 등분을 하면서도 그것을 바람에 흩날리게 해, 그녀가 글자를 읽을 정도로 정확히 그려낸 것이다.

일반 무인으로서는 상상하기 힘든 무위.

장련에겐 충격이 더욱 클 수밖에 없었다.

"머쓱하구려. 나름 잰다고 했는데 생각보다 바람이 더 불었던 것 같소. 필체가 삐딱한 것을 보면 말이오."

사내는 눈을 가린 천을 천천히 풀며 말했다. 그때까지 장련은 멍한 눈빛으로 바닥에 떨어진 글자만 보고 있었다.

"이 검은 천은 가져도 되겠소?"

"네?"

그제야 정신이 돌아온 장련이 물었다.

"그러셔도 되지만… 어찌?"

"장련 소저의 것이 아니오."

장련은 자신도 모르게 얼굴이 붉어져 뒤돌아서고 말았다.

갈수록 그의 한마디 한마디가 자신을 부끄럽게 했다.

"그런데 여기 목화솜 하나가 남았소. 이것으로 또 어떤 것을 보여 드리면 되겠소?"

"이제 됐어요. 저에게 주세요."

장련은 고개를 저으며 한발 내디뎠다.

그쯤 했으면 더는 볼 필요가 없었던 것이다.

그러던 그때 갑자기 나타난 누군가가 손으로 그녀를 막아섰다.

"물러서시오."

광휘였다. 뒤에서 조용히 침묵하던 그가 갑자기 나선 것이다.

"네? 뭐라고요?"

장련이 동그랗게 눈을 뜨며 되물었다. 하나, 광휘는 진지한 목소리로 전혀 엉뚱한 대답을 내놓았다.

"위험하오."

"무슨 소리예요? 저분은 우릴 도와……."

"상대가 칼을 들었소."

평소보다 조금 더 힘이 들어간 목소리가 장련의 귓가에 들렸다.

그 때문일까. 그녀의 시선이 묵객에게로 향했다. 그러고는 다시 광휘를 바라보았다.

그녀와 눈이 마주친 광휘가 다시 입을 열었다.

"그는 강하오. 그러니 될 수 있는 대로 접근하지 않는 것이 좋소."

"이봐요."

광휘를 바라보던 그녀가 더는 말을 잇지 못했다. 그의 눈빛을 보자 갑자기 그 장면이 떠오른 것이다.

"당신이 죽을 수도 있다고요."
"그건 소저가 신경 쓸 일이 아니오."

죽을 수도 있다는 자신의 경고에도 무덤덤하게 반응했던 그였다. 그런 그가 칼을 꺼낸 상대를 보자 과민하게 반응을 했다.

그 때문인지 장련은 화를 낼 수가 없었다.

그의 행동이 그녀에게 진심으로 다가왔기 때문이다.

"그의 말이 맞소, 소저."

장련이 머뭇거리고 있을 때 사내가 나서서 손을 내저었다.

"칼을 들었으니 호위무사라면 당연히 그럴 수밖에요."

"하지만 이리되면 귀하께⋯⋯."

"그는 그 나름의 임무를 수행하는 것이오. 그러니 괜히 싸울 이유가 없소. 뭐 꼭 마음이 불편하면⋯⋯."

사내는 광휘를 바라보았다.

"그분이 목화로 솜씨를 보여주는 것이 어떻겠소? 아직 하나가 남았으니 말이오."

"⋯⋯."

장련의 시선이 광휘에게로 향했다.

나쁘지 않은 생각이었다. 지금의 무례에 대해 사과할 기회가 생긴 것이다.

그녀는 광휘를 바라보며 말을 붙였다.

"저를 지켜주겠다고 하셨죠?"

"⋯⋯."

"그럼 지켜주세요. 나뿐만 아니라 우리 장씨세가가 저분을 모실 수 있게요."

그녀는 광휘에게 호위무사의 임무를 넘어서는 부탁을 했다.

그가 지금 이 순간만큼은 진지하게 자신의 말을 듣길 바라는 마음에서였다.

그만큼 그녀에겐 묵객이란 자가 절실했던 것이다.

광휘는 별다른 말 없이 가만히 있었다. 그러던 중 잠시 고개를 들어 장련을 바라봤다.

그녀는 기대와 우려가 섞인 듯한 표정으로 그를 바라보고 있었다.

약간 흔들리는 그녀의 눈동자가 그녀의 진심을 알려주고 있었다.

시선을 바닥으로 돌린 광휘는 다시 침묵했다. 그렇게 잠시 시간이 흘렀을 때쯤, 그는 결정한 듯 고개를 들었다.

이번엔 장련을 향한 것이 아니었다.

광휘는 이곳과 떨어진 사내를 바라보며 손을 내밀고 있었다.

"주시오."

第六章

살수 표적단

　사내에게 목화를 건네받은 광휘는 장련 쪽으로 다가가다 적당한 거리에서 섰다.

　그리고는 목화솜을 어깨높이만큼 들며 검 자루를 잡았다.

　특별한 자세는 없었다.

　일반적으로는 검을 쓰기에 앞서 뭔가 자세를 취해야 하나, 광휘는 다리를 어깨너비만큼 벌릴 뿐 그 외의 동작은 하지 않았다.

　휘익.

　광휘가 목화솜을 하늘 위로 던졌다.

　그렇게 날아오른 목화가 그의 머리 언저리에 당도하는 순간.

　침묵하던 광휘의 검이 드디어 허공으로 뻗어 나갔다.

　촤악.

그의 어색한 동작과 함께 뻗어 나간 검은 완벽하게 수평으로 허공을 갈랐다.

허공을 가로로 벤 그의 검은 그대로 목화솜을 관통했다.

휘익.

목화솜은 두 조각으로 반듯하게 잘려 나갔다.

한 조각은 바닥에 떨어졌고, 다른 하나는 몽실몽실 위로 올라가다 다시금 떨어졌다.

"……."

장련의 표정이 조금 굳어졌다.

검술 자체는 훌륭했다. 하나, 화려한 솜씨를 보여주리라 생각한 그녀의 기대엔 어긋났다.

하지만 이를 지켜보던 사내의 표정은 조금 달랐다.

광휘의 검술 솜씨보다 그가 사용한 검에 시선을 빼앗긴 탓이다.

'기형검?'

시작하기에 앞서, 사내는 광휘의 오른쪽 허리춤에 있는 검을 보고 그가 왼손잡이일 거라 짐작했다. 오른손잡이라면 왼쪽 허리춤에 검을 차는 것이 일반적이었기 때문이다.

그런데 그는 그 검을 오른손으로 잡았다, 손도 뒤집지 않고 반듯하게. 그러니 칼날의 방향이 아래를 향할 수밖에 없었고, 그는 그 때문에 기이한 동작으로 목화를 벨 수밖에 없었다.

'거기다 칼자루가…….'

허리에 차고 있는 칼자루의 모양.

꼬리가 말린 것처럼 자루가 안쪽으로 꺾인 형태는 세간에서 보기 힘든 것이었다.

나름 많은 병기를 보았다고 자부하는 그였지만 저런 모양은 생전 처음 목격했다.

"묵객께서는 많은 사람을 구해내실 게요."

광휘는 검집에 검을 넣으며 말했다.

묵객의 시선이 광휘에게로 이동했다.

"하나 소인이 구할 수 있는 자들은 많지 않소. 지금 잘려 나간 목화 개수처럼 두 명, 혹은 그보다 더 적을 수도 있소."

물 흐르는 소리가 들릴 정도로 조용한 이 공간에 광휘의 목소리가 울려 퍼졌다.

그의 목소리는 결코 크지 않았으나 그가 하고자 하는 말의 의미는 명확하게 다른 이들에게 전달되었다.

"그러니 내겐 목화를 어떻게 베느냐 하는 것은 큰 의미가 없소. 벨 수 있느냐, 없느냐. 이것이 더 중요하오."

"······!"

광휘를 바라보던 장련의 표정이 알게 모르게 변했다.

조금 전 무위를 보였던 묵객과는 다른 의미로 그녀에게 다가온 것이다.

어떻게 베느냐가 아닌 벨 수 있느냐, 없느냐.

모두를 구할 수 없는 역량이니 한 명이라도 제대로 지키겠다는 의미였다.

이는 그가 장씨세가에 어떤 마음을 가졌는지를 여실히 알 수 있는 행동이었다.

'그랬구나.'

한편, 광휘의 말을 듣던 사내는 그에게서 받았던 불편한 느낌이 무언지를 깨달았다.

그의 등 뒤에 무식하게 매달려 있는 커다란 병기 하나를 그제야 발견했기 때문이다.

처음엔 뭔가 등에 멘 물건 정도로 여겼는데 자세히 보니 그곳에서도 자루가 솟아 나와 있었다.

그가 어정쩡한 자세로 솜씨를 보여준 것은 아마 저 도와 연관이 있는 것이리라.

"훌륭한 말씀이오."

사내, 즉 묵객은 포권을 하며 말을 이었다.

"형장의 말에 내 막중한 책임감을 다시 한번 느끼게 되었소. 앞으로 장씨세가에게 어떤 식으로 도움을 주어야 할지 말이오."

그는 장련에게 고개를 돌렸다.

"이른 아침 장씨세가를 향해 나만의 방법으로 연통 하나를 날리겠소. 내가 직접 장씨세가를 방문하면 석가장에게 대비할 시간을 줄 터. 가급적 떨어져 있는 게 좋을 것 같소. 다음 문제는 천천히 생각해 봅시다. 석가장이 한 번에 무너질 세가는 아니니까 말이오."

그는 여전히 여유로운 표정을 짓고 있었지만, 목소리만은 진중했다.

"감사해요……."

장련은 고개를 숙였다.

"그럼 다시금 만날 날이 있을 것이오. 장 소저도. 그리고……"

묵객은 광휘를 보다 말끝을 흘렸다.

무슨 생각이 들었는지 그를 향해 걸어 나갔다.

이내 그의 지척까지 다가선 그가 나직한 목소리로 속삭였다.

"형장도. 그리고 다음엔 등 뒤에 있는 도(刀)도 구경해 봅시다."

"……"

묵객은 입가에 미소를 흘렸다.

그러고는 장련에게 손을 흔들며 돌아섰다.

묵객이 사라지자 다시 적막함이 몰려들었다.

광휘는 그녀의 앞에서 우두커니 서 있었고, 장련은 묵객이 사라진 쪽을 바라볼 뿐이었다.

잠시 뒤 광휘에게 다가온 그녀가 한마디를 건넸다.

"우리도 가요."

*　　　*　　　*

타타타탁.

얼음이 녹듯 어스름한 빛이 새벽을 알리는 어느 골목.

쌍두마차가 거침없이 마을 사이를 누비고 있었다.

묵객을 만나러 갈 때와는 달리 돌아올 때의 속도는 조금 더 빨랐다.

새벽빛이 밝아 눈앞의 사물을 인지할 수 있게 되었기 때문이다.

"정말 다행이에요."

장련은 창가를 통해 들어오는 바람을 맞으며 얘기했다.

얼굴을 가리고 있던 면사를 벗은 탓인지 그녀의 감정이 고스란히 드러났다.

그녀는 광휘가 했던 말의 의미를 되새기고 있는 중이었다.

한 명이라도 제대로 지키겠다는 말.

무뚝뚝한 사내가 한 말이었기에 장련에게는 그 말이 더욱 각별한 의미로 다가왔다.

'또인가.'

한편 광휘는 별다른 말없이 고개를 숙이고 있었다.

그는 마차에 들어오는 순간부터 어지러움을 느꼈다.

확 트인 공간에서 갇힌 공간으로 들어올 때 간헐적으로 나타나곤 하는 증상 때문이다.

약간의 어지러움 정도에 그칠 때도 있고 지금처럼 손의 떨림이 멈추지 않을 때도 있었다.

"어디 불편하신가요?"

장련은 평소보다 더욱 굳어진 광휘의 얼굴을 보자 고개를 갸웃거렸다.

그에게 무언가 문제가 있나 염려가 된 것이다.

스윽.

그때 광휘가 뒤로 손을 뻗었다.

허리춤에 매어둔 것을 끌어당기기 위해서였다.

장련이 그걸 보고는 놀란 목소리로 물었다.

"그건… 술인가요?"

조롱박을 입으로 가져가려던 광휘가 멈칫하며 그녀를 바라봤다.

그러다 이내 그것을 등 뒤로 가리고선 고개를 숙였다.

"미안… 하오."

"……."

장련은 침묵했다. 무슨 말을 해야 할지 판단이 서지 않은 것이다.

광휘는 묵객을 포섭하는 데 적잖은 공을 세웠다.

그러니 괜찮다는 말을 해야 할까. 아니면 호위 임무 중 술을 먹는 것에 대해 대한 일침을 가해야 할까.

장련은 한참 후 입을 열었다.

"중독은… 아니겠죠?"

그녀가 꺼낸 말은 앞서 생각한 두 가지 중 어느 것도 아니었다.

아까 술을 마시고 마차에 탄 것도 그렇고, 세가에 돌아가는 이 와중에도 이러는 걸 보면 가볍게 마시는 수준은 아닌 것 같았다.

조롱박을 들고 머뭇거리던 광휘가 힘들게 말을 꺼냈다.

"…못 본 척해주실 수 없겠소."

장련의 표정이 어두워졌다.

"숨기려고 해서 숨겨질까요?"

"실망을 주고 싶지 않소."

"……"

"적어도 황 노인에게는 말이오."

그 말에 장련은 그가 무엇을 염려하는지를 느꼈다.

그는 황 노인이 데려온 무사였다.

이 일이 밝혀지면 그에게도 피해가 갈 것이다.

"노력해 보겠어요."

알겠다고 말을 하려던 그녀는 마지막에 생각을 바꿨다.

정작 자신보다 황 노인을 걱정하는 그의 태도가 맘에 걸린 것이다.

하여 언젠가 광휘가 했던 똑같은 답을 내놓았다.

꿀꺽꿀꺽.

광휘는 턱을 높이 들어 술을 입안에 털어 넣다시피 했다.

얼큰한 취기가 온몸으로 점점 퍼져 나가며 그의 답답함을 줄여주었다.

광휘는 이 술이 어떤 술인지, 어떤 맛을 내는지 알지 못했다.

고통을 잊기 위해 술을 마신 순간부터, 원래의 술맛 따위는 잊어가고 있었다.

"……"

술기운이 오를수록 그의 손에서 일어났던 떨림은 잦아들었다.

마침내 그가 병을 모두 비웠을 때는 날카로워졌던 그의 신경도 조금은 누그러졌다.

툭.

광휘는 등 뒤의 벽에 기댔다.

마차 안은 객잔으로 향할 때보다 세가로 돌아갈 때가 더욱 흔들렸지만 그는 처음과 별 차이를 느끼지 못했다.

묵객이 보였던 출중한 솜씨 역시 그랬다.

그가 처음 사용했던 발도술(拔刀術).

중간중간 이어졌던 도법과 칼이 수십 개로 불어난 듯 보이게 했던 상승 도법은 이미 흐릿한 기억으로 남아 있었다.

오히려 더 선명하게 기억나는 건, 그가 무위를 보이기 전 주루 안에서 했던 얘기였다.

"그럼 이런 얘기는 들어본 적이 있소? 무림맹이 중원에 공표하고 만들었던 천중단이 사실 살수 암살단이라는 것 말이오."

광휘는 입꼬리를 말아 올리며 눈을 감았다.

참으로 순진한 발상이다.

어디서 살수 암살단이라는 얘길 들었다면 응당 한 번쯤은 그 이름이 왜 나왔을까 하는 것에 의문을 품어야 하는 것이 맞다.

그리 단순한 조직이었다면,

단순히 살수를 저격하기 위한 조직이었다면,

삼시 세끼를 먹기만을 소망하던 삼우식이 그렇게 죽을 리는 없었을 것이다.

그 뒤를 따라 죽은 삼 조 조장, 태극검수(太極劍子) 담운(擔雲)도 그렇다.

그는 한때 무당을 대표하는 고수로 하룻밤에 장강수로채 수

적 수십의 목을 날린 자다.

강건하기로 소문난 그가 고작 살수 따위를 죽였다고 그렇게 자결하지 않았을 것이다.

"누가 표적이 될 것이냐?"

훈련을 받던 반년 차에 접어들었을 무렵 천중단 단주였던 해남파(海南派) 장로 이무영(李懋映)이 모두를 불러놓고 처음으로 이 말을 꺼냈다.

당시 많은 조원은 그가 말하는 의미를 정확히 이해하지 못했다.

"살수는 전문가다. 숨으면 찾기가 어렵다. 고절한 무공을 익히고 있으면 더 잡기 어렵고, 놈들이 뭉쳐 다니면 더더욱 상대하기 어렵다."

그는 적은 인원으로 살수들을 상대하는 방법은 현실적으로 힘들다는 걸 알려주려는 것 같았다.

출중한 무공을 익힌 조원들에게까지 굳이 살수는 전문가라는 얘기를 꺼낸 것을 보면 말이다.

전문가.

살수를 상대하는 때에는 무공이 높든, 추적에 능하든 큰 의미가 없다.

숨거나 도망 다니는 것만큼은 살수보다 잘하는 자들이 없기 때문이다.

그럼 방법은 없는 것인가.

단시간에 음지에 있는 살수를 양지로 끌어낼 수 방법이라는 게 오직 수백 명이 피를 흘려 살수를 전 방위에서 압박해 가는 방법밖에 없는가.

아니, 방법은 있었다.

숨어 있는 상대를 끄집어내 죽이는 가장 빠른 방법이.

하지만 그러려면 누군가는…….

누군가는 그들의 표적이 되어야 했다.

"그리고 누가 그 표적을 구할 것이냐?"

천중단의 조직은 크게 두 가지로 나눴다.

살수에게 목표가 될 표적.

그리고 동료를 구하고 살수를 죽일 구표(求表).

광휘는 표적이 되지 못했다.

이무영이 자신을 구표로 배정한 까닭이다.

처음에 광휘는 그것이 좋은 줄만 알았다. 군이 목숨을 걸 필요가 없으니 그것만으로도 충분히 기뻐할 일이라 여긴 것이다.

하나, 그것이 그리 단순하지 않다는 것을 아는 데에는 그리 오랜 시간이 걸리지 않았다.

"조장, 조장은 어떻게 극복한 것이오?"

어느 한 날, 같은 조였던 삼우식이 임무를 나가기 전 광휘에게 물었었다.

평소라면 무시하고 지나쳤겠지만 유독 그날의 삼우식의 눈빛은 어딘가 허망하고 구멍이 난 듯 보였다.

당시 광휘는 천중단 내에서 표적이 된 동료를 가장 많이 잃은 사람이었다.

그럼에도 온전한 정신으로 버티는 것이 그에게는 대단해 보였던 모양이다.

그렇다.

표적이 되는 자는 눈앞에 놓인 죽음의 공포하고만 싸우면 된다.

하나, 표적을 구하는 자는 두 명의 괴물과 싸워야 한다.

살수를 죽이는 임무.

동료를 구해야 하는 임무.

두 목숨의 생사가 오로지 자신의 손에서 결정되는 것이다.

"조장은 꼭 오래 사시오."

하나… 삼우식은 광휘처럼 되지 못했다.

비 오는 날 가슴 속 한편에 유언을 남긴 채, 그는 스스로 가슴에 검을 꽂아 넣었다.

고작 동료 열두 명을 구하지 못한 것뿐인데 임무의 부담감과 죄책감이 그를 그렇게 만든 것이다.

'표적단……'

그가 죽고 난 뒤 광휘는 처음으로 자신을 되돌아보았다.

지금 이곳이, 몸담고 있는 이 조직이 정말 살수들을 저격하는 조직인가에 대해.

고민은 길지 않았다.

몇 번의 임무를 더 거친 뒤 자연스레 체득하게 된 것이다.

천중단은 거대한 살수 비밀 집단인 은림회(隱林會)를 저격하는 암살단이 아니라는 것을.

천중단은 그저 그들을 죽이기 위해 누군가 표적이 되어야 하는…….

표적단.

살수 표적단이란 것을.

*　　　*　　　*

눈부신 섬광이 반쯤 열린 창틀 사이로 흘러 들어온다.

햇살은 어느 한 내택(內宅)의 벽을 가르고선 가장자리에 놓인 화장대로 이동했다.

시간이 지나자 해가 점점 움직이더니 곤히 자는 여인의 침상 쪽을 비췄다. 잠시 뒤 그 빛은 여인의 얼굴 위로 뿌려졌다.

"으으음."

해가 눈을 찌를 때쯤 장련은 몸을 일으켰다.

반쯤 감은 눈으로 한동안 그 자세를 유지하던 그녀는 시간이 지나자 다시 고개를 아래로 떨어뜨렸다.

머리가 먼저 떨어져 침구 사이로 파묻히더니 구부정한 허리도 다시금 가라앉았다.

하지만 그녀는 깨어 있었다. 하지만 눈은 감은 상태로 어젯밤에 있었던 일들을 떠올리는 중이었다.

'마차를 타고 갔었는데……'

그녀의 머릿속엔 마차를 타고 가 소동객잔에 도착한 자신의 모습이 보였다. 그리고 수많은 풍경들 사이로 갑자기 나타난 한 사내의 얼굴에 그녀의 시선은 고정되었다.

"묵객?"

그 순간 장련은 자리에 벌떡 일어났다. 그제야 그녀는 정신이 또렷하게 돌아왔는지 평소처럼 눈을 초롱초롱하게 빛냈다.

"그래, 내가 묵객을… 설득했어!"

장련은 자신도 모르게 소리쳤다.

스스로도 믿을 수 없는 일을 해낸 것이다.

그녀는 강호 백대고수라 불리는 그를 영입하는 데에 성공했다.

"가만, 이러고 있을 때가 아니야. 빨리 아버님께 말씀드려야… 앗!"

장련은 급히 침상을 내려갔다. 침상 한쪽에 걸려 있는 옷을 집어 들려던 그녀가 휘청이며 바닥으로 넘어졌다.

다급한 마음 때문인지 자신의 발에 자기가 걸려 넘어진 것이다.

"아야."

그녀는 바닥에 부딪힌 무릎을 손으로 어루만졌다. 그러나 여전히 그녀의 얼굴엔 미소가 감돌았다.

이 정도 아픔 따위야 전혀 신경 쓸 일이 아니었다.

똑똑똑.

그때였다. 장련은 문밖에서 인기척을 느꼈다.

"황 노대입니다."

"자, 잠시만요."

장련이 화들짝 놀라며 소리쳤다.

그녀는 급히 옷을 걸쳤다. 그 뒤 면경 앞으로 걸어가 얼굴을 확인하고는 한쪽에 고여 있는 물로 얼굴을 씻기 시작했다.

방 안에 따로 얼굴을 씻을 수 있는 시설을 갖춰놨을 정도로 내택의 시설은 부족함이 없었다.

잠시 뒤, 그녀는 침상 옆에 있는 의자에 앉았다.

"들어오세요."

천천히 문이 열리고 황 노인이 방 안으로 들어왔다. 여인의 방인 만큼 행동에 조심스러움이 묻어났다.

'아.'

고개를 들던 황 노인은 장련을 보며 신음했다.

그녀는 수수한 옷차림을 하고 머리도 별 꾸밈 없이 올려 묶은 상태였다.

그런데 그 수수함만으로도 묘하게 시선을 끌어당겼다.

거기다 그녀의 생기가 넘치는 눈동자와 자신을 향해 환하게 웃는 미소는, 그간 지쳐 있었던 황 노인의 기분을 절로 좋게 만들어주었다.

'이렇게 아름다운 분이셨던가. 아니면, 이번 일이 잘 풀려서 그간 근심이 사라진 영향인가.'

한동안 장련과 이렇게 마주 본 적이 없었던 황 노인이었다.

흔히 사람들이 말하길 하북 제일의 미녀는 팽가의 월(月) 소저라 한다.

하나, 지금 그의 생각으론 장련도 그에 못지않을 것 같았다.

"아침부터 무슨 일이신가요."

한동안 넋을 놓고 그녀를 바라보던 황 노인은 그녀의 목소리에 정신을 차렸다. 그는 장련과 마주한 의자에 앉고는 종이 한 장을 탁자 위에 올려놓았다.

"아침에 청소하다가 발견한 것입니다. 문설주 틈에 이런 것이 끼어 있더군요. 장련 아가씨 이름이 적혀 있어 이렇게 들고 왔습니다."

장련은 황 노인이 내민 종이를 집어 들었다.

납작하고 붉은 종이봉투 위에는 연초록빛으로 그녀의 이름이 쓰여 있었다.

장련은 겉면을 찢은 뒤 안에 있는 하얀 종이를 꺼내 훑어보았다.

잘 주무셨소, 연 소저. 어찌 근사한 방법으로 연통을 넣으려 했지만, 딱히 재주가 없어 종이 한 장으로 대신 마음을 적어 보내오. 믿기 어렵겠지만, 이 묵객은 어제 소저를 뵙고 단 한숨도 자지 못했소. 오해는 마시오. 내 석가장이 두려워서가 아니라 그대를 만났다는 것 때문에 그렇소. 생각해 보면 그대처럼 아름다운 여인을 만날 수 있는 사람들이 세상에 몇이나 되겠소. 그런 의미에서 나는 정말로 행운아라 생각하오.

"피……."

장련의 피식하자 그녀를 바라보던 황 노인의 얼굴에 의아함이 번졌다.

석가장과 싸우기 시작하면서부터 그녀의 얼굴에선 미소를 찾아볼 수 없었다.

그랬던 그녀가 웃자 황 노인에겐 이 상황이 사뭇 어색하게 다가왔다.

하지만 그 어색함과 비례해 서신에 대한 궁금증도 커졌다.

내 괜히 오지랖을 떨었구려. 이해해 주시오. 사실 이 서신을 보낸 건 다름이 아니라 밤중에 꽤 재밌는 정보를 들었기 때문이오. 오늘 시각으로 사흘 내, 석가장 쪽에서 꽤 유명한 사내들이 방문할 것이오. 누가 오든지 간에 그들의 도발에 최대한 말려들지 마시길 바라오. 괜히 건드렸다가 그것을 빌미로 싸움을 걸어올 수도 있소. 만약 상황이 악화하면 참고 기다리시오. 내가 직접 나설 테니까. 아 참, 그리고 한 가지 더. 이전에도 일러두었지만, 나의 존재를 최대한 묵고해 주시길 바라오. 그래야 적들을 안심시킬 수 있고 등장할 때도 멋지게 등장할 수 있지 않겠소.

"무슨 일인지 물어봐도 되겠습니까?"

점차 표정이 밝아지는 장련을 보며 황 노인이 슬쩍 운을 떼었다.

장련은 종이를 품 안에 넣으며 고개를 저었다.

"나중에 말씀드리겠어요."

"아… 알겠습니다."

황 노인은 사족을 달지 않았다.

그가 아는 장련은 덤벙댈 것만 같은 외면과는 달리 생각이 깊은 여인이었다.

그런 그녀가 대답을 미뤘다.

일의 경중을 따졌을 때 지금 말할 만한 사안은 아니란 것이다.

"그나저나 밤중에 일은 잘 해결되셨는지……."

"그것도요."

황 노인은 고개를 끄덕였다.

장련은 오늘 새벽이 되어서야 당도를 했다.

너무 늦었기에 황 노인으로서는 그녀에게 뭐라 말을 붙일 새도 없었다.

그가 할 수 있는 거라곤 그녀를 거처로 급히 안내하는 것뿐이었다.

하지만 장련이 방금 한 답변으로 하나는 알 것 같았다. 저 서신이 묵객과 관련이 있을 것이라는 점 말이다.

"일단 그렇게만 알고 계세요."

황 노인은 더는 묻지 않기로 했다. 장련의 대답만으로도 그의 입가에는 미소가 잔잔히 흘러나왔다.

황 노인은 화제를 돌렸다.

"아가씨, 이각 뒤 대전에서 회의가 있습니다."

"아, 벌써 그렇게 시간이 됐나요?"

"예, 사실 깨우려고 했지만 너무 늦게 당도하셔서 최대한 주무시라고 기다렸습니다."

"매번 고마워요, 황 노대."

"아닙니다. 당연히 그래야지요. 이번 대전에 장로들뿐만 아니라 우(宇) 원로가 참석한다고 하니 늦지 않게 오시길 바랍니다. 아시겠지만 장우 어르신은 시간을 매우 엄중히 여기시지 않습니까."

"옛날에 회초리를 많이 맞아봐서 잘 알아요."

서로 바라보던 장련과 황 노인은 배시시 웃었다.

둘 다 과거의 기억이 떠올랐기 때문이다.

"그럼 나가겠습니다."

황 노인은 조심스레 자리에서 일어났다. 장련 역시 준비를 위해 몸을 일으켰다.

그때 황 노인은 갑자기 무슨 생각이 났는지 뒤돌아서다 말고 입을 열었다.

"아, 아가씨. 혹시 어젯밤 불편한 일은 없었습니까."

"네?"

"호위무사 말입니다. 혹시나 부족한 부분이 있을까 염려되어⋯⋯."

그 순간 장련의 눈동자가 흔들렸다.

황 노인의 말에 잠시 잊고 있었던 사내가 떠오른 것이다.

지나치게 과묵했던 사람. 비범한 모습을 보여주다가도 어떨 땐 경솔했었던 그의 모습들이 눈가에 스쳐 갔다.

"못 본 척해주실 수 없겠소."

기억을 더듬던 그녀는 헤어지기 전, 그의 목소리를 떠올렸다.

무뚝뚝한 행동과 달리 유독 그는 그 말을 할 때는 어려워했었다.

잠시 침묵을 지키던 장련은 고개를 저었다.

"아뇨, 그런 적은 없어요."

"아, 그렇습니까? 하하. 제가 괜히 말씀을 드렸나 봅니다. 역시 그렇지요. 경우에 맞지 않는 행동을 할 자가 아니지요."

"⋯⋯."

황 노인은 밝아진 표정으로 말을 이었다.

"그럼 모두 모이는 대전에서 뵙겠습니다. 계십시오."

그 말을 끝으로 그는 곧장 밖으로 나갔다.

마치 그는 죄를 지은 사람처럼 한시라도 여기 있지 못해 밖을 나가려 하는 것만 같았다.

장련은 바삐 움직이는 황 노인을 보며 그의 속마음을 어렴풋이 느낄 수 있었다.

오늘따라 유달리 행동을 조심하던 이유가 바로 그 사내에 대한 말을 꺼내기 위함이었음을 말이다.

"나도 준비해야지. 이러다 늦겠어."

황 노인이 나가고 장련은 자리에서 일어나 옷매무새를 점검했다.

그러고는 화장대에 앉아 다시 얼굴을 매만졌다.

창틀을 타고 들어오는 햇살 못지않게 면경에 비치는 장련의 얼굴도 방 안을 아름답게 만들고 있었다.

믿기 어렵겠지만, 이 묵객은 어제 소저를 뵙고 단 한숨도 자지 못했소. 오해는 마시오. 내 석가장이 두려워서가 아니라 그대를 만났다는 것 때문에 그렇소.

"치… 바람둥이."

면경을 보며 연분을 바르던 장련이 또다시 피식했다.

한숨도 자지 못했다는 그를 상상하니 자신도 모르게 웃음이 나왔다. 다른 사람도 아닌 강호에서 모두 칭송해 마지않는 묵객이란 자다.

그런 그가 이런 우스꽝스러운 행동을 보인다.

자신 때문에.

장련은 잠시 생각을 접어두고 분을 찍으려 면경을 바라보았다.

그때 갑자기 생각지 않았던 목소리가 귓가에 아른거려 왔다.

"실망을 주고 싶지 않소."

"……."

"적어도 황 노인에게는 말이오."

장련은 빠르게 미소를 지우며 인상을 썼다.

그를 생각하다 보니 왠지 기분이 나빠진 것이다.

그는 자신이 고용한 무사였다.

그렇다면 그는 황 노인보다 자신에게 더 미안한 마음을 표현해야 하는 것이 맞다.

"다음에 만날 때는 확실히 일러둬야겠어."

장련은 나름 다짐을 하듯 두 손을 꽉 쥐었다.

이각 동안 화장을 마친 그녀는 방문을 나서며 대전으로 발길을 옮겼다.

第七章

낯선 방문

　단층으로 지어진 장씨세가 대전은 삼면이 호수로 둘러싸여 있었는데, 그 한쪽에는 키 큰 수목들을 심어 배경을 아름답게 꾸며놓았다.

　건물 밑에 단단히 틀어박힌 월대 역시 완벽하게 재단되어 있었으며 그 길로 이어지는 담장, 기둥, 다리에 이르기까지 화강암과 사괴석으로 되어 있어 중후한 느낌을 자아냈다.

　"한 소리 듣겠네."

　동쪽에서 부른 샛바람을 뚫으며 장련은 다리 위를 건너고 있었다. 시녀에게 화장을 시키지 않고 직접 하느라 생각보다 시간이 지체돼 버렸다.

　약속 시각에 늦은 것은 아니었지만, 미리 와 있는 걸 좋아하는 장우로서는 이를 탐탁지 않게 여길 것이 뻔했다.

장련은 한 소리를 들을 각오를 단단히 하며 대전 앞으로 급히 뛰어갔다.

"아버님, 말이 안 되지 않습니까?"

그녀가 대전 문 앞에 당도했을 때였다. 밖에서 들릴 정도로 큰 목소리가 대전 문틈에서 흘러나왔다.

'오라버니?'

장련은 보지 않고도 이 공자 장웅의 목소리라는 것을 알았다.

"아가……."

"쉿!"

그녀를 알아본 대전 앞 무사들이 아는 체를 해오자 장련은 검지를 들어 급히 조용히 하란 신호를 보냈다.

그러고는 대문 앞으로 다가가 조심스레 대전 내부를 바라보았다.

"둘도 아닌 전부를 제 호위무사로 붙인다니요. 한마디 상의도 없이 왜 이러시는 겁니까?"

"웅아, 그리 흥분할 문제는 아니다."

"아버님!"

소리를 지르는 장웅으로 인해 대전 안에 있는 시선들이 그에게로 쏠렸다.

이곳은 엄연히 가주가 상좌에 앉아 있는 대전이다.

아버지라고 하더라도 공식적인 자리인 만큼 목소리를 높이는 것은 무례한 행동이었다.

만약 가주가 굳은 낯빛으로 입을 떼려는 노인들을 향해 손을 들지 않았더라면 장웅은 계속 말을 이어나가지 못했을 것이다.

가주 장원태는 입을 열었다.

"한시적일 뿐이다. 그리고 모두가 계속 너를 호위하는 것이 아니다. 분쟁이 일어나거나 세가에 중요한 일이 있을 때면 각자에게 할 일을 줄 것이다."

"그래도 이건 아닙니다. 아시다시피 이번에 영입된 분들은 본가에서 심사숙고하여 데리고 온 분들입니다. 그런 뛰어난 분 모두를 제게 붙인다는 것은 너무나 불필요한 일입니다. 그리고 련에 대한 생각은 하고 계신 겁니까? 아버님이야 절검단(切劍團)의 호위를 받는다지만 련이에게는 작년 이후 아직 제대로 된 호위무사가 단 한 명도 없습니다."

"이놈! 너는 어찌 하나는 보면서 둘은 보지 못하느냐!"

그때 꾸지람 섞인 노성이 장웅에게로 향했다.

기다란 탁자 옆으로 앉아 있는 노인들과 달리 가주 옆, 같은 상좌에 자리하고 있는 그는 원로원을 대표하는 장우란 노인이었다.

벼슬아치들이 쓰는 오사모(烏紗帽)와 비슷한 모자를 쓴 그는 전체적으로 날카로운 인상이었다.

눈가의 주름 사이에서 빛나는 날카로운 눈빛, 그 아래 있는 다부진 입술 그리고 전체적으로 반듯한 그의 자세는 그의 고집스러운 성정을 보여주고 있었다.

"그들은 가장 먼저 누굴 제거하려 들겠느냐. 그리고 그다음의 칼날은 누구에게로 향할까! 너는 정녕 모르겠느냐? 네 아비의 마음을."

"종조부님……."

"석가장과 싸움이 시작되면 너와 가주는 몇 번이고 이곳을 비우게 될 것이다. 장씨세가가 건재하다는 모습을 보이기 위해서라도 그리해야 한다. 한데, 그런 와중에 적의 공격을 받아 변고라도 당한다면 어찌할 것이냐?"

"……."

"장련은 입장이 다르다. 전면에 서는 일도 없거니와 특별히 밖으로 나갈 일이 없을 것이다. 그러니 당장 호위무사가 필요하지는 않다."

장웅이 말하지 못하고 머뭇거리는 행동을 보이자 장우가 재차 말을 이었다.

"이제 가타부타 입에 올리지 마라. 가주뿐만 아니라 세가의 식구들 모두 동의한 일이다."

장웅은 한쪽에 앉아 조용히 침묵하고 있던 사람들을 바라보았다.

장로들과 숙부, 외가 쪽 사람들이 탁자를 양옆에 앉아 조용히 침묵하고 있었다.

하나, 표정은 다들 동의하는 것인지 장우의 말에도 별다른 대꾸를 하지 않았다.

장웅은 그런 행동을 보며 가주를 향해 다시 한번 목소리를 높이려 했다.

"아버님……."

"그만해요, 오라버니. 작은할아버지 말이 맞아요."

그때 문에 기대고 있던 장련이 모습을 드러냈다.

그녀의 등장에 대전의 모든 시선이 장련에게로 쏠렸다.

"련아, 언제 왔느냐."

장웅이 놀란 목소리로 물었다.

"조금 전에요."

장련은 담담하게 미소 지으며 한 발 성큼 다가가 장웅 옆에 섰다. 그러고는 주위를 둘러보며 말했다.

"이야기는 다 들었어요. 좋은 생각인 것 같더군요."

"……."

"그리고 호위무사가 문제라면 다들 걱정하실 필요 없어요. 황 노대가 데려온 호위무사도 있으니까요."

"호위무사? 누굴 말하는 것이냐?"

장원태가 의문 띤 목소리로 물었다. 장로들 역시 그랬다. 그녀의 말이 다들 이해가 가지 않는 듯했다.

장련은 한쪽에 서 있는 황 노인을 응시하며 말했다.

"이번에 황 노인이 데리고 온 호위무사예요."

시선은 일제히 한곳으로 이동했다.

좌측 벽 가장자리에서 침묵하고 있던 황 노인에게로 쏠린 것이다.

"황 노대, 정말인가?"

평소 그를 가장 곱게 여기지 않던, 가주와는 오촌(五寸) 관계인 장유성이 먼저 입을 열었다.

입술을 뒤틀며 말을 건네는 것이 한눈에 보기에도 불만이 서린 표정이었다.

황 노인은 모두의 시선을 느끼며 잠시 숨을 골랐다. 그 뒤, 장련을 한 번 쳐다보고는 고개를 숙이며 대답했다.

"예, 그렇습니다."

"언제부터인가? 그보다 여기가 어디라고 허락도 없이 시정잡배를 들인 건가?"

장유성은 이미 단언한 채 얘기하고 있었다.

황 노인이 데리고 온 자들이니 굳이 수준을 물을 필요도 없다고 여긴 것이다.

그리고 그렇게 생각하는 사람은 또 있었다.

가주와의 처형 관계인 서문조 역시 불쾌한 표정을 숨기지 못했다.

"빨리 내보내게. 우리 장씨세가는 아무나 들어올 수 있는 그런 곳이 아니야."

친가와 외가 쪽이 반대했다. 장로들도 나서서 말하지는 않았으나 표정으로 부정적인 의사를 내비쳤다.

"죄송합니다."

황 노인은 제대로 된 변명도 하지 못하고 고개를 숙였다. 분위기가 무어라 말을 꺼낼 상황이 아니었다.

"적당히들 하게."

그때 그의 편을 든 자는 다름 아닌 가주 장원태였다.

다른 자들과 달리 그는 진지한 눈빛으로 황 노인을 바라보고 있었다.

"혹시 말일세. 며칠 전 자네가 내게 서신을 보내게 만든 그 사내인가?"

가주의 말에 장로들이 갑자기 수군거리기 시작했다.

일개 하인이 자신들을 통하지 않고 가주에게 몰래 서신을 보냈다는 얘기에 당황한 것이다.

황 노인은 시선을 다시 올리고는 답했다.

"그렇습니다."

"그럼 왜 말하지 않은 건가? 그를 데리고 왔다면 응당 소개를 했어야지."

"그리하려고 했지만……."

황 노인이 잠시 머뭇거렸다. 그 순간 장유성의 옆에 있던 삼장로가 말을 받았다.

"데리고 와보니 아니겠다 싶은 것이겠지요. 이번에 우리 세가를 찾은 호위무사들의 실력을 직접 보지 않았습니까."

"아니에요."

그때 장련이 불쑥 끼어들며 말했다

"뛰어난 실력자였어요. 이번에 데리고 온 호위무사와 견주어 봐도 그리 떨어지는 수준은 아니었어요."

"장련 아가씨 눈엔 그리 보일 수도 있지요. 솔직한 말로 장련 아가씨의 눈에는 이류 무인들도 대단해 보일 수 있지 않습니까."

삼 장로는 말하고 나서 아차 싶었다. 가문의 장중보옥인 그녀에게 대놓고 무공이 부족하다는 말을 한 것이다.

"그건 그럴지도 몰라요."

그에 반해 장련은 차분하게 미소만 지었다.

그녀에겐 불쾌한 말이었지만, 어차피 여인으로서 무공 실력이 떨어진다는 것은 모두가 아는 사실인 만큼 인정할 수밖에 없었다.

"하지만 이것만은 확실해요. 그는 평범한 사람이 아니에요."

그녀의 말에 사람들의 시선이 제각기 달라졌다.

평범하지 않다는 말에 호기심이 동한 사람들도 생긴 것이다.

"말씀하시는 것이 마치… 아주 대단한 곳에서 온 사람처럼 들리는군요."

조용히 듣고 있던 이 장로가 입을 열었다.

장유성을 시켜 황진수와 곡전풍을 데려온 그다. 그런데 자신이 데려온 호위무사들과 황 노인이 데려온 자가 비교당하자 심기가 불편해진 모양이었다.

하지만 장련은 여전히 태연하게 답했다.

"맞아요."

"예?"

"무림맹 출신이라면 대단한 분이지 않겠어요?"

"……!"

짧은 순간 강렬한 정적이 영내를 휘감았다.

슬쩍 미소 짓고 있던 장유성의 표정은 그대로 굳어버렸고, 이 상황을 크게 관심 없이 바라보던 서문조의 얼굴색이 서서히 붉어졌다.

뿐만 아니라 무겁게 침묵을 지키던 장로들 역시 뭔가 할 말이 많은 표정으로 장련을 바라보았다.

아는 게다.

강호에 무림맹 출신이 얼마나 흔하지 않은지를.

또한 그런 자와 연줄이 닿는다는 것이 얼마나 힘든 것인가를.

"무림맹 출신이라 하더라도 실력은 천차만별……."

무거운 정적을 깨며 장유성이 말을 꺼내자 옆에서 그의 어깨를 누군가 잡았다.

이 장로였다. 그는 장유성을 향해 짧게 고개를 저어 보이고선 입을 열었다.

"소인의 생각이 짧았습니다. 황 노대가 아주 대단한 사람을 데려왔는지 생각지도 못했습니다. 황 노대, 그리 대단한 자가 있다면 왜 지금껏 데려오지 않았는가."

"그것이……."

황 노인은 말끝을 흐렸다.

변명이 떠오르지 않아서가 아니라 어떤 말을 꺼내기가 어려운 부분이 있었다.

조금 전 무림맹 출신이란 말이 그렇다.

무림맹이란 말을 꺼냈을 뿐인데 다들 기대하는 눈빛을 보내고 있다. 그런 와중에 그 사내가 사람들의 기대치에 미치지 못할 때는 어찌할 것인가.

원망은 분명 어딘가로 쏠릴 것임이 분명했다.

물론 자신은 괜찮다.

책임은 언제든 질 각오가 되어 있으니까.

하지만 그자는 다르다.

그는 단지 억울한 목숨들을 살리기 위해 온 자다.

결과가 좋지 않다는 이유로 함부로 대해서는 안 되는 자였다.

"황 노대, 빨리 그자를 데려와 보게. 우리도 누군지 알아야할 것이 아닌가."

"아, 알겠습니다."

가주까지 합세하자 황 노인은 급히 수긍했다. 그러고는 자리를 떠나 대전 밖을 나섰다.

황 노인이 나갔음에도 대전 안의 분위기는 숨죽이듯 고요했다.

호기심과 기대, 그리고 크게 달라질 것 없다는 생각들이 서로 교차하는 중이었다.

가주가 장련을 향해 황 노인이 데리고 온 호위무사에 대해몇 가지 물을 때였다.

이 장로는 장유성을 향해 그만이 들을 수 있는 목소리로 말을 건넸다.

"황 노인의 사람이니 맹에 있었다고 할지라도 일류를 넘지 못할 것은 불 보듯 뻔하오. 하지만 지금 상황에서 굳이 호위무사를 내쫓을 이유는 없지 않소?"

장유성은 말없이 고개를 끄덕였다. 한 명의 고수라도 필요한

때다.

황 노인이 추천한 사내가 장련 옆에 있으면 이 공자 옆에 호위무사를 붙일 수 있으니 굳이 방해할 이유는 없을 듯했다.

그의 눈빛은 점차 부드러워졌다.

그의 시선은 다시 장련 쪽으로 향했다.

그러던 중 문밖에서 누군가 달려왔다.

그는 대문을 지키는 일장(日長)이었다.

"무슨 일이냐?"

가주가 그를 향해 물었다. 대전 앞으로 급히 뛰어온 것도 그렇고 상기된 얼굴이 왠지 모를 불안한 느낌이 들게 했다.

"손님이 찾아왔습니다."

"누가 말이냐."

"석가장 소장주입니다."

"……!"

*　　　*　　　*

영내는 지나치리만치 고요해졌다. 단순한 긴장감을 넘어서는 전운(戰運)이 감돈 것이다.

장씨 세가와 석가장이 다툼을 빚은 이후론 상호 간에 사절을 보내는 일도 뜸해진 터였다.

한데 이제 와서 소장주, 석가장주의 아들이라니?

아니, 그런 사실을 따지기 이전에 석가장 사람들이 이곳으로 오는 것 자체가 이치에 맞지 않다.

그들은 장씨세가를 끌어들인 뒤 비겁한 방법으로 야습을 한 자들이다.

수십 명을 죽인 전력이 있는 그들이 적진에, 그것도 사람들이 모여 있는 이때에 방문한다는 것은 누가 봐도 선뜻 이해가 가지 않는 행동이었다.

"호위무사들을 데리고 오시오."

"예."

장원태는 이 장로와 삼 장로를 향해 명했다.

그늘진 곳에서 예리한 눈빛을 내비치는 절검단 무사들을 믿지 못해서 그러는 것은 아니었다.

하지만 석가장주는 음흉하고 야욕이 가득한 자다.

그런 그가 자기 자식을 적진 안으로 들여보낼 때에 준비를 하지 않았을 리는 만무했다.

쉽게 말해 적진 한복판에 들어서도 소장주가 충분히 살아나갈 수 있도록 실력자와 함께 대동시켰을 거란 얘기다.

"곧장 데려오겠습니다."

이 장로와 삼 장로는 급히 자리를 떴다. 그들의 표정에는 그 어떠한 반문의 느낌도 있질 않았다.

그만큼 상황이 위중한 탓이었다.

잠깐의 시간이 지나자 그들은 세 명의 호위무사들을 데리고 왔다. 다행히 근처에 있었던 것인지 금방 모습을 드러냈다.

"안으로 들이거라."

장원태는 그제야 일장을 향해 시선을 돌리며 입을 열었다.

*　　*　　*

총 네 명의 사내들이 대전 앞으로 걸어 들어왔다.

키가 큰 사람부터 체구가 거대한 사람, 마른 사람, 단신인 사람이 있었지만 대부분의 사람들은 그들 면면을 살피는 여유를 갖지 못했다.

왜소한 체구에 둥글한 얼굴, 좌우로 찢어진 눈에 미소를 가득 머금은 생김새.

석가장의 소장주, 석도명(石導明)에게 시선이 몰린 것이다.

"오랜만입니다, 장 가주님. 그동안 잘 계셨습니까?"

"잘 있었지. 그래, 위세가 대단한 석가장에 무슨 바람이 불어 이 누추한 곳까지 납시었는가?"

장원태의 얼굴에는 찬바람이 감돌았다. 비아냥까지 깃든 그의 말에 소장주 석도명은 어깨만 으쓱해 보였다.

"바람이랄 것까지야. 본장과 귀 세가에서 벌써 몇 달째 별 가치도 없는 일에 싸움을 벌이고 있지 않습니까. 군자 된 자로서 그릇된 것을 바로잡아야 할 것이 아닙니까."

"허……."

"저런 몹쓸……."

뻔뻔한 태도에 곳곳에서 웅성임이 일었다.

장원태 역시 치솟는 노기를 누르느라 한참을 고심해야 했다.

무익한 싸움인 것은 알고 있다.

한데 그 싸움을 대체 누가 걸어왔던가. 그래 놓고 이제 와서 군자연하며 그릇된 것을 바로잡는다?

"그래, 어떻게 바로잡겠느냐."

마음이 편치 않으니 자연스레 하대가 나갔다.

석도명의 눈매가 잠시 꿈틀거렸으나 그는 곧 안색을 풀고 읍을 해 보였다.

"그 전에 말입니다."

"······?"

"차나 한 잔 주시겠습니까?"

꾸드득!

태연자약한 석도명의 말에 장원태의 주먹이 말려 올라갔다.

그를 향한 사람들의 눈빛도 어느 때보다 매섭게 변해 있었다.

곧 하인들이 작은 다탁을 들고 왔다.

달깍.

"잘 마시겠네."

석도명은 편안한 자세로 찻잔을 들었다.

범굴이나 다름없는 곳에 수하 셋만 대동하고 온 그는 한참을 유유자적하게 차를 즐겼다.

*　　　*　　　*

한편, 시선이 소장주로 쏠린 사이에 이 장로는 자신이 데리고 온 곡전풍과 황진수에게 조심스럽게 말을 건네고 있었다.

"승산이 있겠는가?"

그는 조금 전 장가주가 곁눈질을 했을 때 가주가 무슨 생각을 하는지를 알았다.

흔치 않은 기회다.

적의 수장을 사로잡아 전쟁을 끝낼 수 있는 최단의 방법이 그들의 눈앞에 있었다.

하지만 변수 역시 존재했다.

바로 소장주를 호위하고 있는 이름 모를 무사 세 명이었다.

"판단이 잘 서지 않습니다."

곡전풍은 솔직한 심정을 털어놓았다.

이 장로의 시선이 옆으로 이동했다.

그곳엔 또 다른 호위무사, 황진수가 있었다.

"건방 떠는 두 명은 어떻게든 될 것 같습니다. 하지만 안대를 낀 사내의 실력은 종잡을 수가 없습니다."

곡전풍은 앞서 거론한 사내 둘 다 쉽지 않은 상대라 여겼지만, 그래도 한번 해볼 만하다는 생각을 하고 있었다.

무공을 익힌 사람들에겐 몸의 체형과 그들의 걸음걸이, 행동에서 보이는 일종의 동선이란 것이 존재한다.

덩치 큰 사내는 하체에 비해 상체가 주로 발달해 있었다. 그렇다면 그는 주로 파괴적인 무공을 사용하는 자일 가능성이 높았다.

그런 자들은 전신에 힘이 넘쳐 움직임이 거칠다. 거칠수록 빈

틈이 있게 마련이기에 곡전풍은 그 틈으로 자신이 치고 들어가면 승부할 수 있다고 판단했다.

깡마른 자는 덩치 큰 사내와는 정반대의 체형이다.

그는 상체보다 하체가 단련되어 있고 팔이 짧다.

이는 그가 정확한 공격을 위주로 한 날렵한 움직임을 구사할 가능성이 크다는 걸 얘기한다.

그렇기에 단점 또한 명백하다.

단단함을 구축하지 않는 빠르기는 점격(點擊)같이 힘을 집중시킨 일검에 약점을 보인다.

공격하면 같이 받아치지 않고 주로 뒤로 빠진다는 말이다.

즉, 적당히 상처를 입을 각오를 하면 처리할 수도 있을 것 같다고 그는 생각했다.

'하지만 문제는…….'

곡전풍의 시선이 안대를 낀 채 입을 굳게 다물고 있는 사내에게로 머물렀다.

나름 강호에 잔뼈가 굵은 곡전풍이 봐도 그가 어떤 무공을 쓰는 사내인지 판단이 서질 않았다.

균형 잡힌 몸을 보면 권각술에 조예가 있는 것 같다가도, 언뜻 드러난 거친 손을 보면 외문기공(外門奇功)을 익힌 것 같다가, 검신을 쥐고 있는 것을 보면 전형적인 검사(劍士)이기도 한 것 같아 보였다.

어떤 무공을 익혔는지 모르니 그로서는 판단하기도 어려웠다.

곡전풍은 삼 장로와 함께 있는 사내 능자진을 슬쩍 바라봤다.

시연회 때 나름 뛰어난 무위를 보였던 그라면 자신이 보지 못한 것을 느끼지 않을까 생각했기 때문이다.

하지만 깊게 그늘진 그의 얼굴을 보고는 자신과 그의 생각이 크게 다르지 않았다는 걸 알 수 있었다.

*   *   *

석가장의 소장주는 장원태의 화를 돋우러 온 것일까.

거의 밥 한 그릇을 먹을 시간을 끌고, 장원태의 얼굴이 붉으락푸르락해질 무렵, 그는 입맛을 다시며 다시금 읍을 해 보였다.

"흠흠, 시간을 너무 끌었군요. 우선 소개부터 하겠습니다. 여기 체구가 건장한 분은 공(쏘) 대협이고 날씬한 분은 운(運) 대협, 그리고 이들의 큰형이기도 한 이분은 경(顯) 대협이라 합니다."

하지만 그의 말을 곧이곧대로 믿는 사람은 없었다.

이름인지, 성인지, 아님 별호인지 무명(武名)인지 알 수 없는 모호한 설명이었던 것이다.

"그럼 제가 여기에 온 이유를 말씀드리겠습니다."

석도명은 주위를 한 번 둘러본 뒤 말을 이었다.

"최근에 장씨세가의 사람으로 보이는 노인이 우리 구역으로 들어왔습니다. 뭔가 의심스러워 그자의 뒤를 밟아보았는데 아니나 다를까 우리 구역을 넘어 운중산(運重山)으로 향하는 것이 아니겠습니까. 아시겠지만 그곳은 하북팽가 사람들이 자주 들르는 곳입니다. 장씨세가의 사람이 그곳으로 간다는 것은 무슨 의미이겠습니까?"

"……!"

그 순간 장원태의 눈썹이 들썩였다.

감정이 동요한 것이다.

그 의미를 아는지 석도명은 계속 말을 이었다.

"제가 오해를 한 것이겠지요? 설마하니 우리들 일에 다른 세가를 끌어들일 정도로 가주님의 배포가 좁지는 않을 테고… 그냥 친분이 있어 일을 보러 간 것이 맞겠지요? 하긴, 그랬으니 우리 석가장이 있는 성도를 지나쳐 가질 않고… 구태여 도심 서쪽에 있는 산새 험한 창암산(蒼巖山)을 타고 가셨겠지요."

장원태는 굳은 표정으로 그를 바라보았다.

우려하던 일이 벌어진 것이다.

'어찌하다 이리된 건가…….'

한 달 전, 장원태는 사 장로에게 따로 일을 맡겼다.

석가장을 피해 서쪽 창암산을 둘러가 운중산 근처에 있는 자형관(紫荊關)으로 가서 도움을 구하라는 말이었다.

자형관은 거대한 요새로 관군들이 주둔하며 외성을 지키는 곳이다.

장원태가 성문이 있는 그곳에 사 장로를 보낸 것은 그곳에 하북팽가의 장로 팽운이 기거하기 때문이었다.

팽운은 장군직을 역임했을 정도로 관가와 깊은 관계일뿐더러 하북팽가에서도 실질적인 영향력을 행사하는 자로 알려져 있었다.

장원태는 그를 통해 하북팽가의 도움을 받고자 했다. 그래서 은밀하게 교섭을 하려고 사 장로를 보냈다.

하지만 그것을 어떻게 알았는지 석가장이 사 장로를 언급했던 것이다.

"소문대로군. 표면적으로 정파를 자청하지만 뒤에서 더 야비한 수를 쓴다더니⋯ 소장주가 인질을 데리고 겁박하는 건가?"

그때 그들을 지켜보던 능자진이 한 발 나서며 말했다.

말을 꺼낸 의도가 무엇이든 인질을 잡고 있다는 것만으로도 그들을 용서할 수 없기 때문이었다.

그리고 그와 비슷한 자는 또 있었다.

"이 자리에 나타난 것을 보면 자신이 뭐라도 되는 줄 아는 것 같군."

황진수였다.

그 역시 의연한 자세를 뽐내며 능자진의 말을 거들었다.

대전 안 사람들의 시선이 호위무사에게로 쏠렸다.

당차게 나서는 그들의 모습에 기대감과 흥분이 뒤섞인 표정들이었다.

"호오⋯⋯."

처음으로 시선을 돌린 석도명의 눈에 이채가 서렸다.

낯선 그들의 모습에 호기심이 인 것이다.

"장 가주님, 예전엔 못 보던 얼굴이 보입니다. 혹시 이자들이 이번에 떠들썩하게 영입한 고수들인가 봅니다?"

석도명은 흥미로운 표정으로 다시 호위무사들을 바라보았다. 그리고는 고개를 옆으로 돌리며 큰 소리로 말했다.

"참으로 범 같고 호걸 같은 든든한 기셉니다. 그렇게 보지 않습니까, 경 대협?"

사람들의 시선이 석도명에게서 뒤쪽으로 향했다.

거기엔 경이라 말한 사내가 팔짱을 낀 채 서 있었다.

겨드랑이 사이에 끼인 거무튀튀한 검집과 그의 어두운 표정이 어울려 묘한 분위기를 자아내고 있었다.

시선이 집중되자 사내는 느릿한 입모양으로 천천히 말을 꺼냈다.

"신경 쓰지 마십시오. 이제 새장 밖으로 나온 자들입니다. 실력이라 말할 것까진 없을 듯합니다."

"……!"

순간 사람들의 표정이 급변했다. 사람들은 누구 가릴 것 없이 인상을 일그러뜨리며 심각한 눈빛을 내비쳤다.

그들의 손에 지목된 호위무사들은 더했다.

일그러짐을 넘어 노골적인 분노까지 표출하고 있었다.

"허허허. 그런 것입니까? 제가 보기엔 대단해 보이는데 경 대협이 보기엔 그렇지 않은가 봅니다. 새장 밖으로 나온 자들이라… 크크……."

석도명은 허허로운 웃음을 내비쳤다.

이에 사람들의 안색은 점점 싸늘하게 변해가고 있었다.

터억.

그때 웃음소리와 더불어 한 사내가 나섰다. 능자진이 결국 화를 참지 못하고 한 걸음 나선 것이다.

"소인은 능자진이라고 하오. 실례가 안 된다면 새장 밖으로 나왔다고 하는 분과 솜씨를 한번 견주어봤으면 하는데 어떠시오?"

인내하는 심정이 느껴질 만큼 목소리 끝에 강한 분노가 서려 있었다.

그 모습을 본 삼 장로가 제지하려고 한마디 하려 했다. 그때 옆에 있던 일 장로가 그의 어깨를 잡았다.

"지켜보세."

"왜……."

"가주께서 그리 생각하고 계시네."

삼 장로가 시선을 돌려 가주를 바라보았다.

장원태는 굳게 침묵한 채 영내를 지켜보고 있었다.

표정에도 언뜻 드러날 정도로 그는 지금 심장 떨리게 긴장한 상태였다.

대놓고 무례를 당하는 입장이긴 했지만 그에게 이는 오히려 천금 같은 기회로 변할 수도 있었다.

이미 시비가 걸렸다.

여기서 저들을 무력화시키기만 하면 이 싸움을 종결시킬 수 있다.

그렇게 봤을 때 지금은 섣부른 공격 대신 상황을 좀 더 살필 필요가 있었다.

이번 능자진이 사내와의 대결에서 팽팽하게 실력을 겨룰 수 있다면… 아니, 호각은 아니더라도 이를 통해 상대의 역량만이라도 어느 정도 가늠할 수 있다면, 때에 따라 고수들을 모두 투입해서라도 저들을 이 자리에서 붙잡는 것도 생각해 볼 만하다.

"어이구, 화가 많이 나셨나 보구먼. 어디, 나라도 괜찮겠소?"

비대한 사내가 호탕하게 웃으며 말했다. 능자진은 그에게 냉소로 대답했다.

"누구든 상관없소."

그는 분노했지만, 상황 판단을 못 할 정도는 아니었다.

능자진은 팔짱을 낀 사내가 범상치 않다는 것을 직감적으로 느끼고 있었다.

그런 상황에 다른 자가 덤벼주니 그로선 오히려 환영할 만한 상황이 되었다.

"모두 계신 이런 중요한 자리에서 칼을 빼 드는 것은 좋은 일이 아니지. 실력을 알아보는 요량이라면 간단히 손을 마주치는 내력 대결을 하면 어떻겠소?"

석도명의 말에 능자진은 잠시 고민을 했지만, 이내 결정을 내렸다.

공력을 서로 부딪치게 하는 방법은 시간을 길게 끌지 않고 상대의 실력을 가늠할 수 있게 한다.

그 말은 굳이 살수를 펼치지 않고도 상대에게 심대한 타격을 입힐 수 있다는 것이다.

거기다 상대는 검을 쓰는 무사.

상대가 내공을 위주로 싸우는 내가고수(內家高手)만 아니라면, 화산파에서 배운 육화심법(六華心法)을 통해 승부를 겨루면 충분히 승산이 있을 것 같았다.

"좋소."

능자진이 승낙하자마자 그들 근처에 있던 사람들은 저만치 뒤로 물러났다. 대전 안은 넓었기에 사람들이 다른 곳으로 이동하자 충분히 공간이 생겼다.

단 일 합을 겨루는 승부.

자신의 내공을 최대한 분출하여 상대에게 피해를 입히는 비무였다.

"후읍후읍."

긴장하는 그와 달리 비대한 몸짓의 사내는 여유로웠다.

혼자 팔을 흔들고 다리를 굽히는 모습이, 그가 체술(體術)에도 별도의 조예가 있음을 보여주는 것 같았다.

'한 번에 끝내야 한다.'

그에 반해 능자진은 자존심을 회복시키려는 마음 때문인지 조용히 정신을 집중하고 있었다. 그는 몸 안에 있던 내공을 최대한 부드럽게 운기하고 있었다.

육화심법은 뜨겁게 타오르는 심법이다.

몸의 여섯 혈 자리에서 생성된 기운은 단시간 내 몸을 달아오르게 한다.

능자진으로선 최고의 공력을 뿜어낼 수 있기에 지금 상황에 적합했다.

장내는 다시 쥐 죽은 듯 조용해졌다.

공과 능자진은 서로 대치하며 노려보고 있었다.

이윽고 몇 번의 호흡이 지날 때였다.

고성을 터뜨린 능자진은 장한을 향해 공력을 실은 손바닥을 내밀었다. 그에 질세라 거대한 덩치 역시 그를 향해 두툼한 손바닥을 뻗었다.

쿠웅!

암석이 바닥을 내리찍는 것만 같은 소리가 귓가에 생생히 울리는 순간이었다.

서로 공력을 부딪쳤던 둘은 빠르게 뒷걸음질 치며 뒤로 밀려났다.

"우엑."

신음 소리와 함께 신물을 토해내는 소리가 한쪽에서 흘러나왔다. 공이란 사내는 무릎을 꿇은 채 대문 앞에 쓰러져 있었다.

장씨세가 사람들의 시선이 반대쪽으로 이동했다.

그곳엔 능자진이 일그러진 표정을 짓고 있었다. 하지만 장한처럼 신음을 내뱉거나 쓰러지지는 않았다.

그 모습에 세가 사람들의 표정은 서서히 밝아지기 시작했다.

희망을 발견한 것이다.

해볼 만하다는 생각이 머릿속에서 샘솟기 시작했다.

'대체 이건······.'

기뻐하는 그들과는 달리 정작 능자진은 충격에 휩싸인 상태였다.

그와 손이 닿는 순간 능자진은 뭔가 잘못됐다고 느꼈다.

능자진은 처음 경험해 보는 거칠고 뜨거운 염기(炎氣)가 몸에 들어감을 느꼈고 곧이어 내장이 뜯어져 나갈 만큼 고통을 느꼈다.

'이 녀석은 검사가 아니었어. 전통적으로 내가권법(內家拳法)을 수련한 고수야!'

내가권법.

외면을 타격하지 않고 내면을 으깨어 버리는 권법이다.

그는 평소 검을 쓰는 척하며 내력 대결을 펼친 것이다.

능자진은 뒤늦게 이 모든 게 계산된 행동임을 깨달았다.

검사인 척하며 내력 대결을 원한 것이다.

"나도 한번 해보고 싶소."

'안 돼, 저들의 작전에 말려들어선.'

능자진은 막으려 했지만 뜻대로 하지 못했다.

다들 자신을 향해 신뢰 섞인 눈빛을 보내는 것도 있었지만, 그것보다 사실 현재 고통이 너무 커 말을 제대로 할 수 없다는 것이 큰 이유였다.

검사가 권사(拳士)에게 손으로 내력 대결을 하는 것은 금기다.

이런 대결은 내력이 동등하다 하더라도 어떤 심법을 익혔는가에 따라 결과가 판이하게 달라지기 때문이다.

처억.

능자진이 고통스러워하는 그때 한쪽에 대기하고 있던 사내가 한 걸음 걸어 나왔다.

상대에게 밀리지 않는 능자진을 본 황진수가 해볼 만하다는 판단을 했던 것이다.

그의 생각을 반영하듯 황진수의 들썩이는 어깨에서는 자신감이 물씬 풍겨 나왔다.

"너는 내가 한번 상대해 주마!"

운 대협이란 사내가 노성을 지르며 나섰다. 사람들의 눈엔 그의 모습은 마치 쓰러진 동료를 보고 화를 내는 것 같아 보였다.

"함정……."

목청껏 소리치려던 능자진이 뭔가 턱 하는 걸림 때문에 힘없이 말을 내뱉다가 도로 삼켰다.

몸 안에서 사라진 줄만 알았던 염기가 아직도 뜨겁게 타오르고 있었기 때문이다.

대체 무엇을 심어놓았는지 능자진이 이를 잠시 자유롭게 놓아두자 염기는 기혈을 파고들고 있었다.

그는 급히 이를 악물고 기혈을 내리눌렀다.

타오르는 열기를 누그러뜨리지 않으면 말은커녕 의식을 잃을지도 모르는 일이었다.

뻐어억!

능자진이 정신없이 몸을 회복시키는 사이 장내는 조용해졌고 이내 황진수와 운은 한 지점에서 격돌했다.

두 손에서 격발된 울림은 이전과는 전혀 다른 소리를 냈다.

그것은 마치 얼음 조각이 산산이 깨지는 소리 같았다.

그리고 그 결과는 소리만큼이나 충격적이었다.

황진수가 이기리라 생각한 자는 많이 없었지만 적어도 용호상박은 될 것 같았던 대결이었다.

한데, 황진수의 몸이 붕 뜨더니 저만치 떨어져 있는 이 공자 발치까지 날아가 버렸다.

그에 반해 홀쭉한 사내는 그 자리에 서 있었다. 너무나 여유로운 표정에 사람들은 자신의 눈을 의심할 정도였다.

그는 장내의 모두를 향해 씨익 웃어 보이더니 뒤쪽에 쓰러져 있는 공을 보고 말했다.

"그쯤 하고 일어서."

"으으윽."

"연기가 어설프잖아."

"…후훗. 너무 뻔했나?"

알 수 없는 대화가 이어지는 순간이었다.

조금 전까지 고통스러워하던 장한이 거짓말처럼 웃으며 일어났다.

그의 모습에 장내의 분위기는 급속히 얼어붙었다. 뭔가 상황이 이상하게 돌아가는 것을 깨달은 것이다.

그리고 장원태가 상황 판단을 가장 빨리 했다.

자신들이 영입한 호위무사 중 둘이 당하고 한 명만이 남았다.

그에 반해 저들은 여전히 건장한 세 명의 호위무사가 소장주를 지키고 있다.

그것은 상황이 정반대로 바뀌어 오히려 자신들이 위험에 빠질 수 있는 상태에 놓였다는 것을 뜻했다.

장원태는 소장주를 바라보았다.

소리장도(笑裏藏刀)라고 했던가.

그는 여전히 웃고 있었다. 하지만 그 웃음 밑에는 숨겨진 날카로운 칼이 서서히 이빨을 드러내고 있었다.

지금 영내에 있는 절검단의 숫자와 한 명 남은 호위무사.

그의 명령에 따라 언제든 칼부림이 일어날 수 있다. 그것이 장원태의 심장을 더욱 뜨겁게 했다.

끼이이익.

긴장감이 극에 달하는 순간,

거친 소리와 함께 굳게 닫혀 있던 대문이 갑자기 열리기 시작했다.

영내에 있던 모든 시선이 일제히 뒤쪽으로 향했다.

그곳엔 황 노인과 함께 이름 모를 사내가 무심한 표정으로 걸어 들어오고 있었다.

第八章

드러나는 정체

　광휘와 나란히 걷던 황 노인은 몇 걸음 지나지 않아 발걸음을 멈췄다. 낯익은 청년을 알아본 까닭이다.

　"소, 소장주?"

　사람의 의중을 꿰뚫어 보는 눈빛과 뱀처럼 말려 들어간 입술, 거기에 작은 체구에서 뿜어지는 거라곤 믿을 수 없는 거친 위압감은 황 노인의 동작을 얼어붙게 만들었다.

　그와는 달리 광휘의 걸음은 거침이 없었다.

　그의 동선에는 공이라 불리는 비대한 사내가 길을 막고 있었지만 그는 전혀 개의치 않고 걸어 나갔다.

　세가 사람들의 시선이 두 사내에게로 집중됐다.

　조금 전 가공할 만한 내력을 보여준 사내와 황 노인의 호위무사가 부딪치면 어쩌나 하는 우려 때문이었다.

낯선 사내와 공의 거리가 점점 좁혀질수록 사람들의 걱정은 커졌다.

처억.

하나, 우려했던 일은 일어나지 않았다.

갑자기 길을 막고 있던 공이란 자가 비켜선 것이다.

'뭐, 뭐지?'

공은 옆을 지나가는 사내를 보면서 자신도 믿지 못하겠다는 표정을 지어 보였다.

분명 길을 비켜줄 의도가 없었다. 오히려 조금만 접근하면 뼈를 부러뜨릴 생각으로 길을 막고 있었다.

그런데 사내가 지척에 다다른 순간 그는 서 있던 자리에서 한 걸음 물러났다.

놀랍게도 그의 몸이 그렇게 반응해 버린 것이다.

"인사가 늦었습니다. 황 노인의 소개로 온 사람입니다."

그사이 장 가주 앞에 선 광휘는 포권의 자세를 취했다.

등 뒤에 있는 커다란 도신 때문인지 자세가 부자연스러웠지만, 그래도 그의 표정만은 진지했다.

그의 인사를 받던 장원태가 눈을 껌뻑거렸다. 갑자기 좋은 생각이 떠오른 것이다.

"장씨세가 가주 장원태라고 하오. 진작 뵙고 감사를 표했어야 하는데 그러지 못한 걸 미안하게 생각하오."

"그러실 필요는 없습니다."

"아니오. 본 가에 도움을 주시기 위해 오신 분인데… 한데… 무림맹에서 오셨다는데 정말이오?"

"……!"

장원태의 말에 석도명의 눈썹이 치솟았다. 낯선 사내에게 호기심이 생긴 것이다.

그의 눈이 화등잔만 하게 커지더니 이내 광휘를 향했다.

"맹에서……."

광휘는 맹이란 단어를 읊조리다 열 걸음 정도 떨어진 곳에 있는 장련을 슬쩍 쳐다보았다.

맹을 입에 담을 정도로 황 노인은 가벼운 자가 아니다. 그렇다면 그 사실을 말할 자는 그녀밖에 없었다.

광휘는 이내 시선을 거두었다. 어차피 지금 와서 자신이 어디에 있었다는 얘긴 중요하지 않았기 때문이다.

자신을 기억하는 사람 대부분은 화마(火魔)에 쓸려 죽어버렸으니까.

"무림맹에서 일한 적이 있긴 합니다만, 오래전 일입니다."

'아!'

장 가주는 흘러나오는 탄식을 속으로 삼켰다.

자신을 조금 과장해도 나쁠 것이 없는 상황에서 사내의 대답은 지나치게 겸손한 것이다.

"허, 오래전에 맹에서 일했다면 높으신 분들과도 만나 뵈었을 것 아닌가. 우리 같은 평범한 세가의 사람들은 뵈려야 뵐 수도 없는 주요 인사들 말일세."

장원태는 다시 한번 대답을 유도했다.

군이 그가 무림맹의 주요 인사라는 확답을 받을 필요는 없었다.

한때 소속됐다는 것을 말하는 것만으로도 소장주에게 압박을 줄 수 있기 때문이었다.

"이름 없는 일개 지단의 소속으로 아는 사람은 극히 드뭅니다. 설령 있다고 하더라도 모든 인연을 끊고 나왔기에 절 아는 사람이 없을 겁니다."

'허!'

하나, 사내의 대답은 그의 기대를 벗어났다.

이젠 장원태만이 아니라 세가의 사람들까지 안타까운 얼굴이었다.

애초에 그가 맹에서 대단한 지위를 가진 자가 아니란 것은 짐작했다. 하지만 지금은 장씨세가에서 영입한 호위무사 둘이 당한 상황이다.

이런 때는 없는 말을 지어내서라도 뒷배가 있다고 말하는 것이 당연하지 않은가.

"장 가주께서는 보면 볼수록 놀라운 구석이 있으십니다. 언제 또 우리가 모르는 사이에 무림맹 출신의 무인을 뽑으신 겁니까?"

석도명은 부드러운 목소리로 장원태에게 말을 걸어왔다.

잠시 당황하던 그의 표정은 낯선 사내의 발언 때문인지 조금 전보다 훨씬 밝아져 있었다.

"혹시 실례가 안 된다면 과거에 무슨 일을 했는지 물어봐도 되겠소?"

기분이 좋아진 석도명이 광휘를 향해 부드럽게 물었다.

한데 광휘는 별다른 대답이 없었다.

여전히 장 가주를 바라보는 자세로 서 있을 뿐이었다.

"허허, 이보게. 사람이 얘기하고 있지 않나. 하긴 나를 모를 수도 있지. 나는 석가장 소장주인 석도명이네."

석도명이 거듭 물음에도 광휘는 반응하지 않았다.

아예 없는 사람을 대하듯 돌아보지도 않은 자세로 그는 그저 장 가주의 하명을 기다리고 있었다.

"이런 예절을 모르는 놈! 소장주께서 말씀하시는데 처다보지도 않는가!"

그렇지 않아도 광휘에게 꺼림칙한 기분을 가지고 있던 공이 버럭 소리를 쳤다.

영내가 들썩일 정도로 심후한 내력이 실린 목소리가 모두의 귓가에 울려 퍼졌다.

그 때문일까, 이번엔 반응이 있었다.

광휘가 느릿한 동작으로 그를 향해 고개를 돌렸다.

"방금 예절이라고 했나?"

"……."

"그럼 장씨세가에 와서 주인 행세를 하려는 것도 예절에 속하는가?"

"뭐?"

이어진 광휘의 한마디가 영내를 휘감았다.

"네가 누군지는 관심 없다. 하나, 여기는 장씨세가이고 정작 가주께 아뢰기도 전에 손님에게 먼저 인사를 하라 하는 건 네 녀석의 법도인가?"

전혀 생각지도 못한 그의 대응은 사람들의 정신을 번쩍 들게 할 만큼 충격적이었다.

조금 전 소장주의 무사들로 인해 누구 하나 쉽게 말을 꺼내지 못하는 상황이었다.

그들이 보인 무위가 사람들이 움츠러들 정도로 뛰어났기 때문이다.

한데 낯선 사내는 전혀 위축됨이 없이 상대를 대하고 있었다. 나아가 여기가 어딘지를 거론하며 그들을 꾸짖기까지 했다.

가라앉았던 호승심이 모두의 가슴속에서 조금씩 일기 시작했다.

"낄낄낄……."

운은 공을 보고 노골적으로 웃음을 흘렸다. 낯선 사내의 기도에 압도당해 자리를 비켜준 것도 모자라 일침을 받는 그를 비웃는 것이었다.

그것이 공을 극도로 흥분하게 만들었다. 공은 갑작스럽게 자리를 박차고 나가 광휘를 향해 맹렬히 돌진했다.

씨잉!

"그만!"

검집에서 흘러나온 기묘한 소리가 채 끝까지 퍼지지 않을 때였다. 경이란 자의 외침에 공의 신형은 거짓말처럼 뚝 하고 멈췄다.

"어느새⋯⋯."

물러서서 상황을 지켜보던 이 공자는 신형을 멈춘 공을 보며 말을 잇지 못했다.

예기를 띠며 모습을 드러낸 칼날이 광휘의 목젖까지 단 일촌(一寸)을 남기고 멈춰 섰다.

조금만 늦었어도, 아니, 공이 마음만 먹었다면 광휘의 목은 순식간에 날아갔을 것이다.

하지만 긴장감은 여전했다. 여기서 공이 손을 조금 더 움직이면 광휘의 목은 날아갈 것이 뻔했다.

"제자리로 돌아가라. 아직 소장주께서 본론도 꺼내지 않으셨다."

공의 눈빛은 여전히 광휘를 향해 있었다.

그는 언제라도 광휘를 죽일 듯이 노려보고 있었다.

시이잉.

한동안 광휘를 응시하던 그가 천천히 검을 거두었다. 검집에서 울음소리 같은 비음(悲音)이 흘러나왔다.

그는 여전히 무표정한 자세로 서 있는 광휘에게 다가가 그의 귀에 대고 속삭였다.

"넌 내가 반드시 죽여주마."

그는 그 말을 하고는 물러섰다. 나직한 목소리 때문에 근처에 있는 자들은 그의 목소리를 듣지 못했다.

"경 대협은 저 사내를 어떻게 보셨소?"

공이 물러서고 걸어올 때 석도명이 입을 열었다.

조금 전 광휘가 보였던 기백을 흥미롭게 바라본 그가 경에게 말을 붙인 것이다.

"경 대협?"

느긋하게 대답을 기다리던 석도명은 의아한 듯 고개를 들었다.

꽤 시간이 흘렀음에도 대답이 들려오지 않았다.

그는 경을 바라보고는 다시 말을 이으려 하다 멈출 수밖에 없었다.

경의 시선이 조금 전에 나타난 낯선 사내, 광휘에게로 고정되어 있었기 때문이다.

'반응이······.'

경은 광휘가 나타날 때까지만 해도 큰 관심을 두지 않았다. 그가 기이한 병기를 찬 것 역시 경의 호기심을 자극하진 못했다.

하나, 조금 전 그가 취한 행동은 경의 눈길을 사로잡을 만큼 놀라웠다.

그가 한 치의 미동도 없이 공의 검을 정확히 바라보았기 때문이다.

사람의 감정은 어느 순간이라도 형태를 띤다.

특히나 무방비 상태로 있을 때 칼이 찔러 들어온다면 감정의 변화와 함께 행동은 극단적으로 변하게 마련이다.

몸을 떤다거나 혹은 과도한 표정을 짓는다거나 또는 괴성을 지르는 행동 등을 하게 되는 것이다.

한데 사내는 그런 감정의 변화가… 없었다.

상대가 급작스럽게 달려오는데도, 거기다 칼을 꺼내 들어 찔러오는 데도 그는 어떤 동작도 취하지 않고 있었다.

물론 공이 뛰어가 검을 꺼내는 과정이 그가 인식하지 못할 정도로 빨라 그랬을 수도 있었다.

혹은 너무나 무서워 넋을 놓고 있느라 그랬을 수도 있었다.

하지만 지금은 다르다.

경이 보기에, 사내는 처음 등장했을 때와 흡사한 눈빛을 내비치고 있었다.

아니, 오히려 더욱 물속에 가라앉은 것처럼 침잠한 상태였다.

상식적으로 이해할 수 없는 일이다.

제련된 칼날이 자신의 목을 찌르는 와중에 저런 행동을 취할 수 있다는 것은.

'곧 알게 되겠지.'

그는 대화를 마친 듯 한쪽으로 이동하는 광휘를 향해 입가에 미소를 지어 보였다.

"괜찮아요?"

장련은 자신 쪽으로 걸어오는 광휘를 보며 걱정스럽게 물었다.

조금 전 보고만 있어도 심장이 내려앉을 정도의 광경이 벌어졌었다.

칼이 조금만 더 짓쳐들어왔다면 정말로 죽을 수도 있었던 상황이었다.

"저자들의 이름이 무엇이오?"

"덩치 큰 사내는 공 대협이라 했고, 마른 사내는 운 대협이라 했어요. 그리고 안대를 낀 사내는 경 대협이라 들었어요."

"그렇구려."

그녀의 물음에 광휘는 담담하게 고개를 끄덕였다.

그 모습에 장련의 가슴은 조금씩 진정을 되찾았다.

그사이 소장주는 어느새 느긋한 자세를 취하고 있었다. 그는 입을 열었다.

"제가 여기에 온 진짜 이유를 말씀드리겠습니다."

석도명의 얼굴은 밝았다.

애초에 계획한 대로 일이 잘 진행되고 있으니 표정이 안 좋을 수가 없었다.

"성도를 조금 벗어난 우현시(于見市)로 가면 산이 하나 있지요. 운수산(雲水山)이란 곳인데 직접 올려다보기만 해도 경관이 아주 뛰어나 보는 사람으로 하여금 심금을 울릴 정도라고 하더군요. 아, 그러고 보니 장씨세가와는 한 이백 리 정도 떨어진 곳이라지요?"

그는 재차 말을 이어나갔다.

"사실 우리 석가장은 수십 채 정도 되는 민가가 모여 생긴 곳이니만큼 여러 면에서 부족한 점이 많습니다. 그러다 최근에 지역 유지분들이나 훌륭한 분들을 모실 때 좋은 후원이 하나쯤 있을 필요를 느꼈습니다. 그런 와중에 산경이 좋고 쉬기에도 알맞은 곳을 찾아보니 거기가 딱 우리의 목적에 부합한 곳이 아니겠습니까. 운수산 하나만 저희에게 내어주신다면 더 이상 의미 없는 싸움을 할 필요가 없을 것 같은데… 장 가주님의 생각은 어떠신지요?"

석도명은 자기 나름의 평화적인 해법을 제시했다.

장씨세가의 영향에 있는 운수산이라는 곳을 석가장에 내어 주는 조건으로 이 싸움을 종결했으면 하는 것이었다.

하지만 장 가주뿐만 아니라 영내에 있는 세가 사람들은 그의 말을 듣는 순간 표정이 급변했다.

단순히 굳어진 정도가 아니라 얼어붙을 정도로 심각히 변했다.

"그게 무슨 망발이냐!"

정적이 흐르던 어느 순간 갑자기 장우 노인이 자리에서 일어 서더니 소장주를 향해 벼락이 떨어지듯 큰 호통을 쳤다.

얼마나 화가 났는지 그는 자신의 분노를 주체 못 해 곧장이 라도 쓰러질 것 같았다.

하나, 석도명은 그런 반응을 예상했는지 그를 슬쩍 쳐다보고 는 입꼬리를 올렸다.

"닭 한 마리 잡을 힘 없는 늙은이는 빠지는 게 좋을 겁니다. 저는 장 가주님과 평화적인 합의를 해보려는 것이니."

"뭐, 뭣이! 이놈! 이놈……."

그는 소장주를 손가락으로 가리키며 파르르 떨었다.

너무나 화가 났는지 그 이상의 말은 제대로 잇지도 못했다.

"숙부께서는 진정하시지요."

"가주! 지금 저들이 무슨 말을 한 건지……."

"압니다. 그러니 이렇게 부탁드리는 겁니다."

장원태가 진중한 어조로 말하자 장우는 붉어진 얼굴로 그를 바라보았다.

얼굴에 떨림이 일 정도로 장원태를 한참 바라보던 그는 다시 자리에 앉았다.

영내가 잠잠해지자 그제야 장원태가 말을 이었다.

"소장주께선 그곳에 무엇이 있는지 알고 계십니까?"

"무엇이라… 그곳에 무엇이 있습니까?"

석도명은 멋쩍게 웃으며 말했다.

하지만 장 가주는 웃지 못했다. 나긋한 말투 속에는 깊은 노여움이 스며들어 있었다.

"운수산은 이백 년 장씨세가의 사당이 있는 선산(先山)입니다. 장원(莊園)의 소장주쯤 되시는 분이 한 세가의 조상 묘를 넘겨달라는 말은 싸우자는 말과 다름없는 것이 아니겠습니까?"

"허, 그건 몰랐습니다. 분명 선산의 묘라는 건 함부로 할 수 없으니 가주께는 쉽지 않은 결정이 되시겠습니다. 하나, 효를 말씀하셨으니 말씀인데, 옛말에 이르길 자식을 낳아 가문을 이어가는 것이 가장 큰 효(孝)라 하지 않았습니까."

석도명은 태연하게 미소 지으며 말을 이어나갔다.

"본 석가장은 마침 그 운수산이 필요할 뿐, 다른 것은 필요치 않습니다. 장씨세가에서 용단을 내려주신다면, 본 장은 더 이상 귀 세가를 적대할 이유가 없으니 싸움은 즉시 그칠 것이오."

"그것으로……."

"물론, 이대로는 귀 세가의 체면도 문제가 되겠지요. 그것이라면 석가장 또한 부담하겠습니다. 귀 세가가 선산을 이장하여 새 사당을 모시는 비용. 이제껏 본 장과 다투어 입은 손실 또한 모두 보전해 드리겠습니다. 이는 본 장주의 약속이니, 원하신다면 언제든 문서로 남겨 드릴 수 있습니다."

 장원태의 눈이 부릅떠졌다. 소장주의 제안이 그만큼 파격적이었기 때문이다.

 선산의 이장 비용에, 그간 입었던 모든 손실의 보전.

 이 정도면 장씨세가가 손해 보았다고 할 수 없는 것이다.

 "소인이 오늘 이분들을 모셔 온 것도 이분들이 사실 호위만이 아니라 공증을 서실 정도로 이름 있는 강호의 명숙이기 때문입니다. 철검삼협(鐵劍三俠)이란 이름으로 정파에서도 위명이 자자하시니 충분히 증명될 것이오."

 사람들의 시선이 그쪽으로 향하자 소장주는 자신의 오른쪽에 있는 체격이 좋은 남자를 가리키며 말을 이어갔다.

 "사실, 이분은 공이 아닌, 공승치(空昇治)란 분으로 강북 여러 세가의 이권을 싸움 없이 해결하신 분이고 옆에 계신 분은 이운벽(李運碧)이란 분으로 산서 지방에서 고명을 떨치신 분입니다. 마지막 왼쪽 분은 목가경(睦可暻), 학식이 깊은 사천 출신의 유생으로 사리분별이 뚜렷하고 성품이 공명정대하다는 평가를 받고 있습니다. 이분들이 여기서 직접 증명을 해주실 겁니다."

 "철검삼협이었어……."

 "아, 철검삼협."

세 명의 소개에 장씨세가의 사람들은 다들 웅성이기 시작했다. 대부분 그들이 누구인지 알아들은 것이다.

사실 장씨세가가 강호상의 정보에 밝지는 않다. 하북 상단을 끼고 있지만 주로 거래를 하는 쪽은 조정이 있는 북경 쪽이다.

중원으로 보자면 엄밀히 말해 새외 지역에 가깝다.

그런데도 그들을 알아본다는 것은 중원에 어느 정도 명성이 있다는 것이었다.

'어떻게 해야 하는가……'

장 가주는 심각하게 고민했다.

사당을 옮기는 일은 쉽지 않다.

하지만 석가장의 제안도 크게 나쁘지만은 않았다.

뚜렷한 이득 없이 피만 흘리는 지금보다는 싸움의 종지부를 찍을 수 있다는 것에서 그에게 유혹적이었다.

싸움을 하는 것이 좋은가. 혹은 물러서는 것이 좋은가.

실리를 생각하면 더욱 판단하기 힘들었다.

그래서 그는 영내를 둘러보았다. 세가의 다른 사람들이 어떻게 생각하는지 보기 위해서였다.

"으음… 이건……"

"싸움을 끝낼 수 있다라……"

그와 별반 다르지 않았다.

어리둥절한 사람들과 말없이 고개를 숙인 사람들, 철검삼협 이란 사내들을 호기심 어린 눈으로 바라보는 사람들 등으로 다양했다.

'뭔가 이상해.'

한편, 옆에서 상황을 지켜보던 장련은 가주 못지않은 고민에 잠겨 있었다.

파격적인 조건을 내미는 그들의 행동은 어찌 보면 이해가 되면서도 한편으로는 의심이 가는 부분도 있었다.

단순히 운수산을 가지려고 했다면 일 년이 넘는 동안 왜 그토록 장씨세가에게 칼날을 세웠을까.

이런 제안을 하기 위함이었다면 얼마든지 더 좋은 방법이 있었을 텐데 말이다.

"저기요. 혹시 아시는 바 없나요?"

장원태가 깊은 생각에 잠겨 있을 때 장련이 광휘 옆으로 다가가 속삭였다.

광휘가 바라보자 그녀는 재차 말을 이었다.

"저들이 이런 식으로 나오는 이유를 잘 모르겠어요. 소장주가 철검삼협이라는 분들을 데려온 것도 그렇고…… 맹에 있었으니 짐작 가시는 것이 있다면 알려주세요. 조금이라도."

장련은 왠지 그라면 조금 다른 생각을 할 수 있을 거라 판단했다.

앞서 그가 소동객잔에서 보인 행동들. 별것 아닌 것 같지만 그는 보통 사람은 결코 흉내 낼 수 없는 관찰력을 보였었다.

또 다른 이유도 있었다.

적들이 예상보다 너무 빨리 나타났다.

물론 위험한 순간엔 묵객이 나타날 것이다. 그래도 그녀가 생각하기엔 지금은 조금이라도 시간을 끄는 게 좋을 것 같았다.

"이봐요."

광휘가 별다른 대답을 하지 않자 장련은 다시 한번 광휘를 불렀다.

그러자 이번엔 그가 반응을 해왔다.

"시간만 좀 끌면 되는 것이오?"

"네?"

광휘의 물음에 장련이 놀라 머뭇거렸다.

자신의 생각을 마치 들은 사람인 양 말하는 것에 당황한 것이다.

그러던 그때 고심을 거듭하던 장 가주가 눈을 떴다.

"우리 장씨세가는……."

그 순간.

침묵하던 광휘가 한 발짝 나섰다. 그러고는 모두가 또렷하게 들릴 만한 목소리였다.

"석가장은 시비를 걸려고 온 모양이군."

사람들의 시선이 한곳으로 돌아갔다.

덩달아 장 가주의 말을 기다리고 있던 소장주의 시선도 돌아갔다.

광휘의 말이 떨어지기가 무섭게 팔짱을 낀 사내의 두 눈이 가늘어졌다. 그와 마찬가지로 옆에 있던 두 사내의 눈동자도 이마에 닿을 듯 치솟았다.

특히 장련이 제일 놀랐다.

단순히 시간을 끄는 줄 알았는데 생각지도 못한 얘기가 흘러나온 것이다.

"내 말이 틀렸나, 목가경? 아니, 목진경(睦振景)이라고 불러야 하나?"

"……!"

팔짱을 끼고 있던, 목가경이라 말했던 사내가 눈을 부릅떴다.

광휘는 그들의 반응에 아랑곳하지 않고 담담하게 말을 이어나갔다.

"왜, 오래된 일이라 기억이 나지 않나? 그럼 내가 조금 도와줄까?"

광휘는 모두가 지켜보는 가운데 다시 한 발짝 나섰다.

그러고는 비대한 체격을 가진 사내를 노려보며 말했다.

"네 이름은 공승치가 아닌 공야치(公冶治). 십 년 전에 궁호권(宮虎拳)이란 권법을 익히다 몸이 비대해졌고, 어느 날 한 사내에게 패배한 이후로 사라졌었지. 활동 지역은 강북이 아닌 광동이고."

광휘는 뒤쪽에 쓰러진 능자진을 보며 말했다.

"우리 쪽 호위무사가 쓰러진 상황을 보니 이번에도 내력 대결을 한 모양이군. 하긴, 항상 그랬지. 검사처럼 보이고선 자신의 장기인 내력 대결로 상대방에게 치명상을 입히는 방법. 궁호권이란 권법은 그런 것에 특화된 무공이니까."

"……!"

광휘의 시선이 옆으로 이동했다.

"좀 전부터 낄낄대고 있는 저 마른 녀석은 산운벽(刪運碧). 호철각(虎鐵脚)이라는 패도적인 각법(脚法)을 익혔으나 역시 마찬가지로 강호행 중 패배를 겪고 사라진 녀석이지. 활동 지역은 산서 지방이 아닌 강남 이남. 마찬가지로 검사는 아니다. 그리고……."

광휘의 시선이 뒤쪽으로 향했다.

석도명의 뒤에서 팔짱을 끼고 있는 사내였다.

"대장 노릇을 하는 저자의 이름은 목가경. 앞서 말한 두 녀석을 쓰러뜨린 자가 그이고, 둘을 수하로 삼은 자지. 주된 일은 하오문 무리 사이에 숨어 십여 개의 흑도문파에게 정보를 알려주는 일을 했었는데… 오 년 동안 꽤 명성을 쌓았는가 보군. 무령살유(武靈殺儒)가 철검삼협으로 불리는 걸 보니."

"무령살유!"

근처에 있는 몇몇 장로가 그 이름을 알아듣고 크게 외쳤다.

사파에 불명귀(不明鬼)란 자들이 있다.

음지에 숨어서 활동하기에 중원에서 존재를 파악할 수 없어 귀신이라 불리는 자들이었다.

그중에 무령살유가 있었다.

음지의 사자.

정체가 가려진 신비의 고수들로 불리는 그들이 아니던가.

일순 장내에 긴 침묵이 찾아왔다.

광휘의 설명으로 인해 사람들은 호위무사들이 너무나 쉽게 쓰러진 이유를 알 수 있었다.

모든 것이 석가장의 계획이었던 것이다.

"대체······."

장원태는 소장주의 일행과 광휘를 보며 혼란스러워했다.

석도명 역시 입을 쩌억 벌린 채 자신의 일행과 광휘를 번갈아 보고 있었다.

모두의 시선이 쏠린 어느 순간, 느긋한 자세를 유지하고 있던 목가경이 입을 열었다.

"누구냐··· 대체 넌?"

그의 얼굴은 이미 심각하게 일그러져 있었다.

광휘는 무표정하게 대답했다.

"장씨세가 호위무사."

목가경의 매서운 시선이 광휘에게 쏘아졌다.

그를 바라보던 목가경의 눈빛은 강렬한 불꽃이 분출될 만큼 활활 타오르고 있었다.

하나 광휘는 덤덤하게 그의 시선을 받았다.

빠득.

이를 꽉 깨문 채 목가경은 소장주를 처다보았다.

소장주는 그런 목가경의 시선을 느꼈는지 직접 그를 바라보지 않고 고개를 끄덕이는 것으로 대답을 대신했다.

허락한 것이다.

지금 이 상황에선 직접적인 실력 행사가 가장 발 빠른 대처였다.

목가경은 검 자루를 잡았다. 그러고는 주위를 한번 슥 둘러보더니 미간을 찡그림과 동시에 외쳤다.

"쳐라!"

공야치와 산운벽이 자리를 박차고 도약했을 때 각기 다른 방향으로 절검단과 두 명의 호위무사가 달려들었다.

산운벽 쪽에는 절검단이, 공야치에게는 곡전풍이 막아선 것이다.

목가경은 움직이지 않았다.

애초 계획에도 그가 나설 일은 없었다. 그의 역할은 단지 소장주에게 피해가 가지 않게 그의 옆을 호위만 하면 되는 것이었다.

세가에 가장 중요한 두 명의 인물.

장 가주와 이 공자만 제압하면 모든 것이 끝나는 것이니까.

채채챙.

산운벽은 자신을 막아서는 절검단의 검을 쳐내며 앞으로 질주했다. 옆에서 보기엔 검을 일일이 막아내는 것으로 보일 수 있으나, 실상은 아니었다.

그는 오래전부터 각법을 연마했던 자다.

그러기에 뛰어난 신법을 이용해 절검단의 검에 맞서는 대신 그 안을 파고들었다.

그것이 주효했다.

산운벽이 절검단 사이를 비집고 들어가 다시 도약했을 땐 그와 장원태 간의 거리는 불과 한 장이었다.

"죽어……."

삽시간에 검을 빼 든 산운벽은 장 가주 앞에서 성공을 확신했다.

검만 크게 뻗으면 목이 날아갈 거리까지 다가갔는데도 그에게 접근하는 자가 단 한 명도 없었다.

그렇게 산운벽이 검을 뻗으려는 순간, 그는 장 가주 앞에서 심각한 갈등을 느꼈다.

뭔가 설명할 수 없는 이질감이 코끝을 간지럽히자 자신의 의지대로 손을 뻗지 못한 것이다.

그것은 강한 경고였다.

오랜 경험 끝에 얻은 감각이 그의 생명이 위험함을 알리고 있었다.

"허억!"

그는 본능에 따라 옆을 보았다. 거대한 대도(大刀)가 그의 지척까지 날아온 상태였다.

그는 아연실색하고야 말았다.

대체 언제 이런 것이 다가왔는지 궁금증을 느낄 새도 없었다.

그는 자신도 모르는 사이에 생사의 기로에 서 있었던 것이다.

까강.

도와 부딪치는 순간, 육중한 무게가 그의 두 손을 타고 온몸으로 강렬하게 퍼졌다.

그는 생에 몇 번 느끼지 못했던 강력한 압력을 두 손으로 버티다 옆으로 튕겨 날아갔다.

그것으로도 모자라 근처 벽에 부딪히며 바닥에 뒹구는 추태까지 보였다.

"말도 안 되는……."

산운벽은 자신이 바닥에 처박힌 것도 잊은 채 저 멀리 떨어져 나간 대도를 보며 중얼거렸다.

자신을 밀어낸 힘도 그랬지만 그 힘이 실린 도의 생김새는 기이할 정도였다.

칠 척의 장신도 다 가려질 만한 크기와 더불어 좌우로 비틀어진 도신.

거기다 칼자루 받침대는 아예 보이지 않았고, 도에 무슨 짓을 했는지 도신 옆 부분은 잘려 나간 모양으로 움푹 파여 있었다.

산운벽은 강호 이십여 년의 세월 동안 많은 병기를 보았지만 이처럼 특이한 도는 단연코 그로서도 처음 본 것이었다.

절검단이 그를 포위하는 사이, 산운벽이 도를 날린 상대를 찾으려 할 때였다.

퍼퍽.

공야치가 바닥을 뒹굴었다. 일개 호위무사의 검에 넘어진 것이다.

그리고 그쯤에 산운벽은 더 놀라운 장면을 목격할 수 있었다.

낯선 사내가 목가경의 어깨를 잡고 있었던 것이다.

공야치와 산운벽이 도약하는 순간 광휘의 시선은 정면을 향해 있었다.

누군가 광휘를 보았다면 그가 그들의 움직임을 놓친 것이라 판단했겠지만 그것은 실상을 모르는 소리다.

시야(視野)와 시각(視角)은 다르다.

인간은 실상 양쪽을 다 볼 수 있는 시야를 가지고 있다.

하지만 그 안의 모든 사물을 인지할 수 있는 시각은 없다.

하여 대개의 사람들은 광휘처럼 행동하지 않고 시선을 돌린다.

하나, 광휘는 지독한 수련과 실전을 겪은 몸이었다.

그는 두 방향으로 뛰어가는 공야치와 산운벽의 의도를 너무나 손쉽게 알아차렸다.

광휘는 등 뒤에 있는 도를 집어 던지며 공야치를 주시했다. 그러고서 그를 제압하기 위해 나서려던 순간, 그는 멀리서 비호같은 움직임으로 날아오는 사내를 보았다.

'묵객……?'

예상대로 그가 나타났다.

광휘는 즉각 공야치를 향해 달려 나가던 곡전풍의 등 뒤로 붙었다.

궁호권이란 무공의 특성 중 하나는 거리를 재는 공격이다.

하여 검법보다 도법에 약점을 보인다.

광휘는 곡전풍이 어떤 무공을 쓰는지 알진 못했지만, 그가 검을 쓰는 것으로 볼 때 광휘로선 그 부분을 보안해 줘야겠다 느낀 것이다.

"다 죽여주마!"

죽일 기세로 달려가던 공야치가 주먹을 불끈 쥐었다.

그 모습을 본 장씨세가의 곡전풍은 좌우 방향으로 초식을 전개하려 손을 뻗었다.

그때 누군가 그의 팔꿈치를 강하게 때렸다.

그로 인해 곡전풍은 생각해 놓은 초식을 하지 못한 채 단순히 정면으로 검을 쭉 뻗어버렸다.

"헉!"

검이 시선에서 떨어지는 것을 기다리던 공야치가 기겁을 했다.

뒤로 물러나려 했지만 상대가 온몸을 던져가며 검을 뻗어오자 망쳐 버린 것이다.

그는 뒷걸음치다 발이 꼬여 버렸고 졸지에 바닥을 뒹굴고 말았다.

"아!"

공야치가 넘어지자 이 공자와 장련의 얼굴에 화색이 돌았다. 절체절명의 순간 곡전풍이란 자가 그를 막아선 것이다.

아니, 단순히 막아서는 것이 아니라 일검에 상대를 바닥에 주저앉히기까지 했다.

'저 녀석……'

하나, 곡전풍이 아닌 다른 사람을 바라보는 자가 있었다.

곧바로 합세하려고 일어난 능자진이 놀란 눈으로 광휘에게 시선을 돌린 것이다.

분명 보았다.

곡전풍의 거리가 조금 짧다고 생각하는 순간, 공야치의 움직임이 삽시간에 무너지는 장면을.

광휘가 곡전풍의 팔꿈치를 밀어냄으로써 공야치를 단번에 무력화시켰던 것이다.

　그와 동시였다.

　"넣어두게, 목숨이 아깝다면."

　앞쪽에서 낯선 사내의 목소리가 모두의 귓가에 들리기 시작했다.

第九章

불명귀

좌우로 분산된 시선이 다시 한곳으로 모이기 시작했다.

목가경의 어깨를 잡고 있는 낯선 사내에게로 집중된 것이다.

지나치리만치 밝은 미소.

그는 남성미가 넘치는, 보기 드문 미공자였다.

'언제…….'

목가경의 낯빛은 심각하게 굳어져 있었다.

알아차리지 못했다.

낯선 목소리를 들은 뒤에야 그가 옆에 있다는 사실을 깨달았을 만큼 전혀 인기척을 느끼지 못한 것이다.

그 말이 의미하는 것은 하나다.

마음만 먹었다면 그가 목가경을 죽일 수 있었다는 얘기였다.

'상상도 못 할 고수……'

충격을 받은 목가경이 멍한 눈으로 사내의 움직임을 뒤따라갈 때였다.

그는 어느새 장원태 앞에 당도해 있었다.

"진즉에 찾아뵙고 인사드렸어야 하는 건데 너무 늦었습니다. 죄송합니다."

"누구십니까?"

포권하는 사내를 보며 장원태는 말했다.

중요한 순간에 나타난 것도 그렇고 당당한 그의 행동이 뭔가 범상치 않다는 느낌을 주고 있었다.

"승룡이라 합니다."

사내는 더없이 정중한 자세로 답했다.

"승룡?"

장원태는 모호한 표정을 지었다.

낯익은 이름이었다. 듣는 순간 곧바로 한 인물이 생각난 것이다.

"명호가 어떻게 되시는지 물어봐도 되겠소?"

"풍운도귀라 합니다."

"풍운도귀……."

장원태는 잠시 침묵했다. 그러다 이내 헛웃음을 내뱉었다.

"험험, 재밌구려. 풍문으로만 알고 있는 명호와 같은 사람이 있다니."

"그 사람이 맞을 겁니다."

"……"

"제가 칠객 중 한 명인 묵객이니까요."

영내에 있는 사람들의 목소리가 조금씩 커지기 시작했다. 만감이 교차하는 시선들이 웅성거림과 함께 그를 향하고 있었다.

장원태는 눈을 몇 번이고 껌뻑이며 상황을 이해하려 애썼다.

검을 잡는 순간부터 듣게 되는 칠객의 이름, 그중 하나인 묵객. 그가 왜 여기 있단 말인가.

"맞아요. 그가 묵객이에요. 그의 등 뒤에 있는 것이 단월도예요."

그때 장련이 한 곳을 가리키며 밝은 목소리로 말했다.

그러자 사람들의 시선이 그의 등 뒤로 쏠렸다.

초승달처럼 굽은 칼.

한쪽으로 예리하게 제련된 칼날.

다시금 장원태의 시선이 늠름한 자세로 자신의 눈앞에 서 있는 사내에게로 향했다.

그는 밝은 미소를 짓고 있었다.

"배, 배, 백대고수?"

장원태는 당황하며 말을 더듬거렸다.

그러자 사내가 고개를 저었다.

"말하기 좋아하는 사람들이 그리 붙여준 것일 뿐입니다. 강호에는 알려지지 않은 고수들이 워낙 많으니 백대고수란 말도 신빙성이 없지요."

그것이 결정적이었다. 여기저기서 탄성이 흘러나온 것이다.

"묵객!"

"정녕 묵객인가!"

"묵객이 어떻게 장씨세가를!"

여태까지와는 비교도 되지 않는 충격이 장내를 휩감았다.

모두 흥분한 것인지, 알아들을 수 없는 말들이 여기저기서 터져 나왔다.

백대고수.

이 한 단어만으로도 그가 어떠한 자인지 알 수 있다.

그런 자가 이곳에 방문했다는 것과 장씨세가를 돕겠다는 의지를 표명한 것은 모두를 흥분시키기에 충분했다.

한편, 뒤쪽에서 조용히 도(刀)를 회수하는 광휘에게는 아무도 관심을 가지지 않았다.

심지어 도에 맞은 산운벽조차 묵객의 등장으로 인해 광휘의 존재를 까마득히 잊고 있었다.

하나, 한 사람만은 달랐다.

광휘가 곡전풍의 팔꿈치를 가격한 순간부터 그를 주시하던 능자진이란 사내였다.

"장 가주님."

석도명이 일어서며 외치자 장내의 시선이 하나둘 그에게로 이동했다.

묵객에게 집중된 관심이 그제야 옮겨진 것이다.

"저희는 할 말을 다 전한 것 같으니 이만 가봐야겠습니다. 손님도 오신 것 같기도 하고……."

석도명은 다급한 듯 급히 뒤돌아섰다. 그러고는 슬금슬금 걸어가 목가경의 옆에 선 공야치와 산운벽과 함께 대전 밖으로 나가려고 했다.

"네 이놈! 어딜 그냥 가려고 하느냐!"

그때 장우 노인이 소리쳤고 그와 동시에 절검단이 그들의 앞을 막아섰다.

묵객의 가세로 인해 이전과 달리 기세등등해진 그였다.

"숙부님, 그냥 보내주시오."

그 순간, 뜻밖에도 가주 장원태가 그들을 저지했다.

"가주! 저들이 우리에게 무엇을 요구했는지 보시지 않았습니까."

"그래서 보내주자는 것입니다."

"장 가주."

장우가 반발했지만 장원태의 표정은 확고했다.

"저 역시 지금 저들을 돌려보내고 싶지 않은 마음이 굴뚝같습니다. 하나, 그리하게 되면 오늘부터 석가장에서 사신으로 온 소장주를 처단했다는 오명을 쓰게 되고, 그들에게 전면전을 치를 수밖에 없는 명분도 주게 됩니다."

"……."

"다들 아시겠지만 석가장은 우리보다 월등한 무력을 가지고 있습니다. 그간 버텨올 수 있었던 것도 명분 때문이지요. 이런 상황에서 저들에게 먹이를 줄 수는 없지 않습니까. 그리고 전면전은 우리에게 이득이 될 것이 하나 없습니다. 더구나 저자가 석가장주도 아니지 않습니까."

　장우는 반박하지 못했다.

　이제껏 장씨세가가 석가장과 긴 싸움을 끌어올 수 있었던 까닭은, 사실 자신들이 잘 싸워왔다기보다 상대가 세간의 시선을 신경 쓴 탓이 더 컸다.

　그간 석가장은 야비한 수를 쓴다고 해도 눈에 드러나지 않게 했고, 잔혹한 술수 역시 쓰긴 하되 크게 알려지지 않는 방법을 택했다.

　수단과 방법을 가리지 않고 싸우기에는 명분이나 대의가 부족했기 때문이다.

　한데 여기서 이들을 죽이게 되면 장씨세가가 유일하게 선점하던 명분을 포기하고, 석가장에 오히려 이를 얹어주는 것이 된다. 소장주의 복수라고 하는 절대적인 명분이 그들에게 주어지는 것이다.

　"보내줘라."

　안타까운 결단이긴 하지만 장원태는 도망치는 그들의 행동을 용인해 주었다.

　승리를 얻는 것은 좋으나, 작은 것을 얻기 위해 큰 것을 잃을 수는 없었다.

　철컥! 차라락!

　무장한 절검단이 곧 그들의 앞을 비켜섰고 소장주와 그 일행은 도망치듯 그곳을 빠져나갔다.

　"귀하가 정말 묵객이시오?"

소장주 일행이 시야에서 사라진 모습을 확인한 장원태는 물었다. 사내가 고개를 끄덕이자 그는 온화한 표정으로 거듭 말했다.

"이리 뵙게 되어 정말 반갑소."

그 말을 끝으로 소장주가 나가자마자 장내 사람들은 묵객에게 몰려들었다. 사람들에겐 그의 존재가 놀라움을 넘어 신비하게 다가온 듯했다.

"장 소저!"

사람들에게 둘러싸이던 묵객은 멀리 떨어져 있는 장련을 향해 손을 흔들었다.

사람들의 시선이 다시금 그녀에게로 쏟아졌다.

일전에 그녀의 소개로 왔다는 것을 상기한 것이다.

'응?'

손을 흔들던 그는 문득 이상한 기분에 주위를 둘러보았다.

있어야 할 사내, 조금 전까지 있었던 사내가 묵객의 눈에 보이지 않았던 것이다.

계속 장련 쪽을 신경 쓰고 있었던 그다.

소장주가 나간 뒤에도 분명 그 사내는 장련의 옆에 있었다.

한데 그가 빠져나가는 모습을 묵객은 보지 못했다.

이렇게 계속 그가 주시하고 있었는데도 말이다.

*　　　*　　　*

대낮에 쌍두마차가 빠르게 질주했다.

두꺼운 가슴과 안정감 있는 움직임, 고르지 않은 길에도 힘 있게 마차를 끄는 그 모습은 명마(名馬)라 불리어도 손색이 없었다.

그리고 그 명마에 걸맞게 그가 끄는 마차 역시 고급스러웠다.

마차의 겉에 덧씌워진 문양은 금박이었고 그 위에서 펄럭이는 천 역시 흔히 볼 수 없는 비단이었다.

창가 쪽에 앉은 석도명은 장씨세가에서 빠져나오던 기억을 떠올렸다.

묵객이란 얘기가 들리고 나서부터 다탁에 올린 손을 좀체 가만히 있질 못했다.

그러던 중 목가경이 그에게 다가와 가야 할 것 같다고 말했고, 그는 곧장 반문했었다.

"묵객이 아닐 수도 있지 않은가?"

석도명은 그렇게 생각하고 싶었다. 정황상 묵객일 확률이 높았지만 믿고 싶지 않았다.

강호인이라면 모두가 다 아는 그런 거물이 장씨세가에 대체 왜 온단 말인가!

"묵객이 아닐 수도 있습니다. 어쨌든… 저희는 저자의 적수가 되지 못합니다."

목가경의 마지막 말은 계속해서 그의 머릿속을 맴돌았다.

'정녕… 묵객이란 말인가.'

석도명은 이를 악물었다.

아버지께 호언장담을 하고 나선 길이었다.

그리고 어느 정도 장원태를 설득했다고 생각했다.

한데, 호위무사란 놈이 도중에 끼어들어 일을 망치더니 급기야 묵객이란 거물이 등장한 것이다.

흔치 않은 기회를 날렸다.

생각지도 못한 사내의 등장으로.

"작은 형님, 장씨세가가 어떻게 묵객 같은 고수를 영입한 것입니까?"

석도명이 앞으로 어찌할지를 고민하고 있을 때 공야치는 흥분된 어조로 입을 열었다. 묵객이 등장한 순간에 그는 반쯤 얼어 있었다.

"우리가 모르는 사연이 있겠지."

산운벽에게도 묵객의 등장은 예상외였다. 특히나 묵객이 등장하면서 보였던 행동은 그에게 충격 그 이상이었다.

목가경은 고수다.

마음만 먹는다면 자신과 공야치 정도는 단번에 처리할 수 있는 실력을 갖추고 있다.

십여 년의 강호 생활 중 산운벽은 그의 대형보다 강하다는 사람을 몇 번 보지 못했다. 그렇게 생각했을 때 묵객의 실력 하나만큼은 인정할 만했다.

"소장주님, 앞으로 어찌하실 생각입니까?"

산운벽은 석도명을 바라보았다.

앞으로가 문제다. 그런 거물이 나타났으니 그들로선 어떤 방책을 세워야 했다.

석도명은 굳게 다물었던 입술을 천천히 뗐다.

"우선 아버지께 말씀드린 후, 방책을 생각해 봐야겠소."

"석가장주님이라고 하시더라도 묵객을 능가할 고수를 그리 쉽게 찾을 수 있겠습니까?"

"아버지 주위에는 내가 모르는 뛰어난 자들이 많소. 그리고 우리는 장씨세가를 상대하는 것이지 묵객을 상대하는 것은 아니오."

"하나, 그가 활개를 친다면 득보다는 실이 많지 않겠습니까."

"시간이 좀 지체되는 수준일 것이오. 그리고 만약 그가 문제가 된다면 그를 제거할 살수를 고용하는 것도 검토해 볼 문제라 생각하오."

석도명은 불편한 기색을 숨기지 못했다.

상황이 그리 순탄치 않다는 걸 본인도 알고 있었다.

묵객을 죽일 만한 살수는 중원에서도 흔치 않다.

그런 청부를 받아주는 곳도 찾기 힘들고 설령 받아준다고 해도 요구 조건이 까다로울 것이다.

그렇다면 이는 현실적으론 힘들다고 보는 게 맞았다.

'그분께 부탁해 봐야 하는 건가.'

석도명은 고개를 저었다. 시기상 아직 이르다. 그는 자신의 선에서 할 수 있는 데까지는 해볼 생각이었다.

'그래, 저들은 고작 묵객 한 명을 보유했을 뿐이다. 그것뿐이야.'

"무슨 생각을 그리하시오?"

석도명은 상념을 접고 목가경을 향해 물었다.

다들 묵객에 관해 얘기하고 있었는데 유독 그는 조용히 침묵을 지키고 있었다.

"목 대협."

"아, 부르셨습니까?"

석도명이 다시 한번 부르고서야 목가경은 그에게 시선을 돌리며 반응을 해왔다.

"묵객 때문에 걱정하시는 거요? 너무 염려치 마시오. 조금 전에도 말했지만 우린 그자를 상대하는 것이 아닌 장씨세가를 상대하는 것이오. 아무리 묵객이 강하다 한들 혼자서 모든 것을 상대할 수는 없소."

석도명은 낮은 어조로 말했다.

"믿습니다. 어련히 잘하시지 않겠습니까."

"목 대협⋯⋯."

목가경은 석도명의 말을 듣는 둥 마는 둥 했다.

석도명은 그런 그를 잠시 멍하니 쳐다보다 이내 고개를 끄덕였다.

'목가경은 뛰어난 무인이야. 그런 자가 묵객 같은 고수를 보았으니 나와는 느끼는 감정이 조금 다르겠지.'

석도명은 그에게 더는 말을 걸지 않고 창가에 시선을 돌렸다.

그렇게 그도, 다른 이들도 모두 묵객을 떠올리는 사이, 목가경은 전혀 다른 이를 의식하고 있었다.

일각 전, 대전에서 자신을 가리키며 말하던 한 사내 때문이었다.

"내 말이 틀렸나, 목가경? 아니, 목진경이라고 불러야 하나?"

목진경.

이십 년 전 사파에 처음 몸담았을 때 불리던 이름이었다.

사람을 죽이고 살기 위해 찾아간 사파 최고의 조직 중 하나라는 귀문(鬼門). 그곳에서 그는 목가경이란 이름으로 새롭게 태어났다.

'그럴 리 없다. 귀문은 사파 최고의 문파다. 내가 귀문 출신인 것은 개방이나 하오문도 알지 못한다. 그런데 어떻게 그 사실을 안 건가……'

귀문은 과거를 지운다.

누구든 그곳에 들어가 살 수 있는 것도 그 이유 때문이다.

그러니 개방이라도 귀문 소속의 과거는 알 수 없다.

개방이 그러니 무림맹도 크게 다르지 않을 것이다.

한데 그는 알고 있었다.

무림맹의 일개 지부 출신 따위가.

'나의 어디까지 알고 있는 거지? 개방과 하오문도 알지 못하는 내 과거를 어떻게, 그리고 얼마만큼 알고 있는 거지?'

끼이이익!

목가경이 더욱 깊은 상념에 빠져드는 그 순간이었다.

갑자기 마차가 크게 흔들리기 시작했다.

그러다 일순간 무게 중심을 잃더니 순식간에 위아래로 요동치며 옆으로 구르기 시작했다.

투두두둑. 쾅.

마차가 어딘가 떨어지다 멈춰 섰다.

아래로 떨어지다 멈춘 것으로 보아 비탈길을 구른 뒤 근처 나무에 부딪힌 듯했다.

"소장주?"

목가경은 욱신거리는 목을 잡으며 석도명을 찾았다.

그는 쓰러져 있었다. 목가경은 석도명에게 다가가 그의 눈꺼풀을 들어본 뒤에야 그가 단순히 정신을 잃었다는 것을 알 수 있었다.

"공야치. 산운벽."

목가경이 시선을 돌리자 정신이 돌아왔는지 몸을 일으킨 두 사내가 고개를 숙였다.

"확인해 보겠습니다."

공야치가 뒤집힌 마차 문을 열며 뛰어나갔다. 뒤이어 산운벽도 그를 향해 뛰어갔다.

목가경 역시 바닥에 떨어진 검을 들고는 밖으로 향했다.

굴러떨어졌으리라 짐작되는 곳으로 올라가자 그들의 눈에는 한 사내가 보였다.

그는 잘려 나간 고목의 밑동에 앉은 채 멍한 눈빛으로 맨바닥을 내려다보고 있었다.

"너 이 새끼……."

광휘를 가장 먼저 확인한 공야치가 이빨을 갈아댔다.

그가 분명 본 적이 있는 얼굴이었다.

조금 전 대전에서 심기를 건드렸던 건방진 그 사내였다.

"이 녀석이 미쳤나. 어르신들이 조용히 나가주셨으면 감사해야 할 것을 감히 도발해? 단숨에 죽여……."

"진정해라."

뒤이어 올라오던 산운벽이 그의 어깨를 잡았다.

이곳에 혹시나 묵객이 있지 않을까 하는 생각 때문이었다.

그 순간, 잔뜩 경계하는 그들을 향해 광휘는 고개를 들며 말했다.

"그는 없다."

"……."

"혼자 왔다."

"그 말을 어떻게 믿지?"

산운벽이 미간을 찡그리며 말했다.

"믿어도 돼. 너희들쯤은……."

"……."

"나 혼자서도 충분하다."

광휘의 눈빛이 그들에게로 향했다. 하나, 그는 여전히 자리에서 일어나지 않고 있었다.

그는 단지 낮게 깔린 시선과 무표정한 얼굴로 그들을 대할 뿐이었다.

"허허."

묵객이 오지 않는다는 말 때문일까. 아니면 태연하게 앉아 있는 그의 행동 때문일까. 공야치의 표정이 일그러졌다.

"미친놈. 정녕 명을 단축하고 싶은 게냐?"

그는 더는 참지 못하겠다는 듯 검을 빼내 들었다.

챙캉.

살기 어린 쇳소리가 흘러나왔다.

철비검이다. 공야치는 권사였지만 검 실력도 그에 못지않았다.

거기다 공야치는 눈앞의 녀석을 충분히 제압할 자신이 있었다.

"제가 저놈 먹을 따고 오겠습니다."

"조심해라. 혹시라도 묵객이 있을지 모르니 내가 주변을 돌아보며 신호를 주마."

호기롭게 말하는 공야치를 보며 산운벽은 근처 나무로 뛰어갔다.

뒤늦게 올라선 목가경은 그 모습을 보며 침묵을 지켰다.

그는 광휘가 묵객이 아니라는 것에 안심하면서도 한편으로는 불안해했다.

그를 생각하던 중 때마침 그가 나타났으니 말이다.

'이젠 알 수 있겠지, 네놈의 정체를.'

목가경의 눈동자가 표독스러운 뱀처럼 가늘어졌다.

"그의 말이 맞다. 그는 혼자다."

근처 높게 치솟은 나무를 밟고 올라선 산운벽이 주위를 둘러보며 외쳤다.

그 말에 판단이 섰는지 공야치가 고개를 끄덕였다.

그는 입꼬리를 슬며시 말아 올리다 곧 사내를 향해 뛰어갔다.

산풍이 불었다.

소슬한 바람이 휑하니 모두의 코끝을 스치고 지나갔다.

광휘는 여전히 그대로였다. 공야치가 거리를 좁히며 뛰어옴에도 그는 자리에서 일어나지 않았다.

비스듬히 숙인 허리와 어깨만큼 벌린 다리, 반쯤 내린 시선은 광휘가 처음 그들을 맞이했을 때와 다를 바 없었다.

'애송이 놈.'

공야치는 상대의 죽음을 확신했다.

장씨세가에서도 자신이 검을 꺼낸 뒤 다가설 때까지 아무런 대비도 하지 못했던 그다.

하물며 지금도 자신이 지척까지 다가서는데도 광휘는 그저 축 늘어진 사람처럼 앉아 있다.

이 거리에서 자신의 검을 막아내는 것은 불가능했다.

이빨을 드러내며 손잡이를 불끈 쥔 공야치는 광휘의 눈앞에서 힘차게 검을 내리그었다.

시간 끌 것 없이 단번에 베어버릴 요량이었던 것이다.

"……!"

그의 검이 상대의 어깻죽지에 당도할 무렵, 눈앞에서 기묘한 변화가 일었다.

광휘의 신형이 눈 깜짝할 사이 쑥 꺼져 버린 것이다.

그 때문에 공야치의 칼은 나무 밑동만 내리찍었다.

"악!"

사내를 찾기 위해 몸을 틀던 공야치의 입에서 갑자기 외마디 비명이 새어 나왔다.

알 수 없는 뭔가가 무릎 쪽을 지나갔는데 이후 몰려오는 극심한 고통 때문에 공야치는 정신을 차릴 수가 없었던 것이다.

패애애액.

광휘는 빗살 같은 움직임으로 공야치의 다리를 베어버리고는 곧바로 검을 던져 버렸다.

괴구검은 검집에서 빠져나온 순간부터 반듯한 일직선을 그리며 허공을 뚫고 날아갔다.

"……!"

순간, 밑을 내려다보던 산운벽의 눈가에 풍랑(風浪)이 일었다. 사내의 동작을 이해하기까지 꽤 오랜 시간이 걸린 것이다.

물론 실제로는 눈 깜박이는 정도의 극히 짧은 시간이 걸렸다.

"큭!"

산운벽은 허공을 뚫고 날아온 괴구검에 가슴을 그대로 관통당했다. 움직이지도 못하고 단말마의 비명을 지른 것이 그가 할 수 있는 전부였다.

털썩.

그는 곧 의식을 잃고 땅으로 쓰러졌다.

휘이이잉.

산운벽이 땅바닥에 처박힐 때쯤 이번에도 산풍이 세차게 불었다.

일던 바람이 다시 잦아들자 공터 안에는 광휘와 목가경 단 두 명만 굳건히 서 있었다.

다리가 잘린 채 고통에 부르짖고 있는 공야치.

바닥에 쓰러진 뒤 미동도 없는 산운벽.

그들은 삽시간에 당해 더 이상 광휘와 목가경의 시야에는 존재하지 않았다.

"아……."

목가경의 입에서 신음이 새어 나왔다.

조금 전 장면에서 꽤 충격을 받은 듯 그는 좀체 입을 다물지 못했다.

예상은 했었다.

무림맹 출신이라 했으니 목가경, 그 자신이 보지 못한 뭔가가 광휘에게 있으리라 여긴 것이다.

하지만 이렇게 상황이 흘러가리라곤 그도 생각지 못했다.

더구나 지금 본 장면은 도저히 납득하기가 힘들었다.

'상식을 벗어나는 검술…….'

모든 검술은 초식과 검식으로 귀결된다.

즉, 적을 제압하고 쓰러뜨리는 것에 최적화된 동작이라 할 수 있다.

그런데 사내의 동작은 그 상식을 벗어났다.

한 동작 안에 두 명을 베어버리겠다는 의도를 가진 것이 그렇다.

그리고 그가 마지막에 취한 행동 역시 그러했다.

무인이 검을 던진다?

그것도 목숨을 보전해 줄 병기를?

목가경이 생각하기에 이는 무사로서 도저히 이해할 수 없는 일이었다.

'긴장할 필요 없다. 저 녀석은 이제 검이 없어. 이길 수 있다!'

목가경은 뭔가에 홀린 사람처럼 되뇌었다.

상대는 이제 병기를 사용하지 못한다.

등 뒤에 솟아 있는 커다란 도(刀) 한 자루가 눈에 거슬리긴 하지만 단순한 장식일 가능성이 컸다.

검처럼 활용하기엔 크기가 너무 컸기 때문이다.

'기회다. 다시 안 올 기회…… . 뭐, 뭐지?'

선공을 펼치기 위해 천천히 자루에 손을 가져가던 목가경은 뭔가 이상한 기분을 느꼈다.

그는 저도 모르게 팔목 쪽을 내려다보았다.

그리고 자신의 두 눈을 의심할 수밖에 없는 장면을 목격했다.

검 자루를 잡고 있던 그의 손이 바람에 나부끼는 것처럼 덜덜 떨리고 있었던 것이다.

'내가 겁을 먹은 건가.'

이해할 수 없는 몸의 반응에 목가경의 표정이 굳어졌다.

처음 있는 일이라서 그런지 그는 어찌할 줄을 모르고 있었다.

"원래 네놈은 죽어야 할 놈이었다."

갑자기 사내가 말을 걸어오자 목가경이 고개를 들었다. 그가 무슨 말을 하는지 단번에 이해하지 못한 것이다.

"그것도 가장 빨리 죽어야 할 놈이었지. 그런데 살아 있다. 그 이유가 뭐라 생각하는가?"

"무슨 말을 하는 거지?"

목가경이 인상을 쓰며 묻자 그제야 광휘가 그에게로 시선을 돌렸다.

그리고 기다렸다는 듯 대답했다.

"약해서다. 다른 불명귀처럼 강하지 않아 맹에서도 큰 위험이 되지 않겠다 판단했던 것이다."

알 수 없는 스산한 기운이 목가경을 감쌌다.

사내가 한 말은 공야치와 산운벽에 대한 이야기가 아니었다. 그보다 몇 년 전, 목가경이 불명귀에 소속되어 있었던 때의 이야기였다.

"대체 넌 누구냐! 누구냐고!"

목가경은 괴성을 질렀다. 손발이 덜덜 떨릴 정도로 그는 흥분했다.

"이, 이익!"

그가 드디어 움직였다.

목가경은 떨리는 손아귀에 힘을 주며 검을 빼 들었다. 그리고는 눈앞의 사내를 향해 빠르게 달려갔다.

광휘는 여전히 무심한 눈으로 목가경을 바라봤다. 상대가 쇄도해 들어오는데도 그는 움직이지 않았다.

아니, 약간의 움직임이 있었는데, 그것은 바로 허리춤에 매달린 검집을 집어 드는 동작이었다.

챙캉.

달려오는 속도보다 몇 배는 더 빠르게 움직이는 목가경의 칼이 광휘의 심장 쪽으로 날아왔다.

반면 광휘는 그를 무심하게 바라보기만 했다.

콱! 파라락.

알 수 없는 소리가 광휘의 가슴 쪽에서 새어 나왔다.

동시에 목가경은 상대의 가슴 언저리에서 더는 움직이지 않았다.

놀랍게도 그의 검이 광휘의 검집에 박힌 채 반쯤 들어가다 멈춰 선 것이다.

단지 변한 것이라곤 목가경의 검에 맺힌 내기(內氣)로 인해 광휘의 옷이 찢어진 것뿐이었다.

"처, 천중단!"

第十章

인간 병기

　목가경은 있을 수 없는 광경을 눈으로 확인했다.

　옷이 찢겨 나간 상대의 팔목에 드리워진 상처.

　드문드문 비치는 반달 모양의 인두 자국이 팔목까지 굽이쳐 흐르는 모습을 본 것이다.

　반달 모양의 인두 자국은 천중단을 대표하는 문양이다. 이는 고통을 극한까지 견뎌낸 자들의 표식이기도 했다.

　"거 오랜만에 들어보는 이름이군."

　광휘는 그를 향해 의미 모를 웃음을 흘렸다.

　"……!"

　그리고 그 말이 끝나는 순간 광휘가 움직였다.

　그는 검집을 놓고는 목가경을 향해 질풍처럼 쇄도했다. 그러곧 목가경의 머리채를 잡고는 그대로 꺾어버렸다.

으득!

목가경의 머리가 눈 깜짝할 사이에 반대로 돌아갔다.

털썩.

얼굴이 반쯤 돌아간 채 목가경은 바닥으로 쓰러졌다.

상대의 행동에 어찌나 놀랐는지 죽는 와중에도 그의 두 눈은 하늘로 치솟아 있었다.

"천중단이 왜……."

"……."

"어떻게 생존자가… 생존자가아……."

아직 살아 있는지 공야치가 흐느끼며 말했다. 하지만 그는 그 이상의 말을 내뱉지 못했다.

얼굴이 샛노랗게 변한 공야치는 곧 고개를 떨구는 것으로 생을 마감했다.

휘이이잉.

광휘의 귓가에 바람이 부는 소리가 다시 들렸다. 바람은 처음부터 계속 불고 있었지만, 주위가 잠잠해지자 그의 귓가에 그 소리가 더욱 생생히 들렸다.

한동안 그 자리에 서 있던 광휘가 움직였다. 근처에 쓰러져 있는 산운벽에게 박힌 검을 빼내기 위해서였다.

슈욱.

광휘는 산운벽의 심장에 파고든 괴구검을 사선으로 비틀며 빼냈다. 자신의 검초를 숨기기 위해서였다.

뚝뚝뚝.

검 끝에서 피가 떨어졌다.

광휘는 검신을 타고 흐르는 핏물을 잠시 보더니 이내 검을 검집 사이로 집어넣었다.

철컥.

마찰음과 함께 간격이 맞아 들어가는 소리가 들렸다.

"……."

광휘는 조금 전 있었던 자리로 다시 걸어갔다.

공야치의 검 때문인지 나무둥치 일부분이 잘려 나가 있었지만 그는 아랑곳하지 않고 자리에 앉았다.

그러고는 고개를 숙이며 눈을 감았다.

눈을 감는 순간, 그의 머릿속은 다시 시뻘겋게 물들었다.

사방에서 핏물이 분출되는 착란이 시작된 것이다.

한데, 광휘는 조금도 흥분되거나 괴롭지 않았다.

피를 보는 순간, 술을 마신 것보다 더 차갑게 가슴이 식어가는 느낌을 받은 것이다.

공야치로 인해 사방이 피로 얼룩진 곳에 앉아 있었는데도 그랬다.

자신이 인간이라고 느껴지지 않을 만큼.

편안할 정도로…….

"칠 조 조장, 여기서 뭐 하는가?"

삼우식이 죽은 다음 날.

반쯤 기운 집 앞의 평상 위에서 술을 마시고 있었을 때로 기억한다.

미간에 검상 자국이 선명한 노인이 나에게 말을 걸었던 적이 있었다.

"삼우식이 죽었습니다."

"삼우식이라면 자네가 아끼던 덩치 큰 수하가 아니었나. 이런 안타까운 일이 있나."

노인은 걱정스러운 말과 함께 내 옆에 앉았다. 그러고는 한동안 말없이 내 모습을 지켜봤다.

"칠 조장, 자네. 지금까지 사람을 몇이나 죽여봤나."

침울한 모습이 염려된 것이었을까. 그는 영문 모를 말을 건네왔다.

"예?"

"뭘 그리 놀라나. 농담으로 한 말이네. 그런 눈으로 보지 말게."

"……."

"밤공기가 참 좋지?"

나의 반응이 재미없었던 것이었는지 그는 딴청을 피웠었다.

그 뒤로 몇 번의 질문을 더 했었던 것 같은데 지금은 기억나지 않는다.

단지 지금 기억나는 건…….

"사람을 처음 죽였을 땐 말이야. 기분이 어땠는가? 손이 막 찌릿하면서 가슴이 콩닥콩닥 뛰지 않던가?"

"단주님은 어땠습니까?"

"나야 헛구역질부터 났지. 처음엔 다 그렇지 않은가? 신물을 토해내고 게워내고. 손발이 저릿함은 물론이고 머리가 새하얘지기도 했었지."

또다시 대화가 중단되었고 우리 둘은 한동안 대화를 나누지 않았다.

그와 친분이 없는 것이 그 이유이기도 했지만, 사실 나는 그와 굳이 친해질 필요성도 느끼지 못했다.

천중단의 단주는 가장 위험한 자리다.

이 년 동안 바뀐 사람만 해도 여섯이나 되었다.

그렇게 또다시 침묵이 일 때쯤이었다.

그는 평소와 달리 나지막한 목소리로 말을 했었던 것 같다.

"그런데 지금은 사람을 죽여도 아무런 느낌이 없네."

"예?"

"꽤 오래됐지. 길을 걷는 것처럼 무덤덤하지. 최근에 가장 친했던 부단주가 죽었는데도 별다른 느낌이 없는 것을 보면서 확신했네."

"……."

"참 재밌지 않은가? 사람을 죽여도, 동료가 죽어도 아무런 느낌이 없으니 말이야."

그때쯤 그는 내가 바라보는 곳으로 시선을 돌렸었다.

큼지막한 산이 있는 곳이었다.

"그런 걸 보면 자넨 참 오래가는구먼. 보통 구표의 조장쯤 되면 이미 그런 감정 따윈 다 메말라 버리던데 말이야. 하긴 그것이 자네의 장점이지. 많은 사람에게 정을 주고도 아직까지 남아 있는 그 여린 감정 말일세."

"단주……."

"잊지 말게. 버리려고 하는 그 감정은 사실 우리에게 가장 중요한 것이란 것을. 그리해야 임무가 끝난 뒤에도 병기가 아닌 사람으로의 삶을 살 수 있지 않겠는가. 뭐, 나는 이미 실패했지만……."

천중단 조장이 되던 이 년 차 때, 여섯 번째 단주였던 유검하(劉劍霞)에 대한 기억이었다.

유검하가 그다음 임무에서 죽었으니 어찌 보면 그건 그에게 들었던 마지막 충고이기도 했다.

"미안하지만 유 단주… 나도 실패했소."

광휘는 쓴웃음을 내뱉었다.

은퇴한 지 오 년이 넘었음에도 감정은 여전히 그대로였다.

사람을 죽여도 아무런 느낌이 들지 않았다.

거기다 목가경의 칼을 검집으로 낚아채는 순간 깨달았다.

무뎌진 줄 알았던 감각이 오히려 더욱 날카로워졌다는 사실을.

슬프게도 그는 단주가 우려하고 경계하던 병기(兵器)가 된 것이다.

사박사박.

그때 아래에서 풀을 밟는 소리가 들렸다.

소리만으로도 광휘는 올라오는 자들이 누군지 알았다.

세 명의 불명귀들이 처리됐을 뿐, 마부와 소장주는 아직 남아 있었다.

사실 애초에 그가 두 필의 말만 베었던 것도 그것 때문이지 않은가.

잠시 머뭇거리던 광휘는 자리에서 일어섰다. 그러고는 재빨리 산속으로 몸을 숨겼다.

"헉!"

"아아아."

잠시 뒤, 몸을 이끌고 올라온 마부와 소장주가 신음을 토해냈다.

도처에 피를 뿌리며 쓰러진 자들이 누구인지를 깨달은 것이다.

마부가 겁을 집어먹고 당황하자 소장주가 급히 외쳤다.

"빨리 가세! 빨리!"

"소장주님……"

"어서."

그 말을 끝으로 그들은 그곳을 빠져나왔다. 석가장까지 거리가 꽤 있었음에도 그들은 멈추지 않았다.

어느덧 밤이 되어 싸늘해진 가을 산만이, 이곳을 떠나는 그들을 배웅했다.

*　　　*　　　*

장씨세가의 내원으로 접어드는 대로변.

날이 저물었음에도 길가는 떠드는 사람들의 목소리로 시끄러웠다.

평소라면 몇 명 지나다니지 않을 시각이지만 오늘만큼은 달랐다.

대전에서 일어났던 사건이 세가 전체에 퍼진 것이다.

뚜벅뚜벅.

오고 가는 사람들 속에서 광휘가 모습을 보인다.

그는 특유의 무표정한 얼굴로 사람들 사이를 말없이 걷고 있었다.

기이한 병기 때문에 어디서나 눈에 띄는 그였지만 오늘만큼은 그를 눈여겨보는 사람이 없었다.

사람들의 관심은 온통 세 명의 호위무사와 묵객에 관한 것들뿐이었다.

질퍽.

조용히 길을 걷던 광휘는 갑자기 멈칫하며 자신의 발아래를 내려다보았다.

뭔가 끈적끈적한 것이 발끝으로 느껴졌기 때문이다.

스으으으으.

그 순간 주위가 점점 시뻘겋게 물들기 시작했다.

어두웠던 하늘도 붉게 변했고 맨바닥도 강물이 범람하듯 출렁였다.

핏빛으로 주위가 물들자 잘 걸어가던 사람들의 모습도 달라졌다.

어딘가 불편한 듯 비틀거리며 걷기 시작한 것이다.

'또 시작인가.'

광휘의 눈에는 피를 토해내는 사람, 고통에 울부짖는 사람이 보였다.

다리가 뒤틀린 사람도 있었고 손이 잘린 사람, 얼굴이 없는 사람들도 있었다.

주위를 둘러보던 광휘의 시선이 다시 정면으로 향할 때였다.

익숙한 얼굴의 한 사내가 밝은 얼굴로 자신을 바라보고 있었다.

"조장, 정말 멋지지 않소? 암살단이라니. 그것도 실수들을 잡는 암살단이라니."

들뜬 목소리와 함께 밝았던 미소는 가볍게 한마디를 내뱉고는 빛을 잃었다.

그의 얼굴은 색이 바랜 것처럼 어두워지기 시작했다.

얼굴이 점점 초췌해질 때쯤 사내가 다시 말을 내뱉었다.

앞서 말한 것과 달리 목소리엔 힘이 없었다.

"조장, 이번 임무 때 나에게 배정받는 놈은 참으로 운이 없소이다. 오늘까지 합하면 무려 다섯 명의 조원들을 구하지 못했잖소. 그런데도 다시 배정이 되다니. 하하하. 아마 그놈은 세상 가장 불쌍한 놈일 것이오."

그 말을 끝으로 사내가 눈물을 흘렸다.

주위가 핏빛으로 물들었기 때문인지 눈물 역시 피눈물이었다.

그런 그에게 광휘를 뭔가를 말하려 했다.

그런데 일순간 사내의 두 팔이 잘려 나가더니 그의 온몸에는 핏자국이 선명해졌다.

그는 초점을 잃은 눈으로 광휘를 향해 다시 말을 건넸다.

"그래도 밥값은 한 것이지요? 사람들을 많이 죽였지만 나로 인해 산 사람이 더 많았던 것이지요? 그렇다고 해주시오. 그렇다고 내게 말해주시오. 조장!"

사내는 목청껏 외치며 바닥에 쓰러졌다. 그 뒤, 그는 눈을 부릅뜬 채로 더는 움직이지도 않았다.

광휘가 그를 향해 의식적으로 한 걸음 걸으려 했다.

그때 언제 왔는지 모를, 이전과 다른 사내가 눈앞에 서 있었다.

키는 작았지만 다부진 체격에 입술이 두꺼웠다.

그 역시 처음 왔던 사내처럼 밝은 얼굴을 하고 있었다.

"조장, 이번에 어떤 일이 있었는지 아시오? 무림맹에서 가장 귀한 보검들을 준다더이다. 돈도 원하는 만큼 가져가라 했소. 크하하하. 너무나 좋소. 금은보화에다 귀한 병기까지. 거기다 구대문파뿐만 아니라 오대세가 녀석들도 우리 부대만 보면 알아서 고개를 숙이니 이 얼마나 멋진 부대요?"

　그의 웃음은 길지 않았다.
　미소가 점차 사라지더니 일순간 광휘를 맹렬히 노려봤다.

　"이번엔 할 수 있겠지요? 나에게 배정된 표적을 구할 수 있겠지요? 말씀 좀 해보시오. 말 좀 해보시오, 조장!"

　사내의 목소리는 점점 절규로 변해갔다.
　그리고 외침이 끝날 때쯤 컥 하는 소리와 함께 사내의 손목과 발목이 함께 순식간에 잘려 나갔다.
　몸통만 남은 그는 머리를 치켜들며 말했다.

　"기쁘오. 혼자 살아서 미안했는데 이렇게 갈 수 있어 기쁘오. 이건 정말이오. 믿어주시오, 조장."

　'강무(强茂), 은서(殷棲)…….'
　사내의 얼굴을 보니 광휘의 눈동자가 흔들렸다.
　가만히 있던 두 손도 그제야 떨리기 시작했다.
　그들은 살수 암살단 내에서 자신을 가장 의지하던 녀석들이었다.
　오랫동안 잊고 지냈던 그들이 눈앞에 나타난 것이다.
　광휘가 떨리는 두 손을 그들에게 내밀 때였다.

저 멀리서 백발을 휘날리던 한 노인이 당당히 걸어오고 있었다.
걸음걸이마저도 힘이 느껴지는 무사.
무림맹주가 뽑은 중원 십대고수.
그가 바로 백중건이었다.

"오늘부로 살수 암살단 칠 조에 배정된 백중건이다. 잘 지내보자."

광휘의 앞에 멈춘 그는 자신감에 찬 미소와 당당한 목소리를
들려줬다.

"참고로 말하지. 난 너희들과 달라. 은자림이 보유한 살수가 특별
하다 해도 겁내지 않지. 아, 그래. 넌 좀 다르다고 들었다. 구표 중에
동작이 가장 빠르다지? 맹주가 자넬 많이 칭찬하더군."

자신감에 찬 그의 얼굴에 홍조기가 보였다.
예전에도 그랬지만 당당한 기세만큼은 인정할 만했다.

"날 따라와라. 실력의 차이가 어떤 건지 몸소 보여주마!"

광휘를 향해 자신 있게 외치던 그는 한동안 침묵했다.
그러다 잠시 뒤 뭔가를 본 듯 온몸을 떨어대기 시작했다.
광휘의 시선이 의문으로 휩싸이던 순간.
엄청난 괴성과 함께 그의 온몸은 사방으로 찢겨져 나갔다.

"으아아아악!"

광휘의 눈앞은 순식간에 피바다로 변했다.

살점이 모두 떨어져 나간 백중건의 몸은 눈으로 차마 볼 수 없을 정도로 찢겨져 있었다.

그 참혹한 광경을 보던 광휘의 두 손이 더욱 격렬하게 반응하기 시작했다.

"아저씨."

"⋯⋯?"

등 뒤로 들리는 낯선 목소리에 광휘의 눈앞에 펼쳐지던 핏빛 광경은 서서히 사라져 갔다.

그리고 그와 동시에 광휘의 눈이 빠르게 돌아갔다.

골목의 폭 여섯 장(丈).

좌우 경계로 지은 벽의 높이 삼 장 반.

전방의 건물까지 거리는 스물두 보.

바닥에서 처마 높이까지는 삼 장. 처마에서 지붕 높이까지 여섯 자.

발걸음의 보폭 한 자 삼 치. 그 옆의 노인 반 자.

눈앞의 소년의 키는 삼 척(尺)⋯⋯?

광휘의 눈에 그제야 소년이 들어왔다.

아이는 똘망똘망한 눈으로 자신을 보고 있었다.

"아저씨, 그분 맞죠? 우리 세가를 도와주러 온 호위무사요."

"……."

"아닌가? 그 무사님들하고는 다른가……."

광휘는 잠시 동안 말이 없었다.

그러다 뭔가 생각이 났는지 소년을 향해 급히 입을 열었다.

"술을 다오……."

"예?"

"아무 술이라도 좋으니 좀 다오."

"……."

소년은 별다른 말 없이 눈을 끔벅이다 고개를 숙였다.

"네, 어머니께 한번 말해볼게요."

그 말을 남긴 소년은 어디론가 쏜살같이 달려갔다.

덜덜덜.

소년이 사라지자 광휘는 자신의 팔을 내려다보았다.

여전히 진정이 되지 않는지 두 손을 심하게 떨어대고 있었다.

현실로 돌아왔음에도 발작은 여전히 유지되고 있었다.

'피를 보았기 때문이야…….'

광휘는 알고 있었다.

주위가 시뻘겋게 물드는 이 환각 증상들.

놀랍게도 과거 많은 조원들이 겪었던 발작 증상과 너무나 비슷했다.

광휘는 천천히 눈을 감았다.

모든 것을 잊고 싶은지 그는 한참 동안 그 자세로 서 있었다.

여섯 장, 오 촌, 삼 척, 이십 보, 오십 자, 다섯 치…….

하지만 그의 시야에서 사람들의 모습은 사라지지 않았다.

걸음걸이와 동선, 바라보는 시선 등이 머릿속에 선명히 남아, 눈을 감아도 눈을 뜬 것처럼 그 모습들이 눈앞에 그려지고 있었다.

지워 버리고 싶어도 지워지지 않는 극한의 감각.

이번엔 그것이 광휘를 집요하게 괴롭히고 있었던 것이다.

"조장은 어떻게 극복한 것이오?"

광휘의 귓전에 삼우식의 목소리가 들렸다.

삼우식은 허망한 눈을 하고서 그의 대답을 기다리고 있었다.

광휘는 대답하지 못했다.

그날도 그랬었고 지금도 그랬다.

삼우식뿐만 아니라, 대답을 기다리며 죽어간 모두가 만족할 만한 말이 생각나지 않았다.

이렇게 그저 침묵하는 것이…….

지금 그가 해줄 수 있는 유일한 것이었다.

*   *   *

밤이 깊어감에도 장씨세가의 불빛은 꺼지지 않았다.

남루한 평상 하나에 모여 앉은 사람들은 이야기꽃을 피웠고, 골목에도 삼삼오오 모인 사람들로 장씨세가에는 발 디딜 틈이 없었다.

　하인들은 창고에서 내방(內房), 장원, 별채로 음식을 나르며 흥을 돋웠다.

　위기는 곧 기회라고 했던가.

　묵객의 등장은 장씨세가에겐 희망 그 자체였다. 강호 소식에 어두운 이들도 묵객이란 명호는 알 정도로, 그는 자타가 공인하는 유명 인사였다.

　석가장과의 전쟁이 끝날 수도 있다는 기대감은 모두를 희망에 부풀게 했다. 그리고 묵객은 단번에 장씨세가를 구해줄 영웅으로 그들에게 떠받들어졌다.

　끼익끼익.

　한편 사람들과 조금 떨어진 내원 외곽에 한 사내가 우물물을 머리에 끼얹고 있었다.

　세가에 도착한 광휘가 처소로 가지 않고 이곳으로 온 것이다.

　촤라라락.

　머리가 찌릿할 정도로 물은 차가웠다.

　이곳 지대가 높은 영향도 있겠지만, 가을 저녁 지하층 석돌 안에 스며든 한기가 주된 이유였다.

　끼익끼익.

　광휘는 또다시 우물물을 길어 올렸다.

벌써 다섯 번째다.

그는 우물물 앞에서 이 같은 동작을 반복하고 있었다.

차라라락.

살얼음이 낄 정도로 차디찬 우물물이 바닥으로 또다시 뿌려졌다.

한데, 이번에는 광휘의 머리가 아닌 허리 쪽이었다.

그가 칼과 칼집에다 우물물을 부었던 것이다.

붉게 물들어 있던 괴구검은 세찬 물길을 타고 단번에 제 색깔을 찾았다. 검집 안에서도 붉은 물이 새어 나오며 그 안에 굳어 있던 핏자국을 제거했다.

검집을 뒤집자 물줄기가 기다렸다는 듯 줄줄 흘렀다.

휘휙.

광휘는 들고 있던 검과 함께 검집을 뒤집어 털어냈다. 그렇게 몇 번을 흔들고 나서야 그는 검집 안으로 검을 밀어 넣었다.

물기가 마르지 않았음에도 그는 거기에 괘념치 않았다.

철컥.

아귀가 들어맞듯 명쾌한 소리가 들리는 순간 광휘의 눈썹이 가느다랗게 떨렸다.

그 역시 이렇게 검과 검집이 정교하게 맞아떨어질 거라곤 생각지 못했던 것이다.

분명 목가경의 검이 검집 안으로 파고들었을 때 꽤 강한 충격을 받았다. 검집이 갈라져도 이상하지 않을 만큼 강한 내기가 동반된 찌르기였다.

그런데도 정확히 맞아떨어졌다.

강한 충격에도 검집엔 손상이 전혀 없었다는 얘기다.

"허풍은 아니었나 보군."

광휘는 광 노사를 생각하며 쓴웃음을 내뱉었다.

휘어지는 모양을 유지하면서도 튼튼한 물건을 만드는 작업.

일개 대장장이 실력으로선 흉내 내기 어려운 솜씨였다.

그렇게 검을 바라보던 광휘는 시선을 뗀 후, 하늘을 올려다보았다.

그러고는 누굴 생각하는지 작은 목소리로 중얼거렸다.

"묵객이라……."

광휘는 그의 첫인상을 떠올렸다.

당찬 모습과 여유가 느껴지는 그의 얼굴이 광휘의 눈앞에 그려졌다. 광휘는 묵객에게서 분출되는 강한 자신감도 보았다.

잠시 그를 생각하던 광휘는 쓴웃음을 지었다.

"어쨌든 장씨세가에겐 좋은 일이지."

묵객의 등장은 분명 장씨세가에겐 호재였다.

실력이야 어쨌든, 그가 칠객 중 한 명이라는 사실만으로도 석가장은 그들에게 함부로 덤비지 못할 터였다.

"잘되었어. 적당한 변명을 찾고 있었는데……."

그는 이곳에 온 뒤로 줄곧 생각해 왔다.

언제까지 이곳에 머물러야 할지를.

그리고 언제쯤 몸을 빼는 것이 좋을지를.

한데, 묵객 때문에 그 일이 수월해질 수도 있겠다는 생각이

든 것이다.

"한번 얘기는 해봐야겠군. 싸움을 그치게 되면 내가 굳이 이곳에 있을 필요도 없으니까."

묵객이 나섰으니 석가장 쪽에서도 신중하게 다음을 준비할 것이다.

그 기일이 길어지면 굳이 광휘가 이곳에 머무를 필요는 없었다.

펄럭.

광휘는 한쪽 나뭇가지에 걸어둔 피풍의를 등에 둘렀다. 찢어진 소매를 가리기엔 그것만으로도 충분했다.

옷매무새를 점검한 광휘는 한쪽 방향으로 걸어갔다. 그러다 무슨 생각이 든 듯 발걸음을 멈추며 읊조렸다.

"그런데 어디로 가야 하는 거지?"

생각해 보니, 그는 황 노인의 처소가 어딘지 이제껏 모르고 있었던 것이다.

광휘가 내원을 돌아다니다 도착한 곳은 육송 기둥에 돌출된 처마가 있는 곳이었다.

거기에는 남쪽 면의 처마 밑에 소나무가 있는, 둥근 마당을 낀 방이 하나 있었다.

이곳은 장련의 처소였다.

그리고 묵객을 만났던 날 그녀를 데려다주며 기억한, 광휘가 자신의 처소 외에 유일하게 알고 있는 곳이기도 했다.

"흐음."

기껏 온 처지이건만 광휘는 입구에서 더는 들어가지 못했다. 장련을 애초에 찾아온 이유가 '황 노인의 처소가 어디요?'라는 한마디를 하기 위해서라는 게 겸연쩍기 때문이었다.

하지만 몇 번을 고민한 끝에 그는 다시 장련의 처소로 향했다.

"물러서시오. 여긴 아무나 함부로… 당, 당신은?"

그때 벽을 등지고 있던 세 명의 호위무사가 길을 막았다. 그들은 대전 때 보았던 장씨세가의 호위무사들이었다.

"무슨 일이시오?"

"장련 소저께 물어볼 것이 있어서 왔소."

"지금은 들어갈 수 없소."

낯이 익은 얼굴 때문인지 곡전풍은 조금 누그러진 표정으로 대답했다.

석가장과 일이 있던 당시에 잠시 정신을 잃었던 황진수가 포권하며 정중히 광휘의 앞을 막아섰다.

"무슨 일이 있는지 모르겠으나 나중에 오시는 것이 좋겠소. 지금 장련 소저께서는 이 장로와 삼 장로를 접견 중이시오."

거듭 당부를 하자 광휘는 더는 부탁하지 않았다.

마침 시기가 맞지 않았던 모양이다. 그는 가볍게 포권한 후 몸을 돌렸다.

"무림맹에 계셨다고 했는데 다음에 한번 겨뤄볼 수 있겠소?"

걸음을 옮기려는 그때 한 사내가 광휘를 붙잡았다.

능자진이었다. 몸놀림이 가벼운 것으로 보아 대전 때 입은 내상이 크지 않은 듯했다.

"흠, 혹여나 오해할 듯해서 한 말씀 드리겠소. 당신도 보았지만 그 당시 불명귀들에게 쓰러졌던 것은 단순한 사고요. 내가 검을 썼다면 모두 쓰러뜨릴 수 있었소. 그러니 괜히 오해하지……."

"알겠소."

광휘는 별일 아니라는 듯 짤막히 대답했다. 하지만 능자진은 오히려 미간을 더욱 좁혔다.

대답이 너무 빨랐다. 심지어 가벼웠다. 그에겐 광휘의 말투가 자신을 대놓고 무시하는 어투로 들렸던 것이다.

능자진이 무어라 다시 말을 할 때였다.

"왜 묵객을 그냥 보내신 겁니까!"

문틈으로 꽤 높은 언성이 새어 나왔다.

탁자를 두고 두 명의 노인이 장련을 바라보고 있었다.

한 명은 이 장로. 그는 눈썹과 수염을 길게 기른 청수한 인상이었다. 훤칠한 체격도 그렇고 배꼽까지 길게 늘어진 수염을 두 손으로 매만지고 있는 것이 그의 차분한 성격을 대변하는 듯했다.

다만 눈을 감은 듯 가늘게 뜨고 있는 모습으로 볼 때, 그는 자신의 의중을 쉽게 내비치지 않는 유형인 것 같았다.

다른 노인은 삼 장로. 그는 흡사 전장의 장수처럼 작지만 탄탄한 체구를 지니고 있었다. 나이를 제법 먹었음에도 아직까지

기백이 느껴지는 강건한 풍채를 지니고 있었다.

"차가 식겠어요. 한 잔 드시면서 말씀하세요."

장련은 찻잔을 손으로 받치며 여유롭게 화제를 돌렸다. 문중의 어른이 고성을 지르는데도 크게 동요하지 않는 차분한 모습이었다.

그런 모습에 삼 장로는 더욱 열을 올렸다.

"장련 아가씨는 이 기회가 얼마나 중요한 것인지 잘 모르시는 것 같습니다. 그러지 않고서야 묵객을 그냥 보낸다는 것은 말이 되지 않습니다."

그는 상기된 얼굴로 계속 말을 이어갔다. 애초에 단단히 마음을 먹고 온 것인 만큼 그의 언행은 거침이 없었다.

"상대는 석가장입니다. 목적을 위해선 비열한 암수를 서슴지 않는 자들이지요. 그들이 가만히 있겠습니까? 그를 포섭하기 위해 무슨 짓을 벌일 것이 당연하지 않겠습니까. 혹여나 나중에 그가 변심하면 그땐 정말 끝입니다!"

"삼 장로."

삼 장로가 언성을 높이면 높일수록 장련은 오히려 차분해져 갔다.

"예, 아가씨."

"삼 장로가 그를 모셔 왔나요?"

"예? 무슨……."

"묵객을 모셔 온 것이 삼 장로셨냐고 물었어요."

장련의 차분한 물음에 삼 장로의 목이 약간 움찔거렸다.

그녀의 말이 옳았다.

애초에 묵객을 섭외해 온 사람은 장련이지 그가 아니었다.

말할 권리를 따진다면 애초에 그는 해당되지도 않았다.

"삼 장로, 일단 장련 아가씨의 말씀도 들어보세."

스윽.

장련의 눈길이 돌아갔다. 그때까지 잠잠히 있던 이 장로가 나선 것이다.

시기가 묘하게 들어맞는다.

얼핏 듣기엔 이 장로가 삼 장로의 잘못을 책하는 것 같다. 하지만 그가 묘한 순간에 끼어들어 말을 끊는 바람에 장련이 삼 장로의 잘못을 더 질책하는 것이 막혀 버린 것이다.

"크흠."

그 말에 삼 장로는 시선을 내렸다. 하나, 표정에는 큰 변화가 없었다. 자신의 생각이 틀렸다고 여기지 않은 탓이다.

"말씀하시지요, 아가씨."

잠시 주위가 잠잠해지자 이 장로가 말했다. 장련이 두 원로를 번갈아 바라보다 입을 열었다.

"장씨세가를 지키기 위해 스스로 떨어져 있겠다고 한 것은 묵객이에요. 제가 아니라."

"말리실 수도 있었지 않았습니까."

이 장로가 조용한 음성으로 물었다.

"쉽지 않아요. 상대는 칠객 중 하나이니까. 그리고 그의 말도 일리가 있어요. 그의 위치가 노출되면 그만큼 장씨세가를 지키기가 힘들어진다고 했고요."

"그래도 걱정입니다. 칠객이 자신이 한 말을 지키는 사람들이라는 것은 압니다. 하지만 석가장이 갑자기 쳐들어오면 묵객이 오기 전까지 우리가 버틸 수 있을지가 문제지요."

"버틸 수 있어요. 우리에게도 뛰어난 고수가 있으니까요."

장련이 대답했다.

"누구 말씀입니까?"

"광휘. 무림맹에서 온 호위무사요."

그 순간 잠시 조용히 있던 삼 장로가 미친 듯 소리 내며 웃었다.

"푸하하하!"

지금의 웃음소리는 앞선 그 어떤 소리보다 컸다. 거기다 누가 들더라도 비웃음이란 걸 알 수 있을 만큼 노골적이었다.

장련은 눈살을 찌푸렸고, 삼 장로는 그렇게 한참을 웃어댔다.

하지만 이내 그는 뚝 하고 웃음을 멈추더니 눈을 부릅뜬 채 장련에게 물었다.

"아가씨, 무림맹이 얼마나 넓은 곳인지 아십니까? 알려진 산하에 소속된 숫자만 해도 삼천 명은 넘어가는 곳입니다. 그런 곳에서 이름 있는 지단도 아니고 일개 지단의 장(長)도 아닌 고작 소속 대원으로 있었던 그를 믿으라고요? 어림없는 소립니다."

"그런가요?"

"그렇습니다."

"그렇군요."

장련이 예상외로 순순히 고개를 끄덕이자 장로들의 얼굴이 점차 밝아졌다.

이번에는 그들에게 반박할 의사가 없는 듯 보였기 때문이다.

그러던 그때 탁자 옆으로 장련이 발을 척 하고 내밀었다. 그러고는 나직한 목소리로 말을 이었다.

"듣기로 삼 장로께서는 어릴 때부터 무(武)를 연마하셨다지요. 작금에 이르러서는 일류는 아니더라도 그 경지를 바라보는 실력이라 하셨고요."

장련의 행동에 두 장로의 시선이 신발 쪽으로 향했다.

"그럼 한 가지 여쭤보겠어요. 제가 이 신발을 신고 무공 연마를 한 적이 있는지 맞힐 수 있겠어요?"

"신발을 보고 그걸 어떻게 압니까?"

삼 장로는 미간을 찌푸렸다.

설득을 했다고 생각했는데 그녀가 갑자기 의도를 알 수 없는 얘기를 꺼냈기 때문이다.

장련은 그런 삼 장로를 바라보며 말했다.

"그는 알아차렸어요. 신발만 보고도 무공을 익힌 자인지 아닌지. 그뿐만 아니라 어떤 습관을 지니고 있는 자인지와 어떤 직책을 가진 자인지도 함께요."

"그, 그거야 무림맹에서 있었으니 한가락 재주가 생긴 것이 아닙니까. 그리고 그것과 장씨세가를 돕는 것과는 별개의 일이 아닙니까."

"호위무사라 함은!"

장련이 처음으로 목소리를 높였다. 가냘픈 목소리가 굵어지자 장로들의 시선이 그녀의 얼굴로 향했다.

"적을 제압하기 이전에 위험을 대비하는 것이 첫 번째가 아니었던가요. 어르신들은 실력만 앞세우는 것이 호위무사로 더 적합하다고 생각하시는 건가요!"

"……."

"……."

"대전에서 보였던 그의 식견은 장씨세가에게 큰 힘이 되고도 남았어요. 상대가 누구인지 알고 있었고 그들의 거짓에 속아 넘어가지 않을 수 있었죠. 제 말이 틀렸나요?"

"크흠."

"호위무사의 마음가짐이 좋다는 것은 알겠습니다. 식견이 뛰어나다는 것 또한 그럴 만합니다."

삼 장로는 기침을 하고, 이 장로는 청수한 눈을 가늘게 뜨며 차분히 되물었다.

"한데, 아가씨께서는 이 두 가지만으로 그를 너무 지나치게 믿고 계십니다. 지금 본 가에 필요한 것은 무력입니다. 제가 하나 여쭤보겠습니까. 광휘란 그 사내가 묵객에 필적하는 무력을 가지고 있습니까?"

"…거기까지는 모르겠어요, 하나, 두 가지가 아닌 하나가 더 있어요."

장련의 말투가 조금 낮아졌다. 하지만 풀 죽은 것이 아니라 오히려 더 담담하고 자신에 찼다.

"그것이 무엇입니까?"

"황 노대가 그를 가리켜 믿을 만한 사람이라 했어요."

움찔!

장련이 황 노대를 언급하자 이 장로 삼 장로 모두 얼굴에 경련이 일었다.

노여움과 흥분이 뒤섞인, 매우 설명하기 힘든 그런 표정들이었다.

"황 노대가 그리 말했다면 분명 그 이유가 있을 테죠. 이제껏 그분이 언급했던 자들 중에 비범하지 않은 이는 한 명도 없었으니까요."

"그렇게 뛰어나고 혜안이 깊은 자라면!"

삼 장로가 그 순간 참지 못하고 반박했다. 주먹을 불끈 쥘 정도로 분노가 느껴졌다.

"그가 대전에서 보였던 행동은 무엇입니까. 결과적으로 얕은 지식을 어설피 보인 것 때문에 상황이 더욱 악화될 뻔하지 않았습니까! 그때 묵객이 없었으면 분명 큰 사달이 났을 겁니다. 제 말이 틀렸습니까?"

"……."

장련은 대답하지 않았다. 그저 조용히 삼 장로를 주시할 뿐이었다.

"그리고 아가씨, 황 노대를 총애하시는 것 같아 한 말씀 드리겠습니다. 그는 죄인입니다. 그것도 세가에 큰 죄를 짓고 쫓겨난 적이 있었던 죄인 말입니다. 왜 아직도 과거의 그를 대하는 시선으로 바라보는 것입니까. 마지막으로 외총관으로 있었던 과거에 그는 무가보다 상인이나 조정 쪽에 교류가 있었던 자입니다. 즉, 고수가 아니라 장사치나 벼슬아치를 소개할 사람이라는 말입니다. 지금의 그는 고작 일개 하인입니다! 한데, 옛날 하던 식으로 가주께 첩지를 보내다니요! 하인이! 이 얼마나 본분을 잊은 행동인지 아직도 모르시겠습니까!"

삼 장로가 그동안 쌓아왔던 불만을 쏟아냈다.

그가 황 노대를 바라보는 속내를 여실히 드러낸 것이다.

"아무튼, 저는 아가씨께서 묵객이란 분께 다시 한번 간청하는 것으로 알겠습니다. 저는 그리 믿고 일어나겠습니다."

삼 장로가 매몰차게 일어섬에도 장련은 별다른 대답을 하지 못했다.

저리 화를 내는 이유를 알고 있었기 때문이다.

"아가씨, 삼 장로가 흥분을 한 건 사실이지만 저 역시 그와 같은 생각입니다. 저도 가보겠습니다."

이 장로 역시 청수한 수염을 쓸며 조용히 몸을 일으켰다.

장련은 그런 그들을 서늘하게 바라보았다.

잠시 뒤, 그렇게 자리에서 일어난 두 장로가 문을 열고 나갈 때였다.

"당신은……."

"자넨."

두 장로가 문 앞에서 나가지 않고 머뭇거리자 장련의 시선이 뒤로 쏠렸다.

　문이 열리자 굳은 표정으로 서 있는 것은, 황 노인이 데리고
온 광휘란 사내였다.

第十一章

결심

"들어오세요."

장로들이 나간 뒤에도 문가에 우두커니 서 있는 광휘의 모습이 답답해서였을까.

탁자 위에 놓인 다관(茶罐)과 찻잔을 치우던 장련이 입을 열었다.

광휘는 그녀의 말에 방 안으로 몇 걸음 옮기다 멈췄다. 그녀가 다기들을 치우는 와중에도 그는 어색한 자세로 서 있었다.

"우선 앉으세요."

대충 정리를 마친 장련이 다시 입을 열었다. 그럼에도 광휘가 계속 서 있자 그녀는 한마디를 더 꺼냈다.

"참고로 말하지만 여긴 술이 없어요. 그러니 술을 마시고 싶으시면……."

"그땐 알아서 나가겠소."

광휘가 무심하게 대답하고는 의자로 걸어갔다. 그 행동을 유심히 지켜보던 그녀는 고개를 조금씩 기울였다.

광휘가 평소와는 사뭇 다른 모습을 보였기 때문이다.

무뚝뚝한 행동이나 정감이 가지 않는 말투는 그대로였지만, 그는 어딘가 모르게 홀가분해진 듯한 모습이었다.

잠시 뒤 장련은 그의 맞은편 자리에 앉으며 말했다.

"이 야심한 밤에 무슨 일인가요?"

그녀는 장난스럽게 물었다. 하지만 표정만은 진지했다.

평소에 그녀가 불러도 나타나지 않을 것 같던 그가 제 발로 불쑥 나타난 것도 그렇거니와, 노인들이 나간 뒤에도 나가지 않고 서성이는 모습이 필시 중요한 얘기를 하려고 온 사람처럼 보였다.

하지만 그의 대답은 그녀가 생각하는 방향과는 전혀 달랐다.

"황 노인이 사람들에게 미움을 받고 있는가 보구려."

"…들으셨나요?"

"소리가 컸었소."

장련은 한동안 그를 들여다봤다. 의도를 파악하기 위해서였다.

그렇게 뜸을 들인 그녀가 입을 열었다.

"조금 마찰이 있긴 했죠. 그러나 크게 신경 쓰지 마세요. 푸념을 늘어놓을 상대가 없어서 그런 것이니까요."

"푸념이라."

광휘가 되새기듯 말을 내뱉었다. 그러고는 약간의 비웃음이

섞인 듯한 목소리로 다시 말을 이었다.

"이쪽의 사람들은 할 일이 많이 없는가 보구려. 아니면 묵객이 돕겠다는 말에 없었던 여유가 갑자기 생긴 것이거나."

"말씀이 좀 지나치시군요."

"안 그렇겠소? 한 세가의 장로쯤 되는 자들이 외총관에 대해 푸념을 늘어놓는 것을 보면 누구라도 그리 생각할 것이오."

"…외총관?"

장련은 광휘를 의아하게 바라보았다.

그러고 보니 사내는 황 노대에게 은혜를 받았다고 했다, 과거에.

"아마 당신을 만났던 그때는 그랬겠지요. 하지만 지금은 아니에요. 지금은 그때보다 직책이… 많이 낮아요."

"이유가 뭐요?"

"그건 가문의 일이기에 말씀드릴 수가 없어요."

"알고 싶소."

"……."

"알려주시오."

장련은 대답을 하려다 멈추고는 광휘를 바라봤다.

확실히 그렇다.

평소와는 다른 느낌이다.

분명히 장씨세가 문내의 일이라고 말하는데 이렇게까지 묻는 것은 무례한 행동이었다.

자주 본 것은 아니지만, 적어도 장련이 알기에 그는 이처럼 무례한 자가 아니었다. 설령 무례함이 있었어도 지금처럼 강요하는 말투는 사용하지 않았다.

아무리 은혜를 입었던 황 노대의 일이라 해도 그랬다.

"자세한 건 당사자에게 직접 물어보세요. 그보다 이 시각에 여기 왜 왔는지부터 얘기를 하는 게······"

"혹 금목상단(金目商團) 일이오?"

"어떻게 그걸!"

순간 장련의 눈이 화등잔만 하게 커졌다. 전혀 예상치 못한 얘길 들은 사람처럼 표정이 경직되었다.

그런데 이번에는 광휘도 반응했다.

이마에 주름이 생겨날 정도로 속내를 표출한 것이다.

단지 장련이 놀란 마음에 그 모습을 자세히 인지하지 못했을 뿐이다.

장련이 잠시 침묵하자 방 안에 정적이 흘렀다.

그리고 그렇게 시간이 꽤 흘러갈 때쯤이었다.

"실례했소. 오늘의 무례함은 나중에 정중히 사과드리겠소."

장련이 더는 말해주지 않을 거로 판단했는지 광휘는 자리에서 일어났다. 그러곤 뒤도 돌아보지 않은 채 문밖으로 걸음을 옮겼다.

"구 년 전······."

그 순간 장련은 충동적으로 입을 열었다.

"아주 큰 거래가 있었어요. 연해와 내지를 중심으로 활동하는 전국 최대 상단 중 하나인 금목상단(金木商團)과의 거래였죠."

"……."

"석염(石鹽)이라고 들어 보셨나요? 소금 돌이라 불리는 물건인데 우리가 소유하고 있는 주산(注山)이라는 곳에서 우연히 발견되었어요. 소량이긴 하지만 거래하기엔 충분했어요. 그래서 거래 상대를 찾던 중 그들과 거래를 하게 된 거죠."

장련은 그때를 기억하는 듯 잠시 뜸을 들인 후 말을 이어나갔다.

"한데 중요한 순간에 문제가 생겼어요. 물자를 옮기기로 한 당일, 갑자기 주산에 산사태가 일어난 거예요. 어쨌든, 그로 인해 석염 광산 역시 흔적을 찾을 수 없을 정도로 덮여 버렸고, 그 후 금목상단과의 거래가 끊기게 됐던 거지요."

"…그것과 황 노인이 무슨 관계요?"

광휘가 느릿한 어조로 반문하자 장련은 곧바로 대답했다.

"그 일을 추진했던 분이 바로 지금의 황 노대예요. 당시 황 노대는 군이 걸어도 되지 않을 선금을 주면서 금목상단과 접촉을 했죠. 당시 금목상단과 황 노대의 행동 때문에 세가 내에서도 많은 반대가 있었어요. 군이 거액의 선금을 주면서 금목상단과 일을 해야 할 이유가 없었기 때문이죠. 하지만 전대 가주인 할아버지께서 워낙 신임하였기에 그를 믿고 진행했어요. 그 결과, 우리 세가는 막대한 손해를 입게 되었고 황 노인은 외총관 직을 박탈당하게 된 거죠."

광휘가 목소리를 높였다.

"이해할 수 없구려. 큰일을 하다 보면 일이 잘 풀릴 수도 있고, 그릇될 수도 있소. 그것만으로 황 노대를 파직한다는 것은 공정한 처사가 아니지 않소?"

"그 이유 때문만이 아니에요. 황 노대를 파직시킨 결정적인 계기는 그 뒤에 황 노대가 했던 행동 때문이었어요."

행동이란 말에 호기심이 생긴 것일까. 이제껏 문 쪽을 바라보던 광휘가 시선을 돌렸다.

장련은 그 모습을 본 뒤 잠시 숨을 고르다 말을 이었다.

"황 노대는 모두가 설명을 요구하는 자리에서 제대로 된 얘기를 하지 않았어요. 왜 물자를 건네는 쪽에서 선금을 주었는지, 굳이 무리하게 그들의 책임자와 대면하려고 했는지 말하지 않았죠. 그저 침묵했어요. 아는 바가 없다는 말뿐이었죠."

광휘의 표정이 다시금 굳어졌다. 미간이 좁혀지는 모습이 확연히 드러날 정도였다.

"당시 어떤 변명이라도 했으면 지금처럼은 되지 않았을 거예요. 누구의 말을 믿고 그리 선금을 투자했는지, 무슨 이유 때문에 그리했는지 말이에요. 하지만 그는 끝끝내 입을 열지 않았죠. 그가 추궁 끝에 말한 건 단 한마디였어요."

"무슨 말이었소?"

"옳은 일을 했을 뿐이라고요."

광휘의 표정에 다시금 변화가 일기 시작했다. 그런데 이번에는 단순히 미간이 좁혀지는 것이 아니라 그의 눈가가 경련이 일듯 흔들리기 시작했다.

그러던 그의 눈에 뿌연 습막이 끼는 것 같더니 그 사이로 과거의 조각들이 얽혀들어 가기 시작했다.

"임무가 내려왔네. 지금 즉시 세 명의 구표를 이끌고 하남 삼곡(三谷)으로 내려가게."

"그럼 금복상단의 일은 어떻게 되는 겁니까?"

"그건 삼 조 조장이 해결할 걸세. 마침 자네가 포섭해 놓은 노인도 있다고 했으니 좀 더 수월해지겠지."

"부단주, 알고 계시겠지만 이번 일은 꼭 보상을 해줘야 합니다. 그들은 저를 믿고 막대한 금액을 투자했습니다."

"그건 걱정 말게. 장씨세가가 손해를 입은 금액은 무림맹에서 보상해 주기로 맹주께 보고를 올릴 생각이네."

"알겠습니다. 그리 믿고 가겠습니다."

"한데… 칠 조 조장."

"예, 부단주님."

"그 노인의 이름이 뭐라던가?"

"황주일이란 잡니다. 현재 장씨세가의 외총관직을 맡고 있습니다."

광휘는 그 사실을 기억해 냈다.

며칠 전의 일도 기억을 더듬어야 하는 그가 무려 구 년이나 지난 일을 떠올릴 수 있었던 것은, 아마도 그때 그 일이 암살단 내에서도 손에 꼽힐 만한 사건이었기 때문인지도 몰랐다.

천운이었다.

쓰러진 자신을 치료해 주러 온 노인이 장씨세가의 외총관인 것을 몰랐더라면, 그를 설득하지 못했더라면 애초에 그 임무는 실패했을지도 모른다.

그만큼 그의 역할은 중요했고 무림맹의 절실함 역시 간절했다.

다만 그는 자신에게 더 급한 임무가 하달됨에 따라 몸을 뺄 수밖에 없었기에 그 뒤의 일은 정확히 알지 못했다.

하지만 광휘는 확신할 수 있었다.

부단주는 거짓말을 하지 않는 자다.

그가 검과 협을 목숨보다 중시하는 청성파 출신이란 사실만 보더라도 이는 충분히 입증이 되는 대목이다.

그렇다면 그가 일부러 보고를 누락했을 리는 없다. 그것보단 일을 처리하는 과정에서 문제가 생겼다고 보는 게 맞을 것이다.

"지금은 어떤 상황이오?"

"네?"

"여전히 장씨세가에 있는 것을 보면 황 노인에게도 직책이란 게 있지 않겠소."

광휘는 황 노인이 파면을 당하고도 어떻게 여기에 다시 들어온 것인지는 묻지 않았다. 구태여 묻지 않아도 알 것 같았기 때문이다.

장련은 계속 얘기를 해야 할지 망설였다.

그러다 어차피 그가 알게 될 일이라 생각했던 것인지 솔직히 대답했다.

"하인이에요."

"......."

"하인요. 평생 하인이 되겠다고 청했기에 다시 들어올 수 있었어요."

광휘의 눈동자가 요동치듯 크게 흔들렸다.

외총관이었던 자가 하인이 되어 살아가는 모습을 생각하다 보니 그 고통이 고스란히 그에게 전해진 것이다.

"자네가 지금 나를 볼 수 있는 것은, 이렇게 얘기를 나눌 수 있는 것은 바로 그 약한 사람들이 우리 곁에 있었기 때문이야."

자신을 만났을 때 했던 그 말은 단순히 설득을 위한 것인 줄 알았다. 그랬기에 대수롭지 않게 여긴 것도 있었다.

하지만 생각해 보니 황 노인이 말하고 싶었던 것은 정작 다른 의미인 것 같았다.

광휘가 이렇게 살아갈 수 있었던 것은 결국 힘없고 약한 사람들이 보이지 않는 곳에서 그에게 도움을 주었기 때문이란 사실을 말해주고 싶어 했던 것이다.

마치 과거 수많은 목숨을 위해 황 노인에게 도움을 호소했던 자신의 처지처럼.

"부탁하고 싶은 것이 있소."

방 안을 서성이던 광휘가 정중한 어조로 입을 열었다.

표정은 크게 달라지지 않았지만, 장련이 느끼기엔 그랬다.

거기에선 뭔가 홀가분한 느낌은 사라지고 평소처럼 어두운,

그보다 더욱 갑갑한 느낌이 그에게서 뿜어져 나왔다.

"네?"

"조금 전에 장로들과 나갔던 호위무사를 다시 불러줬으면 하오."

"그들은 왜요?"

"보여줘야 하지 않겠소."

장련은 눈을 껌뻑였다. 무슨 말인지 이해가 안 되는지 광휘를 계속 응시할 뿐이었다.

"황 노인이 왜 그 먼 길을 걸어가야 했었는지, 전란 중에도 거길 꼭 가야만 하는 이유가 뭐였는지."

"확실히 말해줘요. 무슨 말을 하고 싶은 건가요?"

장련은 얼굴을 찌푸리며 말했다.

그의 모호한 말을 이해할 수 없었던 것이다.

처억.

광휘는 탁자 앞으로 걸어갔다. 그러고는 그녀의 맞은편에 서서 진지한 시선으로 입을 열었다.

그의 눈은 이제껏 장련에게 보였던 그 어떤 눈빛보다도 또렷했다.

"내가 누구인지 직접 보여주겠다는 말이오."

*　　　*　　　*

어스름한 여명이 짙은 어둠을 밀어내는 새벽녘.

산마루에서 마을로 이어지는 중간 지점에는 횃불을 든 수십 명의 사람이 한데 모여 어둠을 밝히고 있었다.

많은 인원이 모였음에도 분위기는 겨울 바다처럼 냉랭했다.

떠들며 웃는 사람 하나 없었고, 심지어 작은 목소리로 대화를 주고받는 사람조차 보이지 않았다.

복장도 대부분 의복이 아닌 단색의 피복(被服)이었다. 그들은 그렇게 옷을 단색으로 통일한 채 허리와 어깨엔 병기로 무장하며 서 있었다.

"단번에 죽었군요."

목가경의 시체 옆에서 한동안 횃불을 비추던 노인이 입을 뗐다. 그는 다른 자들과 달리 밝은색 비단인 견의(絹衣)를 입고 있었다.

피부가 움푹 파일 정도로 상처도 많았고 어깨도 좁았지만, 그의 눈에는 형형하고 짙은 안광이 서려 아무도 그를 가볍게 여기지 못하게 했다.

혈패수사(血覇秀士) 노야방(盧耶旁).

강호에서도 이름이 널리 알려진 칠대수사 중 한 명으로 기괴한 능력을 가진 노인이다.

수사란 학문이나 덕행이 뛰어난 선비를 가리키는 말이지만, 강호에서는 특별한 능력을 갖추고 있거나 뛰어난 기술을 가지고 있는 자를 통칭하는 말로 쓰였다.

노야방은 진법과 기관진식에 능통했다.

특히 지형을 이용하거나 주위 사물과 환경을 이용하는 기술에는 이견이 없을 정도로 뛰어난 능력을 가지고 있었다.

그는 이번에 석가장주가 가장 공을 들여 초빙한 자들 중 한 명이었다.

"목이 꺾여 있는 것을 제외하면 다른 부위에 상처는 특별히 없습니다. 아마도 예상치 못한 반격을 당한 것으로 판단됩니다."

시체를 만져 보던 사내가 노야방의 말을 받았다.

사내는 무릎을 꿇었음에도 사람의 키만큼 컸고, 사람 두 명이 나란히 선 것처럼 어깨가 넓었다.

"묵객이었소. 분명 그가 불명귀를 죽인 것이오."

때마침 공포가 서린 얼굴로 석도명이 목소리를 높였다.

그는 불명귀의 시체를 발견한 뒤 마부와 함께 죽을힘을 다해 석가장으로 도망쳤다.

그 뒤, 아버지 곁에 있던 석가장 고수들과 함께 이곳에 도착했는데, 그의 얼굴에는 여전히 불안감이 떠나지 않는 듯 보였다.

"뭐 묵객 정도라면 불명귀 정도야 충분히 제압할 수 있었겠지요."

노야방은 고개를 끄덕이며 석도명을 보며 다시 말을 이었다.

"그러기에 소장주, 제가 뭐랬습니까? 그들을 너무 믿지 말라고 하지 않았습니까? 불명귀는 과거에나 좀 통했을 법한 이름이지, 지금은 어디 가서 알아주지도 않습니다. 거기다 그놈들은 출신만 불명귀일 뿐, 혈겁이 일어나던 때에 한동안 자취를 감춰 귀문에서도 버림받았던 녀석들이었습니다."

"미안하오. 내가 경솔했소."

석도명은 순순히 자신의 잘못을 인정했다. 일이 이렇게 된 상황에서 무슨 말을 들어도 반박할 여지가 없었다.

표정이 굳어진 석도명을 보며 노야방은 너무 몰아붙였다 생각했는지 의식적으로 미소를 지어 보였다.

"후후. 심려 놓으십시오. 석 장주께는 제가 잘 말씀드리겠습니다. 그리고 이제부터는 저희가 처리하겠습니다."

"상대가 묵객인데… 가능하시겠소?"

"소장주."

"마, 말씀하시오. 노야방."

석도명은 섬뜩하게 노려보는 노야방을 보며 한 걸음 뒤로 물러섰다

"제가 강호에 몸을 담은 지도 오십 년의 세월이 흘렀습니다. 한데 그 오십 년간 묵객 같은 녀석들이 없었겠습니까?"

"아!"

석도명은 당당하게 얘기하는 노야방의 말에 잠시나마 불안감이 사라졌다.

생각해 보니 그는 괴인이라고 불리는 칠대수사 중 한 명이었다. 그 칭호를 받기 위해선 많은 사람을 보고 만났을 것이다.

그렇다면 묵객 정도의 고수도 상대할 비책 정도는 있으리라.

"그리고 저에겐 묵객과 비교해도 손색없는 자가 있습니다."

노야방의 말이 끝날 때쯤, 시체를 살피던 사내가 천천히 몸을 일으켰다.

거구라고 표현해도 부족할 만큼 키가 컸다.

자그마치 팔 척 정도의, 비정상적이라고 보일 만한 체구였다.

커다란 덩치답게 팔뚝도 굵었다.

사내의 팔은 보통 사람의 허벅지보다 굵어 보였다. 이는 굳이 싸워보지 않아도 체구에서 쏟아져 나올 힘이 어느 정도인지를 짐작케 했다.

"기회가 되면 한번 붙어보고 싶었습니다. 얼마나 도를 잘 쓰기에 풍운도귀란 별호가 붙었는지 말입니다."

사내의 허리춤에 대충 걸쳐진 기다란 장도(長刀)가 그제야 석도명의 눈에 들어왔다.

그것은 과거 적장을 말과 함께 베어버리기 위해 만들었다는 참마도(斬馬刀)를 연상시킬 만큼 길고 넓었다.

그 때문인지 사내가 자신감 넘치는 말을 하는 것을 지켜보던 누구도 반박하지 않았다.

그리고 그는 그런 말을 할 자격이 되는 자였다.

혈도육막(血刀肉幕) 무양후(武揚厚).

강남과 강북을 오가며 삼십여 년의 강호 생활을 했다.

그러다 지금에 와서는 칠대수사 못지않게 유명해졌는데, 그 위명은 그의 뛰어난 무공보다는 잔인한 성정에서 기인한 점이 더 컸다.

그는 사람을 토막 내 죽이는 것을 즐겼다.

물론 강호에서 다툼과 살인은 드물지 않았고, 상해나 신체 절단도 일어나긴 했다. 하지만 산 사람을 토막 내어 살해하는 것은 매우 괴기스러운 일로, 강호에서도 극히 드물었다.

여하튼 그 이유로 인해 정파 중에는 그를 사파라고 하는 사람이 많았고, 결국 그는 정파가 아닌 정사지간이라 평가받은 인물이 되었던 것이다.

화르르르.

그렇게 그들이 대화를 한참이나 주고받고 있을 때였다.

거리가 제법 떨어진 곳에서 누군가 시체에 횃불을 가까이 대고 있었다.

천으로 눈 아랫부분을 전부 가리고 있었지만, 체구가 호리호리하고 눈썹이 반듯하며 고른 것이 그가 여인임을 추측케 했다.

"어이, 비(悲) 단주. 뭘 그리 살펴보시오. 제가 조금 전에 다 확인했소. 굽은 형태로 심장을 꿰뚫은 흔적이 필시 묵객의 단월도였소."

노야방의 인상이 잔뜩 구겨졌다. 자신이 한 번 살펴본 시체를 그녀가 다시금 살피는 까닭이다.

하지만 비연(悲煙)은 별다른 대꾸 없이 가슴 쪽에 난 상처 자국을 살폈다.

'굽어 들어간 자리만 보면 저 말대로 단월도인 것 같긴 해. 하나, 피가 굳고 시간이 흘렀으니 정확한 사인은 몸을 열어봐야 알 수 있겠어.'

그녀는 시체에서 눈을 떼며 주위를 살폈다.

특히 바닥에서 자라난 잡풀들을 유심히 확인했다.

그런 다음 고개를 들어 앞에 있는 나무 위를 올려다보았다.

'잡풀들이 시체 쪽에만 누워 있는 것을 보면 땅을 밟고 싸운 것 같지 않다. 그렇다면 저 높이에서 떨어졌다는 말인데……'

비연의 시선은 다시 시체의 얼굴로 이동했다.

'눈을 부릅뜨고 있어. 그건 충격을 받았을 만큼 매우 놀랐다는 말이야. 공중에서 기습적으로 당했다면 묵객이 단월도를 집어 던졌다는 건데… 묵객이 도를 집어 던지다니. 그게 가능한 거야?'

그녀가 판단하기로 산운벽은 마지막에 죽지 않았다.

목가경이 목이 비틀어지는 와중에 그가 산에 올라 감상만 하고 있지는 않았을 터였다.

그럼 공야치와 산운벽 둘은 첫 번째나 두 번째에 화를 당했다는 거다.

'정작 문제는……'

비연은 사람들이 운집해 있는 곳으로 시선을 돌렸다.

'누가 먼저 죽었든 산운벽은 저 거리에서 던진 칼을 맞았어. 그는 대단한 고수는 아니지만 그렇다고 저 거리에서 맞아 죽을 만큼 나약하지도 않아.'

거리가 멀었다. 아니, 단순히 거리가 먼 정도가 아니라 높이도 있었다.

예상하기로 족히 오 장은 되어 보이는 높이였다.

그런 거리와 높이에서 던진 칼에 산운벽은 반응하지 못했다.

그 말인즉, 상대가 상식에서 벗어난 무공 실력을 갖추고 있다는 얘기였다.

'정말 묵객인 건가.'

비연은 사람들 사이로 걸어갔다. 석도명과 노야방은 자신들 쪽으로 다가오는 그녀를 신경 쓰지 않는지 저들끼리 대화를 주고받고 있었다.

그렇게 그녀가 그들 앞으로 다가갈 때쯤이었다.

비연은 문득 너럭바위 앞쪽에 한 자루의 검이 비치는 것을 발견했다.

처음 이곳에 왔을 때 가장 먼저 봤던 검이라 그녀는 큰 의미 없이 힐끔 보며 지나쳤다.

'이, 이건⋯⋯.'

순간, 벽에 부딪히듯 그녀의 걸음이 멈췄다.

지나치던 와중에 발견한 것이다.

검의 중간과 끝 양쪽 날이 상당히 손상되어 있다는 것을.

"어쩔 생각이오?"

그때였다.

그녀의 등 뒤에서 노야방이 말을 걸었다.

목가경의 검을 바라보고 있던 비연은 급히 시선을 돌리며 물었다.

"무슨 말을 하셨나요?"

"누가 먼저 묵객을 처리할지 말이오. 소장주의 심려가 크시지 않소."

노야방의 말에 비연은 시선을 내리깔며 침묵했다. 그러고는 잠시 뒤 천천히 입을 열었다.

"석가장주께 먼저 보고해야 하지 않을까요?"

"거, 나올 때 못 들으셨나 보구려."

"……."

"장주께서 사인을 알아보고 우리가 알아서 판단하라 그러셨소."

비연은 노야방을 잠시 바라봤다.

"그럼 이번엔 제가 양보할게요."

"허허허. 웬일이오. 평소엔 자신이 먼저 처리하겠다고 누구보다 적극적으로 나서지 않았소."

"그냥… 느낌이 좋지 않군요."

그녀가 물러서듯 말하자 노야방은 반달 모양의 눈을 한 채 노골적으로 웃었다.

"하긴 이해하오. 아무리 비 단주라 하더라도 묵객이란 이름은 부담스럽겠지요. 더구나 미공자라는 소문도 있으니 대사를 그르칠 수도 있지 않겠소? 크크큭."

천박한 웃음이 불쾌할 정도로 길게 이어질 때었다.

갑자기 어둠 속에 있던 그림자 하나가 비호같이 날아들기 시작했다.

그 모습을 힐끗 보던 무양후가 노야방의 앞을 급히 막아서며 경계했다.

"멈춰라, 흑선(黑線)."

터억.

어느새 비 단주 옆으로 다가선 흑의인이 쇠사슬에 묶인 사람처럼 비틀거렸다.

그는 허리춤에서 검을 반쯤 꺼낸 채로 눈을 부라리며 그들을 바라봤다.

노야방과 무양후 역시 그들을 노려봤다.

특히 무양후의 눈에서는 강한 살기가 피어올랐다.

여차하면 아군이든 뭐든 죄다 날려 버릴 기세였다.

"왜, 왜들 이러시오."

보다 못한 석도명이 그들을 제지했다.

이들은 이번 장씨세가를 처리하기 위해 심사숙고해서 데리고 온 자들이었다.

만에 하나라도 서로 싸우면 큰일이 날 것임은 자명했다.

하지만 그들은 그런 석도명은 안중에 없는 듯 서로 마주 보며 강렬하게 눈빛 교환을 했다.

그중 노야방은 전혀 긴장이라곤 찾아볼 수 없는 표정으로 대치 상황에서도 말을 건넸다.

"과연, 비 단주 옆에는 뛰어난 검수가 호법을 서고 있다더니… 사실이었구려."

"노야방 역시 기세만으로도 상대를 옭아매는 분을 데리고 계시군요."

"크크큭."

노야방은 웃음을 흘리며 말했다.

"천천히 지켜보시오. 우리가 묵객을 어떻게 상대하는지 말이오."

"솜씨 한번 구경해 보겠어요. 고명한 분이라 알아서 잘하시겠지만요."

"쿠쿠큭."

노야방은 웃음으로 응대하며 뒤돌아섰다. 그러고는 말했다.

"갑시다, 무 대협."

"……."

무양후는 비연과 그 옆의 흑의인을 강하게 노려봤다. 그러고는 입꼬리를 노골적으로 올리더니 잠시 후 뒤돌아섰다.

그들이 마차로 돌아가자 이를 지켜보던 소장주는 어찌할 줄을 몰랐다.

그러다 결국 결심했는지 그들이 탄 마차로 뛰어갔다.

소장주가 떠나자 주위에 몰려 있던 사람들이 하나둘씩 사라졌다.

괜히 화가 자신에게 미칠까 걱정했던 것이다.

"너는 느티나무 밑에 있는 시체와 여기 있는 칼을 회수하거라."

사람들이 어느 정도 떠났을 때 비연이 한쪽을 가리키며 입을 열었다. 흑의인은 고개를 숙이며 포권을 하다 뭔가 의아한 것이 있는지 입을 열었다.

"굳이 검은 왜……."

"날이 상해 있지 않으냐."

흑선은 바닥에 있는 검을 내려다보았다.

그녀의 말에도 여전히 이해가 되지 않은 표정이었다.

"저 검에는 칼과 부딪친 흔적이 없다. 그런데도 양쪽 날이 무져질 만큼 상해 있다. 너는 이유가 뭔지 알겠느냐?"

"……!"

흑선의 눈이 커졌다.

그녀의 말대로 양쪽 날이 끝 부분부터 무뎌진 것이다.

특이한 점은 그 무뎌진 부분이 중간 지점에서 멈췄다는 것이다.

흔한 장면은 아니다.

아니, 처음 본다.

양쪽 날이 저런 식으로 무뎌진 모습은.

"흡사 뭔가에 걸린 것으로……."

"칼집이겠지."

"허면……."

흑선의 시선이 비연의 얼굴로 향했다.

"그래, 상대는 굽어진 칼집으로 목가경의 검을 봉쇄했다. 적이 삼류라 하더라도 대결 중에 상대의 검을 칼집 안으로 집어넣는다는 건 쉽지 않아. 하물며 목가경은 일류다. 그렇게 생각하면 상상하기 힘들 정도의 엄청난 반응 속도를 보인 것이지."

"그러면 왜 시체와 칼을 회수하려는 것인지… 이 정도 실력자라면 묵객이라는 것이 증명되지 않습니까."

흑선의 말대로 그녀는 상대가 묵객이란 걸 간접적으로 인정하고 있었다.

그 순간 싸늘하게 변한 비연의 목소리가 들렸다.

"이건 묵객의 싸움 방식이 아니다. 칼을 던진 것도 그렇고 이렇게 칼을 막아낸 것도 그렇다. 거기다 가장 의문스러운 것은……."

"……."

"그는 도(刀)를 쓰는 자다. 검집을 쓰지 않고선 목가경의 양쪽 칼날이 이처럼 고르게 무뎌질 수 없어!"

"아!"

흑선의 눈이 부릅떠졌다. 느낀 것이다.

굽은 도집으로 막았다면 두 쪽이 다 무뎌져도 고르게 무뎌질 수 없다는 걸.

도는 검과 달리 한쪽 날만 있는 칼이 아닌가.

'그럴 리 없어야겠지만……'

비연은 하늘을 올려다보았다. 하늘은 점차 새파랗게 물들어 가고 있었다.

'만에 하나 불명귀를 죽인 것이 묵객이 아닌 다른 자라면……'

그녀는 입술을 깨물었다. 불안할 때마다 하는, 그녀의 오랜 습관이었다.

'위험해질 거야, 우리가 상상한 이상으로.'

＊　　　＊　　　＊

장련이 나간 뒤 광휘는 그녀의 처소 앞에 서 있었다.

어둠에 가려진 그의 모습은 누군가를 기다리는 사람처럼 보이지 않았다.

그러기엔 그가 한 치의 미동도 없이 꼿꼿이 서 있었기 때문이다.

"이번 임무의 위험도는 최상급이다. 삼 조, 육 조, 칠 조 조장급 이하들은 전부 투입한다. 목표는 금목상단 삼 광구다."

광휘는 그 지령을 받은 다음 날, 임무에 투입되었다.

금목상단은 대외적으로는 비단과 목재를 파는 상단으로 알려졌지만 그것은 빈껍데기에 불과했다.

왜냐하면 그들은 중원의 위험한 병기들을 모으는 거대한 살수 조직, 은자림이 보유한 세력 중 하나였기 때문이다.

그중에도 삼 광구는 특별했다.

장씨세가가 석염이 나는 것으로 알고 있었던 그곳엔 그보다 더욱 중요하고 무서운 물질이 있었다.

벽력탄을 만드는 재료, 그것도 가장 핵심적인 재료가 그 안에 묻혀 있었던 것이다.

초석(礎石).

벽력탄은 유황, 목탄을 초석과 혼합해 제조한다.

한데 유황과 목탄은 시중에서 어떻게든 구할 수 있다.

하지만 초석은 구할 수도 없을뿐더러, 이를 대체할 수 있는 것을 찾을 수도 없다.

그런 초석이 금목상단의 제삼광구에는 다량으로 채굴되고 있었고, 그 용도는 '비밀리'에 부쳐지고 있었다.

거기다 더 놀라운 사실이 있었다. 그들이 제조하는 벽력탄은 일반적으로 알려진 벽력탄이 아니란 사실이었다.

벽력탄의 폭발력에는 한계가 있다.

아무리 성능이 뛰어나도 그 한계가 뚜렷해 거대한 양이 아니면 그다지 위협적인 물건이 되질 않는다.

하지만 은자림은 그런 인식을 뛰어넘는 벽력탄을 제조했고, 또한 기존의 것보다 더욱 작게 만들어냈다.

개량된 벽력탄.

우리는 그것을 폭굉(爆轟)이라 불렀다.

주먹만 한 크기 하나로 반경 삼 장을 초토화시키는, 이제껏 경험해 보지 못한 엄청난 살상력을 가진 벽력탄이다.

거기다 열 개, 스무 개가 동시에 폭발한다면 그 위력은 상상을 초월했다.

중원 십대고수인 백중건이 죽을 때 터졌던 벽력탄들은 자그마치 반경 삼십 장을 초토화시킨 위력을 가지고 있지 않았던가.

그런 벽력탄을 살수들이 대량으로 갖게 되는 날에는, 아무도 막을 수 없는 상황이 온다.

그것은 강호의 인물만이 아니라 죄 없는 수많은 민초도 말려들 수 있는 혈겁을 의미했으니까.

"따라오시지요."

상념에 빠져 있던 광휘에게로 어느새 하인 한 명이 다가와 있었다.

광휘는 그를 보자 생각을 접고 길을 나섰다.

밤이 꽤 깊었는지 대부분의 불빛이 꺼져 있었다.

조금 전까지 떠들어대던 사람들의 모습은 보이지 않았다.

한적한 어둠길의 끝에 있는 것은 내원의 집보다 두세 배쯤 큰 전각이었다.

크기도 컸지만 구조도 독특했다.

목판을 엮은 것처럼 묶인 굵은 대나무들이 전각을 둘러싸고 있었다.

마치 적의 침입을 막기 위해 만든 방책을 연상케 하는 구조였다.

"안에 계십니다."

하인이 더는 들어가지 않은 채 광휘에게 말을 건넸다.

광휘는 간단한 묵례를 한 후 걸음을 옮겼다.

안으로 들어서자 제일 먼저 그의 눈에 들어온 것은 무릎 높이의 연무대였다. 중앙에서 대략 십 장 정도 너비의 단층으로 이루어진 공간이었다.

연무대 너머에는 바닥과 경계를 구분 지은 단상이 있었고, 그 좌우에는 중앙을 관전할 수 있는 계단이 있었다.

장련은 광휘와 가까운 곳에 서 있었다.

조금 전 그녀의 방에서 나간 노인 둘은 뒤쪽 단상 위에 있는 의자에 앉아 있었고, 그 앞에는 세 명의 호위무사들이 반듯한 자세로 서 있었다.

"아, 우선 사과부터 해겠소. 대협께 본의 아니게 실수 아닌 실수를 했더이다. 이해하시오. 허허허."

광휘가 나타나자 삼 장로는 기다렸다는 듯 밝게 웃으며 첫마디를 꺼냈다.

"그런데 듣기로 대협께서 아주 재밌는 얘기를 하셨다고 하더이다. 본인들이 초빙한 고수들과 대련을 하고 싶다고요. 허허허."

삼 장로는 다시금 웃어댔다. 그는 뭐가 그리 재밌는지 광휘를 보는 내내 입가의 미소를 감추지 않았다.

반면 그런 그를 바라보는 광휘의 표정은 무심했다.

평정심이 뭔가를 보여주듯 그의 눈빛과 얼굴은 어떠한 변화도 보이지 않았다.

"흠흠. 그래서 이렇게 다시 뵙게 되었소. 아, 나와 이 장로만 여기 있다고 이상하게 생각하실 수도 있겠소. 사실 이건 제 작은 배려요. 무려 무림맹 출신으로 이곳에 발걸음을 해주셨는데 좀처럼 결과가 나지 않으면 서로 조금 그렇지 않겠소. 물론 아닐 수도 있지만 말이오. 허허허."

"삼 장로."

삼 장로가 계속 웃음을 흘려대자 이 장로가 그를 나무라듯 말했다.

"험험."

그의 말에 순간 삼 장로가 헛기침했다.

삼 장로가 조용해지자 이 장로는 광휘에게로 고개를 돌리며 말했다.

"시간 끌 것 없이 준비되었으면 바로 시작합시다."

허락이 떨어지자 광휘의 옆으로 다가온 장련이 말을 건넸다.

"준비되었어요?"

장련의 표정은 굳어 있었다. 부탁했기에 부르긴 했지만, 막상 광휘가 그들과 대결한다고 생각하자 왠지 모를 불안감이 든 것이다.

신경 쓰지 않으려 해도 그들의 무위가 그녀의 머릿속에 계속 떠올랐다.

세 명의 호위무사는 목화솜을 가지고 거의 신기에 가까운 검술을 보이지 않았던가.

반면, 대전 때 보인 그들의 실책 역시 그녀는 기억하고 있었다.

상대의 무위가 뛰어난 탓도 있긴 했으나, 어쨌든 패배하지 않았던가.

물론 광휘의 입을 통해서 그 이유를 알게 되었지만.

"두 명 정도는 이겨야 해요."

"……."

"그러지 않으면 비웃음거리가 될 거예요."

다시금 건네는 장련의 말에 광휘가 말없이 고개를 끄덕였다.

그리고 그는 곧장 연무대 위로 걸음을 옮겼다.

투웅!

광휘가 느릿한 걸음으로 연무대로 올라가는 순간, 단상 위에 있던 한 사내가 크게 도약하더니 단번에 연무대를 밟고 섰다.

상황을 미루어 보건대, 그가 먼저 나서기로 약속한 모양이었다.

"능자진이오. 언젠가 한번 붙어보고 싶었는데 이리 기회가 있어 먼저 나서게 되었소. 대협께서 과연 불명귀를 알아본 식견만큼 그만한 실력을 가지고 있는지 궁금하기도 하고 말이오."

그는 속내를 여과 없이 드러냈다.

조금 전, 세 명이 차례대로 그를 상대할 거라 한 장로들의 말에 자존심이 상한 것이다.

카앙.

능자진은 세차게 검을 뽑았다. 그러고는 사선으로 검을 내밀며 기수식을 취하고선 광휘를 바라보았다.

'뭐지?'

한데 그는 처음 올라왔던 자세 그대로였다.

뻣뻣한 자세로 능자진을 보며 서 있었던 것이다.

"뭐요? 당황하신 게요? 아니면 갑자기 겁이라도 집어먹으신 게요?"

광휘의 태도에 능자진은 미간을 찡그렸다.

겨뤄보자고 해놓고 이게 무슨 작태인가?

설마하니, 칼을 꺼내자마자 얼어붙은 것인가?

그 순간, 광휘가 말을 꺼냈다.

"미리 말을 전하지 못했소. 난 이런 대결을 원한 게 아니오."

"무슨 말이오?"

능자진이 반문하자 광휘가 시선을 돌렸다. 그가 향한 곳은 장로들이 자리 잡은 단상이었다.

"이 대결, 내가 원하는 대로 하고 싶소."

광휘의 말에 지켜보던 삼 장로는 어리둥절해졌다. 이 장로와 호위무사, 아래에 있는 장련 또한 마찬가지였다.

"무슨 말이오? 어차피 다 한 번씩 겨뤄보겠다면서 굳이 원하는 순서가 있소?"

이 장로였다.

"그냥 겁이 났으면 알아서 내려오시오. 어디서 괜히 말 같지도 않은 변명을……."

이번엔 삼 장로였다. 그의 언성이 높아질 때쯤 장련이 끼어들었다.

"누구 원하시는 분이 있으신가요?"

그 말에 광휘는 곧바로 고개를 돌렸다.

차례를 기다리며 서 있는 호위무사들 쪽이었다.

"남은 두 분도 다 올라오시오. 한번에 전부 상대하겠소."

第十二章

자랑할 일

"허……!"

"저, 저런 무례한!"

이 장로의 신음과 삼 장로의 외침이 동시에 튀어나왔다.

지켜보던 두 명의 호위무사의 표정 역시 단번에 구겨졌다.

능자진이 가장 압권이었다.

처음엔 당황한 표정을 짓다 이빨을 갈더니 급기야 나중엔 들고 있던 검까지 부들부들 떨릴 정도로 분노를 표출했다.

"당신, 대체 무슨 생각인 거예요?"

밑에서 지켜보던 장련이 속삭이듯 물었다. 놀라움을 넘어 충격을 받은 듯한 반응이었다.

그녀는 급히 중재하려 몸을 돌렸지만, 그보다 더 빠른 이들이 있었다.

타닥!

장로들 앞에 있던 호위무사 둘이 단번에 연무대 위로 뛰어올라가 버린 것이다.

"하자면 하지. 하나, 지금부터 어떠한 일이 일어나도 원망치 마시오."

"뱉은 말에는 책임을 지셔야 할 게요."

장련이 망연자실한 표정을 지었다.

'이미 늦었어. 이젠 말리지도 못해.'

그녀는 취소하라고 말을 하고 싶었지만 이젠 그럴 수 없는 상황이 돼버렸다. 황진수와 곡전풍이 날카로운 살기를 띤 얼굴을 하고 있었기 때문이다.

"준비된 자는 언제든 덤비시오."

하지만 연무대 밑의 반응과 달리 광휘는 태연했다.

그는 세 명의 무사들을 일별한 후 담담하게 서 있었다.

"이노옴!"

채앵!

광휘의 말이 끝나자마자 검을 먼저 빼 든 능자진이 질풍처럼 달려 나갔다.

쇄애애액.

단순한 찌르기임에도 검 끝에는 암석을 분쇄해 버릴 만큼의 강한 힘이 담겨 있었다.

내기를 실은 찌르기라 더 강렬했다.

광휘는 그가 도약하는 모습을 보며 왼쪽 다리를 미리 한 발짝 뒤로 빼놓았다.

그리고 능자진의 검이 반듯한 선을 그릴 때쯤 몸을 옆으로 뒤틀었다.

휘우웅.

일순간 능자진의 검은 어이없게 허공을 갈라 버렸다.

분명 지척이었다. 한데 가까운 곳에서 거리가 급변하자 공격이 너무나 쉽게 실패해 버린 것이다.

휘청!

이후, 힘이 너무 들어갔던 탓인지 능자진의 자세가 급격히 무너졌다.

광휘는 그것을 놓치지 않았다.

퍼억!

그의 왼손 주먹은 작렬하듯 능자진의 복부를 강타했다. 그러자 능자진의 몸이 쭈욱 밀려 뒤로 날아갔다. 정확히 그가 달려온 거리만큼 되돌아간 것이었다.

"커억. 커어억."

몸이 멈추자 능자진은 곧장 배를 부여잡고 신음을 토해냈다. 그는 고통스러운지 배를 잡고 한참이나 일어서지 못했다.

"참고로 온 힘을 다하셔야 할 게요."

광휘는 나직이 말을 했다. 그리고 두 사내를 바라보며 계속 말을 이어갔다.

"나에게도 중요한 사람이 걸려 있는 대결이니까."

상황이 묘하게 돌아가자 이 장로와 삼 장로는 눈을 치켜뜨며 능자진과 광휘를 번갈아 바라봤다.

입안이 텁텁할 만큼 분위기가 무겁게 가라앉고 있었기 때문이다.

한편 황진수와 곡전풍의 표정은 뜨겁게 달아올랐던 조금 전과는 달리 싸늘하게 가라앉아 있었다.

그들은 조금 전 광휘의 움직임에서 깨달은 것이 있었다.

그는 강하다, 힘을 합치지 않고는 이길 수 없을 만큼.

"능 형, 괜찮으시오?"

"괜찮소. 그보다 진형을 짜야겠소. 저자, 우리가 모르는 뭔가가 있소."

자리에서 일어선 능자진이 힘겹게 말했다.

그는 대전에서 보았던 광휘의 행동을 기억했다.

광휘는 짧은 순간 눈부신 움직임을 보였다.

능자진은 조금 전 그가 보인 행동을 통해 그때의 일이 우연이 아닐지도 모른다는 생각을 하게 되었다.

뒤이어 몇 마디를 무어라 주고받은 그들은 곧 광휘의 주위를 다가가며 진형을 갖추기 시작했다.

정면, 좌, 우 세 방향으로 광휘를 둘러싼 것이다.

스르릉.

진지한 눈빛으로 변한 세 무사가 검을 꺼내 들자, 이전과 다른 긴장감이 영내에 돌기 시작했다.

주위에는 적막한 기운만이 감돌았다.

광휘도 그걸 느꼈는지 검 자루로 손을 가져갔다. 하지만 그는 이번에도 검을 꺼내 들지 않았다.

단지 눈을 감은 채 엄지손톱으로 자루 받침만 슬쩍 들어 올릴 뿐이었다.

한정당에서 목화솜을 벨 때와 흡사한 동작을 취했던 것이다.

"사실 말일세. 장씨세가에서 자네 말고도 세 명의 손님을 더 초빙해 왔네. 마침 아침에 시연회가 열렸는데 엄청난 솜씨를 뽐냈었네."

능자진과 황진수, 곡전풍은 서로 눈을 맞췄다.

호흡을 맞추고 시간을 재려는 의도였다.

한 번에 세 개의 검이 완벽한 순간에 들어가면 제아무리 고수라도 막아내기 힘들다고 판단했기 때문이다.

그에 반해, 광휘는 여전히 같은 자세로 서 있었다.

"한 명은 이 천으로 눈을 가린 채 열 개 이상의 목화솜을 날려 베었네. 또 한 명은 목화솜을 열 개 이상을 띄운 후 머리카락 정도로 세세하게 잘라냈고. 마지막 한 명은 세 개의 목화솜으로 매화 꽃을 만들어냈네. 정말 대단하지 않은가? 대체 어느 경지에 올라야 그것이 가능한 건지 나로서는 도저히 짐작할 수도 없네."

그들의 시선이 점점 빠르게 교차되었다.

보폭과 검을 세운 간격이 서서히 일정하게 맞아떨어져 갔다.

"자네도 딱히 할 일이 없을 때 한번 해보게나. 혹시 결과가 좋으면 몇 개나 벴는지 나에게도 좀 알려주고. 나도 사람인지라 괜스레 자네 자랑 좀 해보고 싶어져서……."

파파팟.
그렇게 잠시 정적이 일던 순간.
셋은 정확히 합을 맞춘 움직임으로 광휘를 향해 달려들었다.
그와 동시에 광휘의 검집에서도 굽은 검 하나가 빛살처럼 치솟아 올랐다.

파곽.
광휘는 좌우측에서 날아오는 검을 연속으로 먼저 쳐냈다. 그러고는 무릎을 굽힘과 동시에 고개를 숙였다.
카캉! 휘익—
능자진과 황진수의 검은 광휘가 쳐낸 방향으로 밀려났고 곡전풍의 검은 광휘의 머리를 스치며 허공을 갈랐다.
그 순간 곡전풍의 검은 빠르게 변화했다.
허공을 가른 검이 위로 솟은 뒤, 자연스럽게 변화하며 광휘의 머리 위로 다시 떨어진 것이다.
까아앙—!
귀청이 얼얼할 정도의 소리와 강한 진동이 퍼지며 곡전풍의 표정이 일그러졌다.

광휘가 너무나 쉽게 그의 검을 올려 막은 것이다.

곡전풍은 이를 깨물었다.

단순히 공격이 막혔단 이유만으로 그가 분노하는 것은 아니었다.

광휘가 자신을 보지 않고 검을 막았다는 것이 더욱 그를 분노케 한 것이다.

"그대로 있으시오!"

그사이 공격 자세를 잡은 능자진이 소리치며 황진수와 함께 검을 좌우로 뻗었다.

그들은 이번엔 확실히 광휘에게 상처를 입힐 수 있다고 생각했는지 힘 있게 가로 베기를 시도한 것이다.

곡전풍이 광휘를 짓누르고 있는 와중이었다. 누가 보더라도 광휘가 빠져나갈 공간 같은 건 없었다.

스윽.

광휘가 몸을 틀며 급히 몸을 빼자 곡전풍의 검은 자연스레 바닥을 내려쳤다.

그리고 능자진과 황진수가 휘두르는 검을 보곤 급히 공중제비를 시도했다.

스캉.

창졸간 두 개의 검이 광휘의 상단과 하단을 노리며 들어와 광휘를 가운데 두고 이(二) 자를 그렸다.

양쪽에서 들어온 공격의 틈을 발견한 광휘가 그 사이로 회피

한 것이다.

이윽고 착지한 광휘는 바닥에 두 손을 짚었다. 그리고 그는 그 자세 그대로 공격에 들어갔다.

이는 교란 작전이었다.

광휘의 두 눈은 능자진 쪽을 향하고 있었지만 그의 몸은 황진수를 향하고 있었다.

"아!"

하단 베기 때문에 검의 회수가 늦었던 황진수가 신음을 내뱉었다. 피하기엔 이미 광휘가 너무 가까이 와 있었다.

"한 명은 천으로 눈을 가린 채 열 개 이상의 목화솜을 날려 베었네."

"컥!"

광휘가 무릎을 내밀며 황진수의 턱을 차올리자 그의 몸이 공중으로 부웅 떴다.

황진수의 눈앞은 허옇게 변했다.

그리고 그 앞에 환상이 나타났다.

수십 개로 갈라지는 듯한 검날이 그의 눈앞에서 요동쳤던 것이다.

그 환상은 그가 바닥에 드러눕고 나서야 서서히 사라졌다.

터억.

황진수의 몸이 떨어져 나가는 와중에 광휘의 허리를 노리며 두 개의 검이 날아들었다.

뱀처럼 구불구불한 곡전풍의 검이 공간을 찾아 헤집고 들어갔고, 횡에서 종으로 급변하는 능자진의 검은 광휘의 얼굴을 노골적으로 노렸다.

"……."

그 모습을 보는 순간 광휘는 특이한 움직임을 보였다.

검으로 지면을 획 그은 다음, 검을 높이 들어 땅을 내리찍은 것이다.

콰콰쾅.

열 개가 넘는 백석(白石)이 약속이나 한 듯 일순간 연무대에서 튀어 올라 사방으로 흩날렸다.

그러자 광휘를 제외한 나머지는, 갑작스럽게 사방으로 튀기 시작하는 돌멩이를 검으로 쳐냈다.

하지만 그것은 또 다른 문제를 야기했다.

돌멩이가 검에 부딪히며 수십 조각의 파편을 만들어내자, 그들의 시야가 어지러워지고 움직임까지 무뎌진 것이다.

광휘는 그 순간을 놓치지 않고 가까이 있는 곡전풍에게 몸을 날렸다.

검을 잡는 방법도 바뀌었다. 검신을 아래로 향하게 한 것이 아닌, 일반적인 검의 형태로 잡은 것이다.

곡전풍은 파편을 검으로 쳐내며 광휘의 움직임을 놓치지 않으려 노력했다.

"또 한 명은 목화솜을 열 개 이상 띄운 후 머리카락 정도로 세세하게 잘라냈고."

하나, 광휘 역시 파편을 검으로 쳐냈기에 곡전풍은 그것을 막는 데에만 집중할 수밖에 없었다.

곡전풍은 광휘를 다시 찾으려고 했다.

하지만 이내 가슴 쪽에 뭔가 강한 충격을 느껴 바닥에 퉁 하고 주저앉고 말았다.

"에잇!"

두 명이 쓰러지자 위기감을 느낀 능자진은 더욱 화려한 검술을 펼쳤다.

원형을 따라 횡에서 종으로 급변하는 매화검술을 처음으로 선보였다.

하나, 광휘는 전혀 거리낌 없이 그를 향해 달려 나갔다.

"다가오면 죽어! 죽는다고!"

능자진은 광휘가 눈앞에 다가왔음에도 동작을 멈추지 않았다.

그의 눈에는 광휘의 목이 갈라지는 것처럼 보였다.

그 순간, 능자진의 손등에 강한 충격이 전해져 왔다.

이미 그의 옆까지 다가온 광휘가 자루 끝으로 그의 손등을 내려친 것이다.

"마지막 한 명은 세 개의 목화솜으로 매화꽃을 만들어냈네. 정말 대단하지 않은가?"

퍼억.

광휘는 팔꿈치로 능자진의 목을 연타로 가격한 후 그를 밀어 냈다.

능자진은 눈앞에 검화가 피어오르는 듯한 착각을 느꼈다. 그러고는 조금 전 쓰러질 때와 똑같은 속도로 밀려 나갔다.

투웅.

상황은 종료되었다.

광휘를 제외하고는 모두 주저앉거나 쓰러진 상태였다.

정적이 흘렀다.

광휘는 그 자리에서 세 발짝 물러났다.

그러고는 묵묵히 그들이 일어날 때까지 기다렸다.

"아……."

"허……."

이 장로와 삼 장로는 온몸이 굳은 듯 앉아 있었다.

특히 삼 장로는 믿기지 않는 듯 눈가가 흔들릴 정도로 광휘를 바라보고 있었다.

"이잇."

그사이 정신을 차린 능자진이 바닥에 내팽개쳐진 자신의 검을 들었다.

이대로는 포기할 생각이 없는 듯했다.

"자네, 그쯤 해두게."

그때 옆으로 다가온 곡전풍이 그를 말렸다. 능자진은 눈을 부라렸다.

"무슨 소린가. 상대의 변칙적인 공격에 당한 것이네. 다시 힘을 합치면 저 녀석쯤은 쉽게 이길 수 있어."

"아닐세. 우린 아직 그에게 미치지 못하네."

"무슨 자신 없는 소린가! 운이 좋았던 거네. 다시 한번 해보면……."

"자네 가슴을 한번 보게."

능자진이 고개를 내렸다. 그 순간 그는 온몸이 찌릿할 정도로 경기를 일으켰다.

그의 옷섶 앞에는 문양이 하나 새겨져 있었다. 그리고 그것은 그가 절대 모를 리 없는 문양의 꽃이었다.

바로 매화였다.

"우리에게도 비슷한 게 있네."

황진수 역시 정신을 차렸는지 다가와 말했다.

세세하게 갈라진 옷섶이 뚜렷하게 능자진의 눈에 들어왔다.

그 모습에 능자진은 더는 말을 하지 않았다.

새빨갛게 달아오르는 얼굴만 내비칠 뿐이었다.

"졌소."

"졌습니다, 대협."

곡전풍과 황진수가 고개를 숙이며 포권하자 광휘는 고개를 끄덕였다.

그러고는 마지막 남은 사내에게로 시선을 돌렸다.

"인정하오."

뒤늦게 능자진이 시인했다. 광휘는 그제야 그들을 향해 포권을 했다.

"고생하셨소."

광휘는 인사를 한 뒤 시선을 돌렸다. 장로들이 있는 방향이었다.

"……."

"……."

이 장로와 삼 장로의 표정은 복잡했다.

황 노인이 데려왔다는 사내가 대결을 신청했을 때에는 가소로움을 느꼈다.

그러다 연무대 위에서 세 명의 호위무사와 동시에 싸우겠다 했을 때에는 분노가 치밀었다.

한데 지금은 아무런 감정도 느껴지지 않았다. 그저 황당함만이 남아 가슴에 맴돌고 있을 뿐이었다.

"저희가 귀인을……."

이 장로가 자신도 모르게 존경이 담긴 한마디를 내뱉으려 했다.

그 순간 광휘가 고개를 획 돌리며 연무대에서 내려가 버렸다.

장로들은 그가 적어도 인사 정도는 해줄 거라 생각했다.

하지만 광휘는 무심히 몸을 돌렸고, 그들의 표정은 처참히 구겨졌다.

하나, 결국 아무 말도 꺼내지 못했다.

조금 전 그의 무위를 본 터라 그에게 따질 엄두조차 나지 않았다.

장련은 뭔가에 홀린 사람처럼 아직까지 멍한 눈으로 광휘를 보고 있었다.

그녀는 검을 배우는 동안 대련을 통해 자신의 실력을 겨루어 보거나 배움을 얻으려고 했다.

한데, 이번 대련을 통해서 이제껏 배웠던 검술 따위는 하나도 떠올리지 못했다.

그녀로서는 저런 방식의 싸움을 본 적도 없었고 생각도 해 본 적 없었기 때문이다.

"당신……."

광휘가 앞을 지나가자 장련은 뭔가 생각이 난 듯 그를 불러 세웠다.

"당신이었어요. 그때 그 후원에서 목화솜을 날린 사람이, 당신 맞죠?"

광휘는 잠시 머뭇거렸다.

질문에 어떤 답을 해야 할지 고민한 것이 아니다.

비무 중 떠올렸던 기억이 다시금 생각난 것이다.

광휘가 돌아보았다.

예전처럼 무표정했지만, 장련은 왠지 모르게 그의 표정이 따스하다 느꼈다.

"소저, 오늘 내게 황 노인의 비사를 말했단 사실은 당분간 그에게 비밀로 해주시오."

"……."

"그리고 그를 본다면 이 말 한마디도 꼭 전해주시오."

"무슨 말요?"

장련이 궁금해하자 광휘는 잠시 고개를 숙였다.

하지만 이내 고개를 다시 들어 그녀를 바라보며 말했다.

"앞으로는 자랑할 일이 많아질 거라고."

＊　　＊　　＊

이 공자 장웅은 저녁부터 새벽이 밝아오는 시각까지 거처에 머물러 있었다.

밤새 떠들썩했던 내원의 분위기는 지금에서야 많이 가라앉아 있었다.

사방은 조용했고 적적했으며 어둠이 깊게 드리워져 있었다.

"성공하리라 보십니까?"

이 공자의 뇌리엔 조금 전 일 장로와 나눴던 대화가 스쳐 가고 있었다.

일 장로는 산읍현(山邑縣)의 차화산(茶花山)이란 곳에 생각지도 못한 인물이 머물러 있다는 소식을 전해 듣고 급히 장웅을 찾아 이번 일에 대해서 논의했다.

"할 수 있는 한 뭐든지 해야 합니다. 이런 좋은 기회를 놓칠 수 없습니다."

"압니다. 그렇기에 곧장 이 공자님을 찾아온 것입니다. 하나, 좀 더 신중을 기해야 한다는 생각이 듭니다."

"……."

"하북팽가의 대공자 팽가운(彭歌雲)이란 자는 호협한 인물로 알려져 있습니다. 대장부라 불리는 것도 그것 때문이지요. 하지만 그런 성격은 전통적인 무가나 문가 출신을 상대할 때나 해당되었던 말입니다. 그간 상계 쪽에 있는 우리 장씨세가에게는 무관심하지 않았습니까. 차라리 도움을 구하려면 우리와 우호적인 팽가의 운 장군을 다시 찾아뵙는 것이 좋지 않겠습니까?"

"운 장군은 조정에 머무는 시간이 많습니다. 그리고 아시다시피 석가장의 방해로 만남이 무산되지 않았습니까. 사 장로는 원래 자형관에 잠시 머물던 팽운 장군을 만나기 위해 갔던 인물입니다."

"……."

"그렇다면 지금이 더더욱 적기입니다. 차화산은 본가에서도 반나절이면 갈 수 있는 곳입니다. 거기다 그가 호탕하고 의협심이 많은 인물이라면 사 장로를 인질로 잡은 석가장, 저들의 행태를 알려 교섭할 수 있는 여지가 충분합니다."

"하나 이 공자님, 그렇다고 하더라도 한 가지가 더 걸립니다."

"뭡니까?"

"바로 황가영(黃佳英)입니다."

"황가영? 황씨라면 혹시… 황룡장(黃龍莊)의 사람이오?"

황룡장은 하북 이남에서 석가장과 함께 대표적으로 손꼽히는 무가 집단으로 동남 지역에서는 패자라 불릴 만큼 강건한 세력을 가지고 있다.

그리고 장씨세가와는 지리적으로 가까워 몇 번 알력 다툼이 있었던 곳이다.

"네, 그곳의 여식입니다. 한데 듣기로는 그녀가 팽 공자 가까이 돌며 적극적으로 구애를 하고 있다고 합니다."

"……!"

"황룡장의 여식은 본 가와 은원 관계가 있으니, 팽가가 본 가를 돕는 것을 가만히 보고 있지 않을 겁니다. 만약 대공자도 그녀를 마음에 들어 한다면… 교섭의 실패 정도가 아니라 큰 화를 불러올 수 있습니다. 소인의 생각으론 조금 더 신중을 기했으면 합니다."

"일 장로……."

"예……."

"지금은 과거의 사정에 연연해 할 정도로 우리가 여유롭지 못한 상황입니다. 어떻게든 하북팽가만 포섭하면 모든 것이 끝나는 것이 아니겠습니까."

"그렇긴 합니다만……."

"그리하겠습니다. 그리할 것입니다. 일 장로께서는 지금까지 그랬던 것처럼 저를 믿고 따라주십시오."

호롱불이 탁자 위에서 연푸른빛을 피워내고 있었다.

장웅은 결연한 표정으로 한참이나 그 불빛을 노려보았다.

다들 노력하고 있는 마당이다.

장로와 외가 쪽은 이번 호위무사들을 영입해 왔고 가주 역시 말은 하지 않았지만 뭔가 한 수를 준비 중인 듯했다.

심지어 누이동생 런이도 묵객이란 걸출한 무인을 데리고 왔다.

'나도 본가를 위해 뭔가를 해야만 해. 이대로 가만히 있을 수는 없어.'

그는 주먹을 불끈 쥐었다.

팽가만, 그들만 설득할 수 있다면 이 싸움은 더는 볼 것도 없어진다.

석가장이 아무리 기세가 등등하다고 해도 팽가에 비견될 수는 없다.

하북팽가는 저 드넓은 중원에서도 세가들을 대표하는 곳이다.

힘의 차이에선 상대가 되지 못한다.

"소인, 장태윤입니다. 부르셨다고 들었습니다."

상념에 빠져들었을 때였다. 문틈으로 걸걸한 노인의 목소리가 들려왔다.

"들어오게."

이 공자의 말이 떨어지자 문이 열리며 한 노인이 부복했다.

"외총관, 지금 당장 산읍현의 차화산으로 가보게. 그곳에 팽가의 대공자가 있다고 하네."

"아!"

장태윤의 눈에 이채가 돌았다.

대공자가 머물러 있다는 얘기만으로도 이 공자가 무슨 말을 할 것인지 짐작한 것이다.

"은 오천 냥을 내주겠네. 어떻게 해서든 그를 설득해야 하네. 수단과 방법을 가리지 말아야 할 것이야."

은 오천 냥.

실로 엄청난 금액이었다.

장씨세가의 몇 달 치 재정일지 모를 돈을 내어놓는 것이었다.

장태윤의 마음가짐은 남다를 수밖에 없었다.

"알겠습니다. 제 모든 것을 걸고 반드시 성사시키겠습니다."

"좋네. 한데… 자네만 가는 것은 아니네. 황 노대도 데리고 가게."

"……."

장태윤의 눈이 당혹감으로 물들었다.

그는 분명 확실히 들었음에도 다시 한번 이 공자에게 되물었다.

"황 노대를 말입니까?"

"그러네."

장태윤은 다시 머뭇거렸다. 그러다 이 공자의 눈치를 살피며 다시 말을 이었다.

"이 공자님, 외람되지만 한 말씀 드려도 되겠습니까?"

"말하게."

"과거엔 어땠는지 모르지만 지금의 황 노대는 일개 하인의 신분입니다. 그런 이를 이런 자리에 따라붙이는 것은……."

"아네, 자네가 무슨 걱정을 하는지. 하나, 황 노대는 단순히 하인이 아니네. 예전에 꽤 오랫동안 외총관을 지내지 않았나.

그리고 그는 팽가의 사람들과도 면식이 있는 것으로 아네. 대공자가 외인을 꺼리는 만큼 같이 가는 것이 도움이 될 걸세."

장태윤은 이마에 주름이 깊어졌다. 불만족스러웠지만 이 공자의 심중을 읽은 만큼 곧 고개를 숙였다.

"분부대로 하겠습니다."

"고맙네."

드르륵.

문이 닫혔다.

장태윤이 나가자 방 안은 또다시 어둠으로 깊게 드리워졌다.

장웅은 여전히 호롱불을 보고 있었다.

한참을 보던 그는 결연한 의지를 내비치며 말했다.

"내가 해결할 것이다. 장씨세가의 위기는 내가 반드시 해결할 것이야……."

第十三章

재대결

쨍쨍.

동쪽에서 불어오는 바람이 후원 뒤쪽의 노송들을 흔드는 아침.

눈부신 햇살은 장씨세가의 내원 곳곳을 누비며 힘찬 아침을 알렸다.

쨕쨕쨕.

참새 소리가 들리는 시각, 광휘는 바닥에 엎드려 대(大)자로 뻗어 있었다.

널브러진 표주박 하나가 그의 손 언저리에서 이리저리 흔들리고 있었지만 그는 꿈쩍도 하지 않았다.

드르르륵.

창가 사이로 바람이 불어오자, 표주박이 바람을 타고 광휘의 얼굴 쪽으로 움직였다.

표주박이 그의 얼굴로 가까워지는 그때, 광휘의 손이 거짓말처럼 그것을 낚아챘다.

"누구냐!"

광휘가 매섭게 눈을 떴다.

그는 어느새 오른손으로 자루를 잡으며 언제든 적을 향해 튀어나갈 준비를 끝마쳤다.

하나, 그의 물음에 잡혀 있는 표주박은 어떠한 대답도 하지 않았다.

"……."

짹짹짹.

잠시 동안 침묵이 이어졌다.

광휘는 손에 잡힌 것이 왜 대답을 하지 않는지 한동안 이해하지 못했다.

그러다 자신이 그걸로 밤새 술을 퍼마셨다는 것을 깨닫고는 그제야 신음을 내뱉었다.

"으음."

광휘는 무안한 듯 한동안 눈을 껌뻑이다 바닥에 앉았다.

반쯤 열린 창가로 시원한 바람이 불어오자 광휘는 주위를 둘러봤다.

텅 빈 방 안에는 그가 한쪽에 내려놓은 도(刀)가 있었다.

그리고 그 옆에는 칠흑빛의 동이 하나만 덩그러니 놓여 있었다.

"으……."

광휘는 갑자기 머리가 깨질 듯이 아파 손을 이마로 가져갔다.

그리고 자신이 왜 여기에 누워 있게 되었는지를 떠올렸다.

어젯밤.

방으로 들어서는 순간 또다시 손의 떨림이 일어났다.

급히 술 한 모금을 마셨지만 이상하게도 떨림이 가라앉지 않았다.

그 후로 계속 술을 마셨고, 어느새 눈을 떠보니 이 모양이었다.

'쓸데없는 짓을 했구나.'

광휘는 어젯밤 일을 상기하다 자연스레 호위무사들과의 대련을 생각해 냈다.

그는 황 노인을 괄시하는 장로들의 인식을 바꿔줄 요량으로 세 명의 호위무사와 싸웠다.

평소라면 결코 하지 않았을 행동이다.

황 노인의 사정을 듣고 그에게 미안한 마음이 든 건 사실이나, 그렇다고 해서 세 명의 호위무사와 싸울 정도로 나설 상황은 아니었다.

'두려웠을 수도…….'

불명귀를 죽인 후에도 아무런 감정을 느끼지 못했던 그였다.

아무 감정이 없다는 것에 대한 두려움이 황 노인에 대한 미안한 감정으로 번졌다는 생각이 들었다.

과민 반응.

뭐 그런 것 따위로 표출된 것이리라.

'이걸로 그의 입지가 조금은 나아졌다면 꼭 나쁜 것만은 아니겠지.'

피이이잉.

순간 머릿속이 핑 하는 소리에 광휘는 이마에 손을 댔다.

이내 손바닥을 펼쳐 보던 그가 중얼거렸다.

"또… 또 시작인가."

은퇴를 하고 사나흘 간격으로 종종 겪는 증상.

어제처럼 환각이 눈앞에 어른거리거나 지금처럼 손을 떠는 행위가 바로 그것이다.

'그런데……'

광휘는 여전히 진정되지 않는 손을 보며 생각했다.

발작이 빨라지고 있었다.

이제껏 단 한 번도, 자고 난 뒤에도 발작이 지속된 적은 없었다.

필시 광휘의 몸에 그 자신이 모르는 문제가 발생한 듯했다.

'피를 보았기 때문인가?'

불명귀를 죽였을 때의 감정은 그야말로 평온했다.

지나치리만치 평온해 오히려 기분이 좋아졌다.

문제는 그 이후다.

장씨세가로 걸어오며 보았던 환각은 그간 경험했던 수준을 넘어섰었다.

과거 조원들의 목소리만 들렸을 뿐, 얼굴까지 나타난 적이 없었던 것이다.

몸이 갈구하고 있는 게다.

더 많은 피를 손에 묻히기를.

'술……'

휘이이잉.

창가에 바람이 불어옴을 느끼며 광휘는 천천히 몸을 일으켰다. 그러고는 표주박을 들고선 동이 앞으로 다가갔다.

그그극.

표주박을 이용해 밑동까지 손을 넣어봤으나 감촉이 느껴지지 않았다.

어젯밤 동이에 있는 술을 전부 마신 듯했다.

덜컥.

광휘는 이제 동이를 반쯤 기울인 뒤 다시 한번 표주박을 집어넣었다.

그는 어떻게든 술을 퍼내기 위해 머리까지 동이에 반쯤 집어넣고 있었다.

찰랑.

남아 있다.

찰랑거림이 손끝으로 전해진다.

"뭐 해요?"

"헉!"

갑자기 목소리가 들렸다. 광휘는 급히 몸을 세웠다.

한데, 입구에는 아무도 없었다.

광휘는 당황하며 검 자루를 잡고 주위를 경계했다.

"여기에요, 여기."

광휘 옆으로 다시 목소리가 들렸다.

고개를 반쯤 돌리자 조금 전 본 창문 사이로 한 여인이 보였다.

익숙한 얼굴이었다.

"아침부터 술이에요?"

잠시 뒤 장련이 문을 열고 들어왔다.

그는 여전히 반쯤 기울인 동이를 든 채 그녀를 바라보고 있었다.

"뭐에요? 아침부터 술을 드시는 거예요?"

밝았던 장련의 표정이 광휘의 모습을 보고선 서서히 어두워졌다.

그녀는 몇 걸음 더 걸어 광휘에게 가더니 크게 놀라며 말했다.

"설마 이 많은 양을… 하룻밤에 드신 거예요?"

"그, 그게……."

광휘는 말을 더듬거렸다.

"얼마나 드신 거예요? 아니, 이만한 동이를 몇 번이나 비워낸 거예요? 대체 이렇게 드시고선 사람들에게 어떻게 안 알려지길 바라는 거예요?"

"그, 그것이……."

미간을 찌푸리며 말하는 장련에게 광휘는 눈을 끔뻑이며 한참을 머뭇거렸다.

그러다 뭔가 좋은 생각이 떠올랐는지 그는 반쯤 기울인 동이를 보며 급히 말을 이었다.

"동이 안에 술이 다 차 있지는 않았었소."

"……"

"소저가 지금 생각하고 있는 것보다 적은 양이었소."

"…그걸 말이라고 해요?"

나름 생각해 낸 변명이었는데 통하지 않았나 보다.

장련의 눈은 좀 전보다 더한 비난의 빛을 띠고 있었고 광휘는 그만 입을 다물어 버렸다.

그럼에도 조금은 억울한지 그는 미련이 남은 듯한 얼굴로 머리를 긁적였다.

"그건 그렇고 계속 여기서 이러고 계실 거예요?"

"……"

"제 호위무사가 돼주신다고 하지 않으셨어요?"

광휘의 얼굴엔 '내가 언제?'라는 표정이 선명하게 드러났다.

"아니면 호위무사들이 차례대로 쓰러져 심기가 불편해진 장로들에게 약점을 잡힐 생각이에요? 그렇게 되면 황 노인은 더욱 난처하게 될 텐데요."

"……"

광휘는 이내 반문하기 위해 입을 떼려고 했지만 장련의 말이 더 빨랐다.

"이런 건 빨리 한쪽에 치우시고 나오세요. 저를 호위하려면 내원의 구조뿐만 아니라 중요한 분들이 누군지, 그분들이 어디에 사시는지 살펴야 하지 않겠어요?"

장련은 그 말을 남기고 뒤돌아섰다.

광휘는 멍하니 있다 급히 한쪽에 놓인 도를 집어 들었다.

"그런데 소저, 정말 술이 다 차 있지 않았……."

"알겠으니까 빨리 들고 나오세요."

"아, 알겠소."

광휘는 급히 도를 등에 멨다. 그러고는 문밖으로 걸어가고 있는 그녀를 따라나섰다.

"여긴 외방이에요. 하인들이 기거하는 곳이고요."

집들이 다닥다닥 붙어 있는 곳에 당도한 장련이 한 곳을 가리키며 말했다.

이곳은 광휘가 기거하는 곳과 고작 이십 장 정도 떨어진 거리였다.

"황 노인도 여기 사는 거요?"

"그래요. 황 노대뿐만 아니라 대부분 하인들이 살죠. 물론 본가의 장로나 직책 높은 분을 모시는 하인들은 내방 쪽에 있죠."

광휘가 슬며시 고개를 끄덕이며 물었다.

"한데 황 노인은 어디에 있소? 어젯밤부터 보이지 않는 것 같은데……."

"중요한 일이 있는가 봐요. 알아보니 외총관과 함께 밤에 어딜 나갔다고 들었어요."

광휘는 외총관이란 말에 잠시 가슴이 답답해지는 듯한 느낌이 들었다.

황 노인은 과거에 광휘를 돕다 외총관직을 박탈당했다.

어젯밤, 호위무사들과 싸운 것도 그 이유가 결정적이었다.

광휘의 마음을 아는지 장련은 빠르게 화제를 돌렸다.

"저기 오른쪽 제일 큰 건물이 내총관이 쓰는 곳이에요. 저곳에 머물며 안의 살림을 도맡아 하죠."

광휘는 집채 사이로 솟은 단청색 건물을 말없이 바라보았다.

"따라와요. 아직 소개해 드릴 곳이 많아요."

장련과 광휘는 다시 걷기 시작했다.

한 일각 정도를 걸었을 때쯤 그들의 눈앞에 어떤 장소가 드넓게 펼쳐졌다.

"이곳은 황림원(湟林院)이라는 곳이에요. 장씨세가 장원 중에서도 가장 크죠. 연못도 보통 연못하고는 다르죠?"

광휘는 주위를 천천히 둘러보았다.

삼십 장에 이를 법한 연못을 비롯해, 한눈에 다 들어오지 않을 정도로 장원의 규모는 컸다.

좌우편에 손질되어 있는 분재(盆栽), 잘 다듬어진 관목(灌木)들만 봐도 사람들의 손길이 꾸준히 닿고 있다는 것을 말해주고 있었다.

광휘가 연못 중앙을 바라볼 때였다.

"연못 중앙에 지어놓은 저 건물은 부용루(浮龍樓)라는 곳이에요. 귀한 손님이 오셨을 때 이곳으로 모셔서 식사나 차를 하곤하지요."

그녀의 말대로 연못 중심에 우뚝 솟은 건물 한 채가 보였다.

그리고 전, 후, 좌, 우에는 연못 위를 오갈 수 있게 만든 다리가 보였다.

"보기만 해도 기분이 좋아지죠? 경치가 본가에서도 가장 빼어난 곳이에요. 그래서 그런지 남녀가 이 길을 걸으면 정분이 자주 난다고 하네요."

광휘가 갑자기 급하게 말했다.

"난 싫소."

그 말에 장련은 어리둥절한 표정으로 바라보았다.

"뭐가요?"

"……."

순간 광휘가 장련을 바라봤다.

그러다 영문을 모르겠다는 그녀의 표정을 본 뒤에야 광휘는 자신이 말을 잘못 이해했다는 걸 깨달았다.

그는 난처한 듯 눈을 돌렸다.

"그, 그러니까 내 말은……."

장련은 얼버무리는 광휘를 보며 더는 묻지 않았다.

대신 뭔가를 발견했는지 어느 한쪽을 가리키며 물었다.

"그런데 그 손을 덮고 있는 건 뭔가요?"

장련은 광휘의 왼손에 덧씌워진 가죽을 가리켰다.

장갑보다는 보호대에 가까웠는데 오른손과 달리 왼손에만 그것이 덮여 있었다.

"손목 보호대요."

"그건 왜 차는 거예요?"

"상처가 있소."

"상처요?"

그 말에 장련은 광휘의 행색을 유심히 살피기 시작했다.

겉에 입은 장포 안쪽으로 오래된 무명옷이 보였다.

그리고 그의 어깨나 허리에는 동물 가죽과 털들도 보였다.

"황 노인이 옷을 내어주지 않던가요?"

"주었소."

"그런데 왜 내의는 갈아입지 않으셨어요?"

"이게 편하오."

말은 그러했지만 장련이 보기엔 불편해 보였다.

허름한 것은 그렇다고 하더라도 장포의 크기도 커서 거치적
거리는 것 같았다.

'맞는 옷을 구해줘야겠구나.'

장련이 한 발짝 다가서며 말했다.

"장포 좀 벗어보시겠어요?"

"……."

"잠시 살펴볼 것이 있어서 그래요."

장련의 거듭된 부탁에 머뭇거리던 광휘가 장포를 벗었다.

그러자 허름한 무명옷이 여실히 드러났다.

"아."

행색을 천천히 살피던 장련은 갑자기 신음을 내뱉었다.

오른쪽 팔 때문이었다.

언제 그랬는지 소매부터 팔목까지 옷이 찢겨 있었고 팔목 부위에 흉측하게 새겨진 상처에 그녀의 시선이 쏠렸다.

광휘는 장련의 시선을 눈치채고 장포로 급히 상처를 덮었다. 하나, 장련의 시선은 이미 우측 팔목에 고정되어 있었다.

"별것 아니오."

대수롭지 않게 말하는 광휘의 말에도 그녀는 별다른 반응이 없었다.

장련에게도 그것이 보통의 상처가 아니란 것쯤은 알 수 있는 안목이 있었다.

장련은 다시 광휘를 바라봤다.

상처를 보며 충격을 받았는지 그녀의 동공이 흔들리고 있었다.

광휘는 시선을 돌렸다.

적당한 변명거리를 찾기 위해 잠시 머뭇거리던 그가 이내 입을 열었다.

"넘어졌소……."

"넘어……."

장련은 기가 막혔다.

어떻게 넘어지면 그렇게 다칠 수 있단 말인가.

그렇게 다시 광휘를 바라볼 때였다.

광휘가 장련의 등 너머로 무언가를 발견한 듯 말했다.

"무슨 일이오?"

뒤이어 장련이 몸을 돌리자 그곳엔 오늘 새벽 대련을 나눴던 능자진이 우두커니 서 있었다.

"용무가 있어서 왔습니다."

"용무요?"

장련이 다시 물었다.

능자진은 천천히 걸어왔다.

그렇게 점점 거리가 좁혀질 때 갑자기 능자진이 포권을 했다.

"한 가지 청이 있습니다."

"무슨 일인가요? 청이라니?"

장련은 의아한 듯 바라보았다.

한데, 능자진은 그녀가 아닌 광휘를 바라보고 있었다.

"저와 한 번 더 대련을 해주시오."

"……."

"오늘 새벽의 패배를 인정하지 않겠다는 게 아니오. 명예를 되찾겠다는 건 더더욱 아니오. 난 마음을 가라앉히고 다시 한 번 해보고 싶을 뿐이오."

장련이 광휘를 바라보았다.

상대가 이렇게 나오니 그의 의중이 궁금해진 것이다.

그녀의 시선을 느낀 광휘가 입을 열었다.

"불필요한 대결은 삼가겠소."

"대협."

광휘가 입을 다물어 버리자 능자진의 시선이 장련에게로 이동했다.

말은 하지 않았지만 능자진의 간절한 눈빛이 장련에게 가닿았다.

장련은 고민했다.

마냥 거절할 수 있는 상황이 아닌 것 같았다.

무인은 자존심이 강하다.

능자진처럼 한 지역에서 이름을 날린 자들에겐 더욱 그렇다.

하지만 마냥 승낙하기도 어려웠다.

만약 대련을 하다 서로 상처가 나면 그땐 어찌한단 말인가…….

"그럼 이렇게 해요."

그때 장련은 무슨 생각이 들었는지 어디론가 걸어갔다.

두 사내의 시선이 그녀에게 쏠렸다.

잠시 뒤, 수풀 사이를 뚫고 그녀가 모습을 드러냈다.

빈손으로 갔던 처음과 달리 그녀의 손엔 길게 뻗은 나뭇가지 두 개가 쥐어져 있었다.

"검이 아니라 나뭇가지로 하는 걸로요."

＊　　＊　　＊

달그락달그락.

정오가 밝아오는 시각.

새벽녘부터 달음질치기 시작했던 마차는 지금까지 쉬지 않고 움직이고 있었다.

마부의 숨소리가 거칠어질 정도로 마차는 먼 거리를 꽤 빨리 내달렸다. 마차는 마을이 보이기 시작해서야 속도를 줄이기 시작했다.

"상당히 무례한 행동이었네."

종착지에 다 왔다고 생각해서일까.

마차에 탄 후부터 침묵하던 장태윤이 입을 열었다.

반나절 동안 이어진 긴 침묵 끝에 말한 것이라 그런지 목소리 끝이 거칠었다.

"가주께 첩지를 보낸 것 말일세. 장로들 사이에서 말들이 많네."

"죄송합니다, 어르신."

황 노인은 고개를 숙였다.

마차를 타고 오는 내내 어두웠던 그의 얼굴에 수심 하나가 더 드리워졌다.

그 역시도 무례한 행동이란 걸 알고 있었다.

그렇기에 직접 전달하지 않고 가주의 집무실에 놓고 온 것이 아니던가.

하지만 호위무사가 언급되면서 이 일은 결국 모두가 알게 되어버렸다.

"이제부터라도 그런 행동이 없어야 할 것일세. 과거에 자네가 어땠는지 모르지 않지만 지금은 나의 아랫사람이네. 앞으론 조심하게."

"알겠습니다."

"알겠다는 말을 들으려고 말하는 게 아니네. 새겨들으라고 하는 말일세."

장태윤의 어감은 묘했다.

나무라는 것 같으면서도 그렇지 않은 그런 목소리였다.

황 노인을 쳐다보지 않는 그의 행동이 그런 의도를 더욱 뚜렷이 전달해 주고 있었다.

"외총관 어르신의 말씀을 새겨듣겠습니다."

황 노인은 직책을 언급해 가며 대답했다.

그 말에 장태윤의 표정이 조금은 누그러진 듯 보였다.

황 노인은 고개를 숙이며 생각했다.

그는 알고 있었다.

외총관 장태윤이 어떤 자인지를.

과거 자신의 아랫사람이었으니 모르려야 모를 수가 없었다.

그걸 알기에 장태윤의 행동을 조금은 이해할 수 있었다.

"그리고 오늘은 더욱 각별히 조심해야 할 걸세. 내 허락 없이 나서는 행동은 절대로 금해야 한단 말일세. 알겠나?"

"새겨듣겠습니다."

황 노인은 고개를 숙이며 그의 말에 답했다.

장태윤도 할 말을 다 건넸는지 더는 질책하지 않았다.

잠시 뒤 마차가 멈추며 문이 열렸다.

"오셨습니까?"

문 앞엔 처음 보는 사내가 그들을 기다리고 있었다.

✳　　　✳　　　✳

"이번 한 번만이오."

장련이 나뭇가지를 직접 건네자 광휘가 받아 들고는 근처 공터로 걸어갔다.

곧 둘은 호수가 보이는 한적한 공터에 자리 잡았다.

스윽.

능자진은 곧장 거리를 벌리며 대련을 준비했다.

상대는 강하다.

대전에서 불명귀 둘을 제압한 것도 그렇고 연무장에서 보였던 무위 역시 그랬다.

그럼에도 능자진은 한번 해볼 만한 대결이라 생각했다.

만약 연무장에서 보인 무위가 자신이 가진 실력의 전부였다면 그는 이곳에 오지 않았을 것이다.

능자진은 아직 누구에게도 제대로 된 매화검법을 펼친 적이 없었다.

'저 자세는 뭐지?'

마음을 차분하게 가라앉히던 능자진은 광휘의 자세를 보며 고개를 갸웃거렸다.

흔히 무인은 대련을 하기에 앞서 검을 사선으로 들거나 하는 준비 동작을 취한다.

좀 더 효율적으로 상대를 공격이나 방어를 하기 위함인 것인데 이것은 어느 무인에게서나 볼 수 있을 정도로 흔한 것이다.

그런데 광휘에게는 그런 자세, 즉 기수식(起手式)이 보이지 않았다.

그저 어깨너비만큼 벌린 다리.

바닥에 내린 시선과 축 늘어진 어깨는 광휘가 대련을 하려는 의지가 없는 것처럼 보이게 했다.

'조심해서 나쁠 건 없겠지.'

스윽. 스윽.

능자진은 옆으로 돌며 천천히 움직였다.

자신이 위치를 옮겨도 과연 저 자세를 취할 것인가가 궁금했다.

해서 위치를 조금 바꿔보려는 생각이었다.

"……."

능자진이 움직이는 와중에도 광휘의 자세는 변함이 없었다.

그저 고개만 약간 움직이는 것이 전부였을 정도로 움직임이 극히 미미했다.

'좋다. 언제까지 그런 자세를 취할 수 있는지 지켜보마.'

빠르게 승부를 보기로 결심한 능자진이 나뭇가지를 세웠다.

저런 식의 대응 방법은 능자진에겐 훨씬 유리하다.

준비가 안 된 상태로 그의 공격을 받아내야 하기 때문이다.

탁.

능자진의 시선이 광휘의 등에 머물렀을 무렵.

앞으로 빠르게 이동하던 능자진이 공중으로 치솟아 올랐다.

기습적인 선제공격을 위한 도약이었다.

능자진이 도약한 속도는 가히 전광석화를 떠올릴 만큼 빨랐다.

"헛!"

공중에서 나뭇가지를 뻗으려던 그때, 능자진의 입에서 헛바람이 새어 나왔다.

그대로 있을 것만 같았던 광휘가 갑자기 몸을 틀며 도약한 것이다.

짧은 순간 정신을 다잡으려는 생각이 능자진의 머릿속을 훑고 지나갔다.

처억.

두 사내는 공중에서 나뭇가지를 교차한 후 같이 땅을 밟았다.

그러고는 뒤돌아보지 않은 채 한참이나 그 자세로 서 있었다.

'누가 이긴 거지?'

지켜보던 장련은 상황이 어떻게 된 것인지 이해하지 못했다.

둘 다 나뭇가지를 휘두르는 것 같았는데 워낙 삽시간에 끝나 버려 자세히 보지 못했다.

게다가 둘 다 먼저 입을 열지 않으니 그녀로서는 결과를 알 방법이 없었다.

'보지 못했어.'

자신의 나뭇가지를 한참 동안 내려다보던 능자진의 낯빛은 굳어 있었다.

조금 전 일을 상기하다 보니 표정이 그렇게 변한 것이다.

능자진은 몸을 틀어 광휘가 서 있는 곳을 바라보았다.

단순히 광휘를 보기 위함은 아니었다.

그가 나뭇가지를 어느 손으로 들고 있는지 보기 위해서였다.

'왼손을 사용하는 것까지는 봤었는데……'

능자진은 자신이 있었다.

상대의 갑작스러운 도약에 잠시 당황은 했지만 그때뿐이었다.

자신이 먼저 움직였기에 속도에선 더 유리하다고 생각한 것이다.

그러던 그때 생각지도 못한 변수 두 개가 발생했다.

첫째는 상대의 오른손에 들려 있어야 할 나뭇가지가 왼손에 있었다는 것.

둘째는 곧게 도약한 자신에 반해 사내는 조금 비틀어 도약했다는 것이다.

'그리고 그 이후부터······.'

아무것도 보지 못했다.

자신이 손을 뻗었는지.

상대가 어떤 식으로 자신의 목을 건드렸는지.

단지 기억나는 건 자신은 갑자기 목표점을 잃어버렸다는 것이고 상대는 정확하게 자신의 목을 스치며 지나갔다는 것이다.

"이제 된 것이오?"

그때 특유의 무덤덤한 말투가 광휘의 입에서 흘러나왔다. 그는 아무 말도 없이 서 있는 능자진을 힐끔 보다 시선을 돌렸다.

"그럼."

"대협."

"······."

"변명인 걸 알지만 한 번 더 부탁하겠소."

능자진이 포권을 하며 고개를 숙였다. 진심을 담았는지 그의 목소리는 처음과 달리 절절했다.

"한 번만 더 기회를 주시오. 대협이 양손잡이인지는 몰랐었소."

"양손……."

광휘는 양손이란 말을 읊조리며 자신의 손을 바라봤다.

그가 뱉은 말의 의미를 파악하기 위해서였다.

"누가 이긴 거죠?"

장련이 상황을 지켜보다 조심스레 물어왔다.

광휘는 그녀를 잠시 바라보았다.

그가 연무장에서 보였던 무위 때문인지 그녀는 기대에 찬 눈빛을 비치고 있었다.

잠시 무언가를 생각하던 광휘는 시선을 돌렸다.

확실히 좀 더 정확히 이해시킬 필요가 있다.

그에게서 또다시 대련이란 말이 나오지 않게 하려면 말이다.

광휘는 능자진을 향해 입을 열었다.

"좋소. 한 번 더 해드리지."

두 사내는 다시 전처럼 거리를 벌린 채 마주 섰다.

능자진은 한층 더 매서워진 눈으로 상대를 바라보았다.

그에 반해 광휘는 덤덤하게 서 있었다.

이전과 같은 자세로 능자진을 대하고 있었다.

'괜히 복잡하게 생각하지 말자.'

능자진은 좀 더 집중하기 위해 눈에 힘을 주었다.

'방심하면 안 된다. 순간적인 움직임은 확실히 나보다 나았다.'

능자진은 상황의 위험성을 인지한 뒤 제대로 된 초식을 펼칠 수 있는 방법을 고민했다.

'우선 최대한 몸을 낮춘 뒤 중평(中平)을 유지하며 거리를 맞추자. 다음은 그에 맞춰 초식을 쓰면 되니…….'

중평이란 가슴 높이로 올려 뻗은 팔이 수평이 되도록 유지하는 것을 말한다.

능자진이 중평 찌르기를 선택한 것은 광휘의 예측할 수 없는 움직임 때문이었다.

능자진은 높지도 낮지도 않은 찌르기로 상대의 반응을 살피는 것이 중요하다고 보았다.

스윽 스윽.

능자진은 광휘와의 거리를 신중하게 좁히며 접근했다.

이번에는 적어도 어이없이 당하지 않겠다는 게 그의 의중이었다.

'그런데… 저 녀석은 왜 움직이지 않는 거지?'

능자진이 천천히 압박해 들어감에도 광휘는 여전히 가만히 서 있었다.

오히려 이전보다 변화가 더 없었다.

자신감이라 하기엔 정도가 너무 지나쳤다.

어느덧 일 장 내로 거리를 좁힌 능자진이 긴장된 표정으로 광휘를 응시했다.

그러다 한 발짝 뻗어내며 광휘의 가슴 쪽으로 얕게 찔러보았다.

휘익.

때마침 광휘의 신형이 흔들리는가 싶더니 앞으로 움직였다.

능자진과 같이 나뭇가지를 중평으로 세운 채 똑같이 찌르기를 시도한 것이다.

'기회!'

순간 능자진의 눈에 빛이 났다.

걸려들었다.

자신의 가짜 공격, 즉 허초(虛招)에 상대가 반응했던 것이다.

흐름이 능자진 쪽으로 넘어오는 순간이었다.

'이번엔 내가 이긴다!'

그는 즉시 뒷발 축을 이용해 퇴보(退步)를 밟았다.

그리고 상대가 나뭇가지를 더 이상 뻗지 못할 거리를 계산해 곧바로 매화검법 초식을 펼쳤다.

툭.

"……."

그런데 갑자기 황당한 일이 벌어졌다.

그가 나뭇가지를 휘두르려고 하는 순간 다른 나뭇가지 하나가 능자진의 가슴을 툭 건드린 것이다.

능자진은 이해할 수 없는 눈길로 광휘를 바라보았다.

그가 펼치려던 매화검법도 중도에 그만둘 수밖에 없었다.

"지금 이게 뭐 하는 것이오?"

그의 가슴을 건드린 나뭇가지는 광휘의 것이었다.

광휘가 대련 도중 나뭇가지를 던진 것이다.

광휘가 별다른 말 없이 서 있자 능자진은 더욱 목소리를 높였다.

"무기를 왜 던지는 거냐고 묻고 있지 않소. 날 기만하려 드는 게요!"

거듭되는 물음에 광휘는 침묵으로 일관했다.

무슨 생각을 하는지 한동안 말을 하지 않았다.

그러다 광휘가 다시 고개를 들며 말했다.

"한 가지 물어보겠소."

"……"

"나와 대련을 하겠다는 것이오? 아님 당신이 원하는 방식대로 맞춰달라는 것이오?"

"무슨 말이오. 방금은 당신이 나뭇가지를 던졌지 않소! 이게 검이었다 해도 그리했을 겁니까!"

"이게 검이었다면."

광휘가 목소리를 더욱 내리깔았다.

짧은 순간,

그의 인상도 매섭게 변해 있었다.

"당신은 죽었겠지."

싸늘한 말투였다.

하나, 그 말은 몇 배는 더 강렬하게 능자진의 폐부에 찔러 들어왔다.

맞는 말이다.

검이었다면 죽었을 것이다.

능자진의 심장은 이미 관통당했을 것이다.

검이 아니었기에 지금 살아 있다는 걸 미처 생각지 못했던 그였다.

"……."

잠시 정적이 흘렀다.

그사이 광휘는 뒤돌아섰고 능자진은 힘없이 어깨를 떨어뜨렸다.

"대협!"

능자진이 광휘를 불렀다. 하지만 광휘는 뒤돌아보지 않았다.

감정이 상했던 것인지 아님, 더는 할 의사가 없는지 그는 그대로 장련이 있는 자리로 걸어갔다.

"아!"

그러던 그때 장련이 능자진 쪽을 보며 짤막한 신음을 토해 냈다.

그 모습에 광휘가 의아함을 느끼며 고개를 돌렸다.

"……."

능자진은 무릎을 꿇고 있었다.

무릎에 두 손을 올린 채 머리 또한 숙이고 있었다.

"내 경솔함을 용서해 주시오. 대결이란 생각에 빠져 이것이 실전이란 것을 잠시 잊었었소."

"……."

"대협 말이 맞소. 내가 원하는 방식대로 대협을 맞추려고 했었소. 아마도 자긍심 때문이었을 것이오. 화산파 속가제자로서 아무것도 해보지 못하고 졌으니 분명한 결과도 받아들이지 못한 것이겠지요. 옳은 말을 듣고서도 부끄럽게 목소리를 높였던 것 역시 그와 같소."

능자진은 잠시 뜸을 들이다 말을 이었다.

"한 번 더 대결을 해보고 싶지만 이제 더는 부끄러워 부탁드리지도 못하겠소. 부디 이 대결로 대협을 욕되게 한 것이 아니었으면 좋겠소. 이건 내 진심이오."

"……."

능자진은 천천히 자리에서 일어섰다.

그러고는 다시 허리를 숙이며 포권을 했다.

"감사했소. 그와 대결을 허락해 준 장련 소저도 감사하오."

그는 꽤 긴 시간을 그 자세로 서 있었다.

그러다 곧 자세를 풀고는 광휘를 한번 쳐다본 후 뒤돌아섰다.

아쉬웠지만 지금 그가 할 수 있는 건 없었다.

"한 번 더 해보시겠소?"

"……?"

능자진이 반사적으로 고개를 돌렸다.

기뻐서가 아니었다. 잘못 들은 게 아닐까란 생각 때문이었다.

"이번엔 내가 부탁을 하는 거요."

광휘가 그를 향해 다시금 걸어가기 시작했다.

여전히 무뚝뚝한 표정이었지만 능자진은 그 말투에서 처음으로 따뜻한 느낌을 받았다.

스윽.

거리를 벌린 능자진은 마음을 비웠다.

화산파 무공이 얼마나 위대한지, 눈앞의 상대가 얼마나 강한지에 대한 것도 버렸다.

이 순간, 생사를 겨루는 것만 생각하며 상대를 바라보았다.

"……."

광휘는 떨어진 나뭇가지 앞에 서 있었다.

이전과 똑같이 어깨너비만치 벌린 채 능자진을 바라보고 있었다.

굳이 달라진 것을 찾는다면 광휘가 바닥에 떨어진 나뭇가지를 여전히 줍지 않는 것이었다.

'내 것만 생각하자.'

그는 긴장을 하며 자세를 잡았다.

진정 마지막 기회다.

지금은 생사결을 하는 자리라고 애써 생각했다.

그런 생각을 하니 상대의 알 수 없는 행동에 더는 휘둘리지 않았다.

"핫!"

능자진이 달려가며 나뭇가지를 재빠르게 휘둘렀다.

더는 상대를 알아보는 단순한 검초 따위는 펼치지 않았다.

그의 선택은 수없이 연마하고 실전에서도 사용했던 매화검법 육 초식 비화연봉(飛華研峰)이었다.

'아!

지켜보던 장련이 처음으로 눈이 커졌다.

나뭇가지를 좌우로 움직이는 모습이 마치 매화꽃이 날리는 것처럼 너무나 화려했던 것이다.

조금 전 그의 허술한 모습과는 전혀 다른 모습이었다.

'저것이 매화검법이구나……'

그녀의 눈에 보이는 것은 좌우로 흔들리는 검의 현란함뿐이지만, 실상 이 검법의 강점은 검의 방향을 전혀 예측할 수 없다는 데 있다.

적을 상대할 때 쾌검으로 상대가 파악할 수 없을 정도로 동선을 기이하게 변화시키기 때문이다.

능자진의 손에 들린 것이 단순한 나뭇가지임에도 누군가 접근할 수 없을 정도로 위압감을 뿜어내는 것은 바로 그 이유에서였다.

"……."

한편, 광휘는 현란하게 목초를 휘두르며 지척까지 다가오는 상대를 이전처럼 무덤덤하게 보고 있었다.

다만 뭔가 기분이 좋은지 그의 입꼬리 모양이 조금 변해 있었다.

나뭇가지가 밀어낸 바람이 광휘의 얼굴에 맞닿았다.

그리고 뒤이어 능자진의 나뭇가지가 그의 지척까지 다가왔을 때쯤.

광휘가 처음으로 움직임을 보였다.

바닥에 떨어진 나뭇가지를 잡으려고 허리를 굽힌 것이다.

'지금!'

일순간 상대의 하체가 굽혀지자 능자진이 땅을 밟으며 솟아올랐다.

비화연봉으로 인해 뒤로 물러나거나 상체를 숙이는 상대에게 칠 초식.

자검낙화(刺劍落花)을 펼치기 위해서였다.

사람의 허리 높이만큼 뛰어오른 능자진은, 허리를 숙인 광휘를 보며 이번에는 할 수 있다고 믿었다.

저 자세에선 상대가 어떤 행동을 한다고 해도 자신의 나뭇가지가 빠를 거라 생각한 것이다.

단지 자신의 경험만으로 그리 판단한 것은 아니었다.

이 초식이 갖는 강점 자체가 그러했다.

자검낙화는 떨어지는 꽃잎을 찌른다는 뜻으로 저런 자세의 상대에게 특화된 초식이었다.

물론 자신의 공격에 대한 상대의 대응법도 있다.

곧바로 반격을 하는 것이 그것이다.

한데, 그 방법은 지금 상대가 무릎을 내린 상태에서는 용이하지 않았다.

왜냐하면 장련이 건넨 나뭇가지의 긴 길이.

그것을 잡고 들어 올리는 시간.

두 가지 제약이 그의 발목을 잡을 것이기 때문이다.

"핫!"

능자진의 기합과 함께 나뭇가지가 광휘의 얼굴을 향해 내려갔다.

능자진의 나뭇가지는 광휘에게 가까워졌다.

시간과 간격으로는 이미 끝난 싸움이었다.

휘이이이익.

한순간 바람이 불어왔을 때 능자진은 나뭇가지를 멈추고는 더는 움직이지 않았다.

광휘 역시 팔을 위로 치켜든 상태에서 움직임을 멈췄다.

광휘는 무릎을 굽힌 채 나뭇가지를 위로 뻗고 있었고, 능자진은 그런 광휘의 목에 나뭇가지를 겨누고 있었다.

처억.

곧 광휘가 일어섰다.

그러고는 별다른 말 없이 뒤돌아서 장련에게로 걸어갔다.

"끝난 건가요?"

장련이 묻자 광휘가 고개를 끄덕였다.

"끝났소."

"당신이 진 거죠?"

"그렇소."

장련이 고개를 끄덕였다.

능자진의 나뭇가지가 광휘의 목에 닿아 있는 것을 보았다.

아쉽게도 마지막에는 진 것이다.

광휘도 반격을 한 것처럼 보였는데 졌다고 말하니 그녀는 더는 묻지 않았다.

"아쉽네요."

장련이 안타까운 속내를 털어놓았다.

"……."

광휘와 장련이 대화를 나눌 때, 능자진은 나뭇가지를 사선으로 내린 그 자세로 서 있었다.

패배를 인정한 광휘의 말과 달리 그의 눈동자는 심하게 흔들리고 있었다.

그는 광휘가 놓고 간 나뭇가지를 보고 있었다.

그곳엔 하나가 놓여 있어야 나뭇가지가 두 개로 변해 있었다.

'부러뜨렸어……'

능자진은 조금 전의 상황을 떠올렸다.

상대는 나뭇가지를 잡고 올리며 반격을 가했다.

그런데 그 반격이 일반적인 방법이 아니었다.

지면을 이용해 두 동강을 내버린 후 잡고 있는 나뭇가지만 꺾어 올렸다.

나뭇가지 윗면을 잡아 아래쪽을 부러뜨리며 잡아 올린 것이다.

그러니 부러뜨리는 데 시간이 걸리지도 않았고 나뭇가지도 짧아졌으며 동선도 곡선을 그리지 않을 만큼 단순해졌다.

그러니 자신이 상대의 목을 겨누는 것보다 상대가 자신의 손을 겨누는 것이 더 빠를 수가 있었다.

'만약 이것이 검이었다면……'

능자진의 생각이 거기에 미치자 동공이 흔들렸다.

단검.

거기다 검신이 밑에 있으니 기형검일 터였다.

장검이 순식간에 단검과 기형검으로 변한 것이다.

'완벽히 졌구나.'

그는 실소를 흘렸다.

광휘의 임기응변이나 움직임은 충분히 짐작했다.

그랬기에 그것에도 대비하며 최선을 다해 공격했다.

하나, 이번에도 그는 자신의 상식을 정면으로 파괴해 버렸다.

전혀 생각지도 못한 방법으로 매화검법을 상대한 것이다.

능자진, 그 자신이라면 알았다고 해도 하지 못했을 방법이다.

아니, 아마 평생을 수련해도 이런 건 익힐 수 없을 터였다.

"한 가지 전해 드릴 말이 있소."

이곳을 빠져나가려던 광휘가 능자진을 불렀다.

능자진은 충혈된 눈으로 그를 바라보았다.

"한 호흡 안에 다섯 개의 그림을 그릴 수 없다면 세 걸음 안에 두 초식을 연계하지 않는 게 좋소. 겉보기엔 화려하기만 한 것 같지만 사실 초식 하나에도 수많은 의미가 담겨 있는 것이 매화검법이니 말이오."

"그게 무슨 말인가요?"

능자진이 아닌 장련이 물어왔다.

광휘는 고개를 내저으며 간단히 답했다.

"전에 매화검법을 쓰는 사람을 만났는데 그가 줄곧 했던 말이오. 무슨 뜻인지는 나도 잘 모르지만 왠지 저자에겐 필요할 것 같아서 말이오."

그 말을 남기고 광휘는 더는 뒤를 돌아보지 않았다.

그렇게 장련과 광휘는 능자진이 서 있는 공터를 떠났다.

휘이이잉.

두 남녀가 사라진 후에도 능자진은 그대로 서 있었다.

서편에서 시원한 바람이 불어올 때도 그는 여전히 그곳을 지키고 있었다.

단순히 서 있는 게 아니었다.

그 증거로 그의 눈동자도 심각하게 흔들리고 있었다.

"다섯 개의 그림은 다섯 개의 매화를 말하는 건가……."

능자진은 왠지 알 것 같았다.

그 의미가 무엇인지도.

다만 지금까지도 그가 이곳을 벗어나지 못하고 있는 것은 어떻게 광휘가 그것을 알고 있냐는 것 때문이었다.

오래되었지만 결코 잊을 수 없는.

화산파에서도 몇 번 대면할 기회가 없었던 화산파 최고의 고수들.

매화검수(梅花劍手)에게 들었던 가르침인데 말이다.

"매화검수가 되기 전까지 한 호흡에 다섯 번. 삼보(三步) 안에 두 초식을 연계하지 마라. 매화검법이 뛰어난 것은 화려함 속에 수많은 진체(眞體)가 숨어 있기 때문이다."

"분명 장씨세가에는 고수가 없다고 들었는데……."

능자진은 웃으며 천천히 걷기 시작했다.

충혈되었던 눈은 어느새 사라지고 굳었던 자세도 자연스럽게 풀렸다.

그의 눈빛은 어느새 밝게 빛나고 있었다.

"하하하. 삼 장로, 이건 농담이라 해도 너무 지나치지 않소."

第十四章

장부의 마음가짐

산길을 걷다 곧 평평한 길로 들어선 두 노인은 잠시 주변을 살폈다. 그러던 중 호수를 발견하고 그곳으로 발걸음을 옮겼다.

그렇게 그들이 호수 위를 잇는 다리 앞에 도착했을 때였다.

"실례하겠소."

난간에 기대고 있던 한 중년인이 두 노인을 가로막으며 말했다.

"급한 일이 아니라면 다른 길로 돌아가 주시겠소? 이 다리 너머에 중요한 분들이 계셔서 말이오."

그는 험상궂은 얼굴과는 달리 정중한 말투를 사용했다.

장태윤은 그를 보자 얼굴빛이 밝아졌다.

제대로 찾아왔다는 생각 때문이었다.

늠름하게 차고 있는 칼과 꽤 고급스러운 비단옷이 그가 평범한 호위무사가 아니란 것을 증명해 주고 있었다.

"그런 가벼운 용무가 아닙니다. 저는… 팽가의 대공자님을 뵙고자 왔습니다."

호위무사인 중년인, 호정(虎正)의 눈이 커졌다.

그는 눈앞에 있는 노인들의 행색을 다시 한번 살폈다.

이내 그들의 허리춤에 있는 장(張)이라는 글자를 확인하고 입을 열었다.

"장씨세가?"

"그렇습니다."

"무슨 일로 여기까지 오셨소?"

"대공자를 뵈었으면 합니다."

장태윤은 다시 한번 더 예의를 차리며 말했다.

하나, 그의 생각과는 반대로 호정의 표정은 좋지 않았다.

"대공자는 바쁘오. 그리고 세가의 일이라면 대공자가 아닌 장로들이나 가주께 정식으로 말씀드려야 하는 것이 아니겠소."

"압니다. 하나, 워낙 위중한 일로 지금이 아니면 전해 드리기가 어렵다고 판단했습니다."

장태윤은 다시 한번 절실한 어투로 말을 건넸다.

"대공자가 이곳에 머문다는 소문을 들었다면 옆에 계신 분이 누군지도 함께 들었을 터. 괜히 자리를 욕되게 하지 말고 돌아가는 게 좋겠소."

호정의 태도는 바뀌지 않았다.

대화가 통하지 않음을 느끼자 장태윤은 고민했다.

대공자를 만나기도 전에 그 호위무사에게 거절당하리라곤 생각지 못한 상황이었다.

이렇게는 돌아갈 수 없었다.

고심 끝에 그는 황 노인을 보며 말했다.

"황 노대, 등에 멘 봇짐을 풀어보게."

"알겠습니다."

황 노인은 마차에 내리기 전 그가 건넨 봇짐을 어깨에서 풀었다.

그러자 장태윤이 봇짐을 뒤지기 시작했다.

그는 이내 비단으로 감싼 목함 하나를 꺼냈다.

"……!"

그 모습을 보던 황 노인의 얼굴이 사색이 되었다.

그도 알고 있는 것이었다.

황갈색 비단의 목함.

바로 금륭전장(金隆錢莊)에서 거액의 전표를 끊어줄 때 사용하는 물건이었기 때문이다.

"외총관님!"

"뭔가?"

황 노인은 장태윤의 손을 급히 잡았다. 그리고 소리를 가늘게 죽여 속삭였다.

"팽가 사람들은 중원을 대표할 정도로 자존심이 강한 자들입니다. 이런 방법은 득 될 게 없습니다."

장태윤은 눈을 부라리며 황 노인을 노려보았다.

"지금 뭐 하는 짓인가? 내가 분명히 마차 안에서 충고했을 텐데?"

"하지만……."

"마지막으로 경고하겠네. 만약 다시 주제를 모르고 나선다면 내 본가로 돌아가 자네에게 엄중히 책임을 물을 것이야."

황 노인은 안타까워 입을 열었지만 장태윤은 이제 그를 거들 떠보지도 않고 목함 안의 전표를 꺼냈다.

"둘이서 뭣들 하시오?"

"실례했습니다. 잠시……."

두 사람의 실랑이를 본 듯, 안 본 듯 난간에 몸을 기대고 있는 호정에게 장태윤은 길게 읍을 했다.

그리고 조용히 전표를 소매 아래 숨긴 채 그에게 내밀었다.

호정은 잠시 말이 없었다.

잠시 후 그는 다시 입을 열었다.

그의 말투는 조금 전과 달라져 있었다.

"이게 뭔가?"

"금룡전장의 전표입니다."

"아니, 그런 뜻이 아니네. 지금 이게 뭐 하는 짓인가 물었네."

목소리가 높아졌다. 그리고 고압적으로 변했다.

장태윤은 직감적으로 실수를 깨닫고 내민 손을 다시 집어넣었다.

하나, 때는 이미 늦은 후였다.

"대체 뭐 하는 짓인가! 자네들은 경우도 없고 격도 없는가! 감히 어디다 대고 이따위 짓을 해!"

그의 고성이 쩌렁쩌렁 울리며 산 주위에 메아리쳤다.

장태윤의 낯빛은 시꺼멓게 변했다.

뒤따라온 황 노인은 낮게 탄식했다.

"내 원래라면 당장 너희 목을 벴을 것이다. 하지만 자리가 자리인지라 그리하진 않겠다. 오늘 일은 내 가주께 보고할 것이다. 썩 물러가거라!"

장태윤은 눈을 부릅떴다.

상황이 심각해진 걸 깨달은 것이다.

만약 오늘 일이 보고가 들어가면 장씨세가와 하북팽가의 인연은 여기서 끝이라고 봐야 했다.

"오해십니다. 저는 그런 뜻으로 드린 것이……."

"호정, 무슨 일이기에 그리 언성을 높이는 것이냐!"

그러던 그때였다.

다리 저편 너머로 남녀 한 쌍이 천천히 걸어오고 있었다.

칠 척에 육박할 것 같은 체구에 쩍 벌어진 어깨.

짙은 눈썹에 각이 진 얼굴.

긴 인중과 꽉 다문 입술, 보기만 해도 비범함이 느껴지는 이 사내가 바로 대공자 팽가운이었다.

"자네들은 장씨세가 사람들 아닌가?"

팽가운이 장씨세가 문양을 단숨에 알아봤는지 뜻밖이라는 얼굴을 했다.

하나, 두 노인은 아무런 대답을 하지 못했다.

곧 쏟아질 질책에 대한 두려움 때문이었다.

"대공자님, 이자들이 방금 무슨 짓을 했는지 아십니까?"

다급한 듯 말하는 호정의 말에 팽가운의 시선이 그에게로 돌아갔다.

"결례를 범했습니다. 무례를 용서해 주십시오!"

그 순간 황 노인이 무릎을 꿇었다.

의아한 빛을 띤 팽가운의 시선이 다시 그에게로 향했다.

"대공자님를 뵙기 위해 이곳에 왔습니다. 그러다 뵐 수 없다는 얘길 듣고 감히 해서는 안 될 짓을 저질렀습니다."

"해서는 안 될 짓?"

"금룡전장의 전표를 내밀었습니다."

"……."

팽가운이 미간을 좁혔다.

밝았던 그의 표정도 급속도록 굳어졌다.

"하? 정말 무례한 자들이군요. 다른 곳도 아닌 하북팽가의 사람을 감히 금전으로 매수하려 했다니. 어떻게 그런 파렴치한 짓을……."

그때 같이 걸어왔던 한 여인이 끼어들며 말했다.

쪽 진 머리와 눈썹까지 오는 앞머리.

둥근 이마에 동그란 눈, 촉촉하게 젖은 얇은 입술.

전체적으로 미녀의 이목구비를 가진, 황가영이라는 여인이었다.

다만 연분 가루가 지나치게 짙고 눈꼬리가 올라간 것이 흠이라면 흠이었다.

"예전부터 장씨세가가 돈으로 유세를 떤다는 소문을 듣긴 했지만… 정말 상종해선 안 되는 자들이군요."

두 노인은 듣고만 있었다.

무슨 말을 한다고 해도 조금 전 일은 변명할 수 있는 여지가 없었다.

그 모습에 황가영은 입꼬리를 올렸다.

오랫동안 대립 관계에 있었으니 그녀로서는 지금 이 상황을 가볍게 넘길 생각이 없었다.

"대공자님, 이들을 가만히 놔두면 안 됩니다. 감히 정도의 탈을 쓰고 돈으로 해결하려는 저런 상계 집안은 가차 없이……."

"그쯤 하시오, 소저."

대공자가 점잖게 타이르며 말을 잘랐다.

하지만 황가영은 그만할 생각이 없는 듯했다.

"이자들이 방금 한 짓을 들으셨잖아요. 다른 곳도 아니고 정도세가 앞에서 돈으로 해결을……."

"얼마나 상황이 절박했으면 그랬겠소. 이들의 말을 좀 더 들어봅시다."

예상외로 대공자는 진중했다.

특정 행위로 그들을 판단하지 않고 얘기를 좀 더 들어보자는 의중을 내비친 것이다.

그렇게까지 말하자 황가영은 곁눈질로 팽가운을 쳐다볼 뿐 더는 말을 하지 않았다.

"그래, 장씨세가에서 무슨 일로 나를 보자고 한 것이오?"

팽가운는 다시금 밝은 빛을 띠며 물었다.

하나, 처음과 같은 눈빛은 아니었다. 이전보다 더욱 진중함이 스며 있었다.

"아니지, 무례를 알면서도 날 만나려고 한 것을 보니 필시 중요한 얘기일 터. 일단 자리를 옮기는 것이 좋겠군."

그는 옆에 있는 황가영을 바라보았다.

"황 소저, 미안한 말이지만 오늘은 이쯤 하고 다음을 기약하는 것이 어떻겠소."

"섭섭해요, 가운 가가(哥哥)."

"다음에도 보기로 하지 않았소. 오늘만 좀 이해해 주시오."

팽가운의 말에 황가영은 어린아이 같은 표정을 지으며 입술을 쭉 내밀었다.

그러나 팽가운이 포권까지 하자 결국 할 수 없이 고개를 끄덕였다.

"약속 꼭 지키셔야 해요."

"약속하리다."

그녀는 그렇게 그 자리에서 떠나갔다.

물론 그 전에 장태윤과 황 노인을 싸늘한 미소로 노려보는 것을 잊지 않았다.

"그럼 자리를 옮기지."

대공자가 한 곳으로 이동하자 장태윤이 그를 따라갔다.

황 노인도 일어나 따라가려 했다.

그러던 그때 장태윤이 뒤돌아보며 눈에 힘을 주었다.

이에 황 노인이 주춤거리며 더는 움직이지 않았다.

팽가운이 몇 걸음 걸었을 때였다.

"자네가 왜 나를 따라오는가?"

"예?"

"난 외총관을 보고 얘기한 거네."

"……."

장태윤이 난처한 듯 서성였다. 무슨 말인지 이해하지 못해 눈만 껌뻑일 뿐이었다.

그때 황 노인이 뛰어와 고개를 조아렸다.

"대공자님, 본 가의 외총관은 이제 이분입니다. 저는 그저 도우러 왔을 뿐입니다."

"외총관? 그가?"

팽가운이 고개를 갸웃거렸다.

"자네가 아니었나?"

"소인은 직을 물러난 지 오래되었습니다."

"그래?"

팽가운이 의문스러운 목소리를 띠었다.

그는 장태윤을 힐끗 바라보더니 황 노인에게 시선을 돌리며 말했다.

"역시 그랬던 건가?"

"예?"

"전표를 내민 것 말이야. 자네 성품에 그런 짓을 할 리가 없지 않은가."

"그, 그게……."

"쯧쯧쯧. 알 만하군. 근래 장씨세가의 성세가 좋지 않다고 하더니. 이런 자를 외총관으로 뽑아서 그랬던 거구면."

노골적으로 자신을 거론하자 장태윤의 얼굴이 벌게졌다.

하지만 조금 전 실수 때문인지 그는 어떤 변명도 할 수 없었다.

팽가운은 씁쓸한 표정을 지으며 말했다.

"그냥 둘 다 따라오게."

산을 조금 내려가자 사람이 쉬어 갈 수 있는 공터가 하나 있었다. 호수와 돌담으로 주변을 메운 광경이 보이는 곳이었다.

"장련 소저는 잘 계신가?"

너럭바위 중 하나를 골라 앉은 팽가운이 먼저 운을 뗐다.

그는 황 노인에게 물음으로써 장태윤과는 대화를 하지 않겠다는 뜻을 노골적으로 보였다.

황 노인은 장태윤의 눈치를 살피며 고개를 숙였다.

"잘 계십니다."

"후후, 기억나는군. 아마 내가 연회 행사로 방문했을 때였지? 인사를 건네는 내 손을 뿌리치며 무섭다는 말과 함께 방에 숨어버렸었는데……."

"어려서 그랬을 겁니다."

"아, 오해 말게. 나무라는 것이 아니네. 참 귀여웠었네. 어린 아이답게 눈도 참 맑았고."

팽가운은 턱을 괴며 말했다.

"가만 보자. 그때가 몇 년 전이지?"

"칠 년입니다."

"그래, 칠 년 전이었지. 지금쯤이면 다 컸겠군. 혼기도 꽉 찼겠고. 장 가주께서는 시집보낼 생각은 없으신가?"

"아직 그런 생각은 없으신 듯합니다."

"하하. 이거 다행이구먼. 언제 한번 정식으로 초대해 주게. 혹시 아는가. 내 이번에는 장련 소저께 좀 잘 보여 그녀의 마음을 얻을 수 있을지."

황 노인은 그의 말에 작은 기대감을 가졌다.

농담으로 얘기하는 걸 알고는 있지만, 만약 정말로 그런 마음이 있다면 얼마나 좋겠는가.

장씨세가가 하북팽가와 직접적으로 연이 닿는 것이다.

그렇게 팽가운과 황 노인은 오래전 일에 대해 꽤 오랫동안 대화를 나눴다.

그리고 점차 황 노인이 초조해질 때쯤.

그제야 팽가운이 아까 있던 일을 직접적으로 거론했다.

"그건 그렇고… 자네들이 무슨 일로 찾아왔는지는 대충 알 것 같네."

"짐작하셨습니까?"

"모를 수가 없지. 요즘 석가장을 방문하는 자들 중엔 귀가 번쩍 뜨이는 자들도 있다고 들었거든."

"귀가 번쩍 뜨이는……."

황 노인의 목소리가 흔들렸다.

대공자가 그 정도로 말하는 자면 대체 얼마나 강한 자인지 궁금했던 것이다.

"확실한 건 아니라서 말하기가 곤란하네. 여하튼 상당한 실력자라고만 알고 있게."

그 말에 황 노인이 기다렸다는 듯 말했다.

"도와주십시오, 대공자님."

"황 노인……."

"석가장은 오래전부터 저희 장씨세가를 탐탁지 않게 여기고 있었습니다. 가지고 있는 세력에 비해 그것을 지킬 힘이 없다는 이유 때문이었지요."

오랫동안 참아왔던 감정이 분출한 듯 황 노인의 말은 거침이 없었다.

"석가장의 개입은 수많은 죽음을 불러왔습니다. 보이지 않는 곳에서 죽은 자가 백여 명에 달하고 그 속에는 본 가의 일 공자, 삼 공자도 있었습니다. 그리고 그들의 야욕은 아직까지 계속 이어지고 있습니다. 최근에 팽가의 사절로 보냈던 사 장로도 납치해 갔고 급기야 그의 아들 소장주가 대전까지 직접 걸어 들어와 본 가더러 운수산을 내어달라는 황당한 제안까지 했습니다."

"음……."

"그러던 중 우연히 대공자께서 여기에 머무른다는 소식을 듣고 이렇게 찾아오게 된 것입니다. 저희의 사정을 이해해 주시고 대공자님이 조금만 도와주신다면……."

"경우가 잘못되었다 생각하네."

"예?"

쉴 새 없이 말하던 황 노인이 고개를 들었다.

그러다 다시 고개를 숙였다.

"불찰을 용서해 주십시오. 전표를 꺼낸 것은……."

"아니, 그런 뜻으로 말한 것이 아닐세."

팽가운의 말투는 엄숙했다.

잠시 띠었던 미소는 이미 사라져 있었다.

어느새 냉철한 눈빛을 황 노인에게 보내고 있었던 것이다.

"중요한 부탁이고 도움을 청하기 위해 온 것이라면 그만한 자격이 되는 자가 오는 것이 이치에 맞지. 외총관이 아니라."

"그것은 상황이……."

"상황이 어렵다고 변명을 할 생각인가? 상황이 어려우니, 내게 소가주가 아닌 외총관의 말을 듣고 그 진심을 느끼라고 말하는 것인가?"

팽가운의 언성이 조금 높아졌다.

그 모습에 황 노인은 다시 고개를 숙이며 말했다.

"저도 그리 말씀하시는 것이 맞다고 생각합니다. 한데 석가장은 사 장로를 납치한 전력이 있는 자들입니다. 또한 자신들의 말을 듣지 않을 땐 전쟁도 불사하겠다는 통보를 전해왔던 자들입니다. 그런 자들이 이 공자가 움직이면 가만히 놔두겠습니까."

"그러니 더더욱 그가 찾아왔어야지."

팽가운은 눈에 힘을 주어 말했다.

"만약 장씨세가의 소가주가 장부라면, 적들의 눈에 급급해서 몸을 숨기는 게 맞겠는가? 아니면 두려움을 이겨내고 직접 움직이는 것이 맞겠는가."

"……."

"그리고 애초에 여기까지 오지 못할 정도의 나약한 사내라면 내가 굳이 도와줘야 할 이유가 있겠는가? 고작 그 정도의 위험이 두려워 아랫사람을 부리는 사내에게 그의 진심이 무언지 어떤 생각을 가졌는지 내가 어찌 제대로 알겠는가?"

"대공자님……."

"거기다 한 가지 더. 강호에선 세가의 싸움은 불가침(不可侵)일세. 물론 그릇된 방법은 용인할 수 없고 가만두고 보지 않지만 어느 선을 넘어가지 않으면 도와줄 명분이 없다는 말일세."

"……!"

그 말에 황 노인은 급히 고개를 숙였다.

만약 지금 고개를 숙이고 있지 않았다면 자신의 감정을 여과 없이 드러냈을 것이다.

그만큼 그는 화가 났다.

자신들의 청을 거절해서가 아니었다.

대공자가 말미에 했던 말 때문이었다.

명분이란 게 뭔가.

그릇된 방법은 또 뭔가.

그것은 바로 힘이 아닌가.

힘의 논리에 의해 정의가 뒤바뀌는 곳이 지금 자신들이 살고 있는 강호 아닌가.

장태윤 역시 드러내지 않으려고 했지만 어두운 낯빛을 숨길 수가 없었다.

알려진 대로 팽가운은 강골이며 무골이었다.

남자답지 못한 모습을 매우 싫어했다.

잠시 침묵이 흘렀을 때였다.

"내가 지나치게 몰아붙였나 보군."

그들을 냉정하게 바라보던 대공자가 표정을 풀었다.

이어 그는 다시 밝게 웃음을 지으며 말했다.

"알겠네. 내 청을 들어주지."

"아……."

"앞으로 사흘은 이곳 아래에 있는 오성객잔에 머물 생각이니 그때까지 오게. 만일 이 공자가 그 안에 나를 만나러 온다면 다시 한번 진지하게 생각해 보기로 하겠네."

"정말이십니까?"

"장부는 일구이언(一口二言)을 하지 않네."

그 말을 끝으로 그는 자리에서 일어났다.

그러고는 더는 얘기하지 않으려는지 근처에 대기하고 있던 호위무사와 함께 자리를 떠났다.

황 노인과 장태윤은 그 자리에 앉아 있었다.

"후우……."

잠시 침묵을 지키던 장태윤은 긴 한숨을 내쉬었다.

최악이었던 시작에 비해 결과가 나쁘지 않았다. 진지하게 고려해 보겠다니.

이쯤이면 승낙은 아니라도 충분히 호의적인 대답이 아닌가.

"표정이 왜 그런가. 내 눈치를 보는 것이라면 굳이 그럴 필요는 없네."

장태윤은 이제 허허 하며 너털웃음까지 지었다.

이제 보니 자신 못지않게 황 노대의 얼굴 역시 굳어 있는 것이다.

아니, 굳은 정도가 아니라 창백했다.

"조금 전 상황은 나의 실수가 맞네. 자네 탓으로 돌릴 생각은 없으니 마음 내려놓게."

"그런 게 아닙니다."

"…그럼 뭔가? 내게 뭔가 할 말이라도 있는 겐가?"

장태윤의 안색이 변했다.

좀 전까지 고마워하던 얼굴이 대번에 날카로워진 것이다.

황 노인은 이제 무거운 얼굴로 고개를 들었다.

"석가장이 보낸 최후통첩까지 말입니다……."

"……."

"겨우 한나절밖에 남지 않았습니다."

"……!"

*　　　*　　　*

삐걱삐걱.

이 공자는 방 안에서 좀처럼 조용히 앉아 있질 못했다.

외총관과 황 노인을 보낸 후 흥분과 기대, 염려와 걱정이 한데 어우러져 도통 가만히 있을 수가 없었다.

'지금쯤 올 때가 됐는데…….'

문제가 없다면 그랬을 것이다.

마차로 반나절.

올 때는 두 시진이면 충분한 시간이었다.

출발했을 때야 아침 시간대를 맞추기 위해 마차를 탔던 것이고 올 때는 직접 말을 타고 움직일 것이기 때문이다.

"이 공자님, 외총관 장태윤입니다."

때마침 그의 목소리가 들렸다.

이 공자는 곧장 그를 안으로 들게 했다.

"내가 가면 된다는 것이냐?"

장태윤의 보고를 듣고는 이 공자가 물었다.

"직접 오시면 좋겠다고 하셨습니다."

"그럼 도와준다던가?"

그 말에 장태윤이 고개를 저었다.

"도와주겠다는 언급은 하지 않았습니다. 단지 얘기를 들어보겠다고 했습니다."

"음."

이 공자의 얼굴에 수심이 짧게 드리워졌다.

자신을 직접 보려고 하는 의도가 왠지 모르게 꺼림칙했다.

물론 평소라면 못 갈 이유가 전혀 없다.

한데, 지금은 상황이 조금 다르지 않은가.

그것을 그도 모를 리가 없을진대.

'뼛속까지 무골이라더니 소문이 사실인가 보구나.'

이 공자는 입을 열었다.

"알겠네. 지금 바로 가지."

"지금 말입니까?"

"말을 타고 가면 두 시진 정도가 걸릴 테니 지금 가야 오늘 저녁쯤엔 당도할 수 있지 않겠는가."

"마차를 타고 가시지 않으시고요?"

"마차는 무슨. 자넨 어서 가서 빠른 말 한 필 내오게."

잠시 고민하던 장태윤이 곧 수긍했다.

최후통첩까지 이제 겨우 한나절 조금 모자란 시각.

그를 만나고 급히 오면 오늘 자정까지는 도착할 수 있을 것이다.

"그럼 준비시키겠습니다. 그에 맞춰 세 명의 호위무사도 함께 부르겠습니다."

"호위는 놔두게. 그냥 가겠네."

"이 공자님, 그건……."

당황스러운 표정으로 장태윤이 시선을 들자 이 공자가 그를 노려봤다.

"직접 오지 않았다고 장부답지 못함을 말하지 않았더냐. 한데, 뒤늦게 나타난 자가 끝끝내 호위무사까지 대동하고 온다면 뭐라 하겠느냐?"

"그러나 이 공자님, 혼자서는 위험합니다. 아시겠지만 석가장의 최종 통보 날짜가 오늘 자정까지……."

"그러니."

장웅이 목에 힘을 주며 말했다.

"더 그리해야 하지 않겠는가. 대공자가 그리 말했다면 오히려 이쪽이 더욱 대담함을 보여주어야 하지 않겠느냐?"

"그럼 한 명이라도 대동하는 것이……."

장태윤은 머뭇머뭇했다.

안 좋은 예감에 신경이 점점 곤두서고 있었다.

"아니다. 이왕이면 혼자 가는 것이 더 낫다. 어서 준비하거라. 시간이 없다."

이어진 이 공자의 다급한 언성에 그는 고개를 끄덕일 수밖에 없었다.

지금도 시간이 많이 촉박하다.

뜻하지 않은 상황이 발생되면 당도할 수 없을 만큼.

"빨리 준비하겠습니다."

장태윤은 곧장 방문을 열고 나갔다.

이 공자는 한쪽에 걸린 장포를 몸에 걸쳤다. 그리고 그 옆에 놓인 검 한 자루를 잡고는 허리춤에 차려다 멈칫했다.

'아냐. 그냥 가는 것보다 청광검(靑光劍)을 차고 가는 게 더 나을지도.'

그는 앞서 전표로 인해 낭패를 당할 뻔했다던 장태윤의 말을 들었다.

그럼에도 이 공자가 그리 생각한 것은 그들의 성향을 파악하지 못했기 때문이라 판단했다.

하여 무인이라면 탐낼 수밖에 없는 보검을 들고 가려고 생각한 것이다.

청광검은 장씨세가에서도 보유하고 있는 가장 좋은 보검 중 하나다.

기회가 된다면 써먹을 수도 있을 것 같았다.

*　　　*　　　*

붉은 노을이 한정당 정원을 금빛으로 물들이는 늦은 오후.

장련은 광휘와 함께 인공 연못이 내려다보이는 정자에 앉아 있었다.

"군명상회는 삼룡표국이 주로 맡아 거래를 해요. 삼룡표국은 그리 크지 않은 표국이지만 지리를 잘 아는 만큼 일 처리가 깔끔하죠. 표국주는 송무광(宋無光). 가끔 본가에 들르는 만큼 알아두면 좋을 거예요."

장련은 온종일 내외원을 둘러보며 장씨세가의 인물과 사는 곳을 설명했다.

그리고 이제는 장씨세가가 보유한 상단과 표국.

주요 인물에 대해 알려주고 있었다.

"본 세가가 보유한 가장 큰 상단은 유정상단이에요. 재정의 절반이 그곳에서 발생하죠. 상단주는 장원기. 본 가의 둘째 숙부로 시세에 밝고 생각이 깊어 아버님의 신임을 받죠. 그간 우리 세가에 많은 수익을 가져다줬어요."

"……."

"유정상단이 중요한 또 하나의 이유가 구룡표국과 거래를 하고 있다는 거예요. 표국주는 송방(宋方). 중원 칠대표국 중 한 곳으로 다른 곳은 몰라도 그곳은 정말 대단한 곳이죠. 표물 운송에 관한 한 실패한 일이 거의 없다시피 하지요."

한참을 설명하던 장련은 시선을 들어 광휘를 바라봤다.

그는 시선을 자신의 어깨쯤 내린 채 침묵하고 있었다.

분명 자신의 말을 듣고 있는 것처럼 보였다. 그런데도 어딘가 모르게 어색함이 느껴졌다.

"저기요, 제 말을 듣고 있나요?"

"그렇소."

광휘는 즉각 대답은 했지만 장련은 여전히 의구심은 거두지 않았다.

중간중간 묻는 모습은 없었고 반응도 느릿느릿했다.

거기다 초점도 조금 흐려 보였다.

"그럼요……. 조금 전에 제가 얘기했던 유정상단의 상단주 이름을 기억하세요?"

"그렇소."

"제가 뭐라고 했죠?"

"장, 장… 숙부라 했소."

"그럼 앞서 구룡표국이 중원 몇 대 표국이라고 했죠?"

"여섯, 일곱?"

"……"

"아, 아니… 여섯이라고 한 것 같소."

"이봐요, 전혀 안 듣고 있잖아요."

장련이 미간을 약간 찡그렸다.

설마 했는데 지금까지 집중하지 않고 있었던 것이다.

장련이 인상을 쓰며 노려보자 광휘는 시선을 다른 곳으로 돌렸다.

그러고는 잠시 뜸을 들인 뒤 입을 열었다.

"오해 마시오. 듣고는 있었소, 소저."

"……"

"다만, 소인이 기억하지 못했던 것뿐이오. 믿기 어렵겠지만."

"조금 전에 말한 건데요?"

"특별한 사항 아니면 잘 잊어먹소. 자각하는 능력이… 보통 사람보다 좀 떨어진다고 하면 이해하기 쉬울 것이오."

장련은 광휘를 보며 잠시 말을 잇지 못했다.

거짓을 말하는 것 같지는 않다.

지금껏 그의 행동들만 보더라도 그랬다.

잘못을 회피하기 위해 변명을 늘어놓는 건 더더욱 그랬다.

"그런데 무사님, 무림맹에는 어떻게 들어가셨나요?"

장련은 그 일은 그만 접어두기로 했다. 대신 그간에 궁금했던 것에 대해 물어보기로 했다.

광휘가 고개를 조금 들어 보였다.

"시험이 매우 까다롭다고 들어서요. 실력만 있다고 해서 들어갈 수 있는 곳이 아니라고 하니까……."

무림맹의 시험은 이미 경로를 통해 전국에 알려졌다.

수많은 인재가 지원하는 만큼 뽑는 기준이 매우 까다롭다는 것이다.

무공을 가장 중점적으로 보지만 절대적인 것은 아니다.

가장 먼저 보는 것은 신분에 대한 검증이다.

둘째로는 인성을 본다.

셋째로는 직책에 맞는 기본 지식이며 넷째로는 암기 능력과 산수(算數) 등 지원한 분야에서 자격을 검증받아야 한다.

물론 한 분야에 기재(奇才)에 달하는 능력을 보일 경우 특별 우대하기도 하지만 그런 경우는 극히 드물다.

"추천을 통해서 들어갔었소."

침묵을 지키던 광휘가 입을 열었다.

그 말에 장련이 놀라며 곧장 물었다.

"추천요? 추천으로도 들어갈 수 있나요?"

"그렇소."

"어떻게요? 아무나 그런 자격이 있는 건 아닐 텐데요."

장련의 호기심은 더욱 커졌다.

추천은 특별 우대보다 더 희박한 경우다.

무림맹에 사람을 들이는 추천은 하북팽가 같은 오대세가나, 소림, 무당, 화산파 같은 구대문파만 가능했기 때문이다.

광휘가 재차 침묵하자 장련은 호기심을 누그러뜨렸다.

그러고는 다시 화제를 돌렸다.

"그래도 운이 좋으셨네요. 무림맹이 무공 실력만 가지고 되지 않잖아요?"

"아니오. 운이 나빴던 게요."

"예?"

광휘는 읊조리듯 다시 말했다.

"운이 나빴었소."

"……."

잠시 침묵이 이어졌다.

조금 전보다 한층 더 흐릿해진 광휘의 눈빛은 장련을 멈칫하게 만들었다.

"왜 운이 나쁜 건지……."

장련이 다시 그 이유를 물으려 할 때였다.

멀리서 그녀 쪽으로 한 노인이 걸어오고 있었다.

"황 노대?"

"아가씨!"

황 노인이 장련을 발견하고는 급히 뛰어왔다.

그러고는 말을 이으려 하다 옆에 있던 광휘를 발견했다.

"자네가 왜 여길⋯⋯."

"오늘부터 제 전속 호위무사가 되기로 했어요."

"아⋯⋯."

황 노인의 표정이 밝아졌다.

장련의 옆에 있는 광휘를 보니 괜히 기분이 좋아진 것이다.

"고맙네."

황 노인의 말에 광휘는 고개를 끄덕이는 것으로 답변을 대신했다.

"한데, 가신 일은 잘 해결되셨나요?"

"아, 그것이."

황 노인은 이곳에 온 이유를 깨닫고는 급히 고개를 숙였다.

"그 문제로 얘기드릴 게 있습니다."

황 노인은 그간 상황을 얘기했다.

본가의 사정을 듣던 대공자의 반응.

그리고 그 뒤 그가 제안한 조건.

얘기를 들을수록 장련의 표정은 점점 어두워졌다.

"대공자가 그리 말했다면 오라버니가 가만히 앉아 있지는 않겠군요."

황 노인의 설명이 끝났을 때쯤 곧장 물었다.

"저도 그것이 걱정되어 왔습니다."

황 노인은 의중을 내비쳤다.

장련은 고민했다.

자신이 묵객을 만나러 갔을 때처럼 오라버니의 상황은 비슷했다.

오히려 기회에서는 더 좋았다.

하북팽가의 지지만 얻어낼 수 있다면 전쟁을 끝낼 수 있는 가장 강력한 힘을 얻는 것이다.

하지만 문제는 변수가 너무 많다는 것이다.

설득에 실패할 가능성은 논외로 하더라도 대공자가 그 자리를 잠시 비웠을 수도 있지 않은가.

자칫 기한 내에 본가에 당도하지 못할 수 있었다.

"황 노대의 말이 맞아요. 가만히 있을 문제가 아니에요. 지금 당장 오라버니를 말려야 해요."

"하지만 이 공자께서 아가씨의 말을 들으려 하실지⋯⋯."

"어떻게든 말려야죠. 느낌이 너무 좋지 않아요."

장련은 자리에서 급히 일어나 이 공자의 처소로 급히 뛰어갔다.

＊　　　＊　　　＊

자정이 넘어 새벽빛이 조금 밝아오는 시각.

황룡표국이라 쓰인 커다란 깃발 아래 다섯 명의 무사가 삼엄한 경비를 서고 있었다.

다섯 명의 무사들의 눈빛은 좌우에 배치된 화로의 불꽃만큼이나 뜨거웠다.

서 있는 자세 역시 굳은 석상처럼 단단했다.

"응?"

화로 속 불의 세기를 살피기 위해 움직이던 무사, 소검평(蘇劍萍)의 고개가 대로 쪽으로 이동했다.

긴 정적을 깨는 말발굽 소리를 들은 것이다.

뒤에 있던 무사들의 시선도 그곳으로 향했다.

안개 속에 가려진 그림자의 윤곽은 점점 선명해졌다.

달그락달그락.

이히히힝.

값비싸 보이는 마차 한 대가 그들 앞에서 멈춰 섰다.

이내 마차 문이 열리며 죽립을 쓴 두 사내와 노인으로 보이는 두 사람이 내렸다.

"누구십니까?"

조열이 그들에게 다가가 예의를 갖췄다.

이에 마지막에 내렸던 노인이 입을 열었다.

"손 국주를 만나러 왔네."

"약속은 하셨습니까?"

원래라면 굳이 묻지 않고 돌려보냈을 소검평이었다.

시각이 늦어도 너무 늦었다.

자정을 넘어 어스름한 빛이 밝아오는 새벽이지 않은가.

한데, 그는 그리하지 않았다.

차려입은 행색이나 타고 온 고급스러운 마차가 눈에 걸린 것이다.

"미리 언질은 주었네만… 약속 시간보다 많이 늦었네."

"그럼 다음에 오시겠습니까. 지금 이 시각이면 국주님이 취침을 하실 때라서."

"워낙 시일을 다투는 일이라……. 무례인 줄 알지만 한번 청을 넣어보겠나?"

"그건 좀……."

사내가 난처한 표정을 지었다.

그러던 그때 대문이 활짝 열리면서 중년인이 큰 소리로 외쳤다.

"국주님의 손님이시다. 안으로 뫼셔라."

장원 뒤 거대하게 들어선 정당(正堂).

비둘기 날갯짓 모양으로 만들어진 지붕선은 장원을 덮을 만큼 화려한 형상을 하고 있었다.

전각 아래도 꾸며놓은 조경들이 다채로울 정도로 아름다움을 뽐내고 있었다.

조경으로 쌓은 사괴석 안에는 물레방아가 연신 돌아가고 있었고 내 천(川) 자 모양으로 천장에 걸린 각등이 새벽빛에 투영돼 은은한 빛을 뿜어내고 있었다.

정당 옆으로 전방의 한 면이 개방된 복도식 건물, 회랑(回廊)이 들어서 있었다.

그 앞에는 향로가 있었다. 그윽한 향과 연기가 피어 나오며 새벽의 운치를 더욱 살려내고 있었다.

회랑 안, 기다란 탁자를 두고 자리에 앉은 장원태는 경건한 자세로 그를 기다렸다.

"많이 늦으셨습니다, 장 대인."

발소리와 함께 작은 체구의 노인이 웃으며 다가왔다.

장원태는 급히 일어나 포권했다.

"미안하오, 손 국주. 내 조금 일을 본다는 것이 너무 늦어버렸소."

"아닙니다. 표국을 두 곳이나 돌고 여길 오셨으니 그럴 법하지요. 그곳과의 거리도 제법 되지 않습니까."

표국주 송방의 말에 장원태의 볼이 씰룩거렸다.

아침부터 은밀히 움직인 자신의 행적을 손바닥 보듯 다 알고 있었던 것이다.

굳어지는 장원태의 표정을 의식한 송방이 재차 포권했다.

"장씨세가를 뒷조사한 건 아니니 오해 마십시오. 표국과 표국 간에는 견제와 경계가 기본입니다. 상시 하던 수소문 중에 마침 장 대인을 발견한 것이고요."

그의 설명에 장원태는 불편한 마음을 조금은 놓을 수 있었다.

송방은 단상에 올라서며 손을 내밀었다.

"일단 자리에 앉으시지요."

곧 장원태가 자리에 앉았고 그도 자신의 자리에 앉았다.

잠시 뒤 시녀로 보이는 여인이 차를 가져왔다.

"난 됐소."

장원태는 사양했다.

차를 마실 만큼 그는 마음이 편안하지 않았다.

"나도 됐네."

송방도 손을 저었다.

장 가주의 분위기를 읽은 것이다.

시녀가 나가는 것을 확인한 송방은 두 손을 의자 받침대에 올리며 입을 열었다.

"장 대인께서도 참 고집이 있으십니다. 그간 도움을 드리겠다고 수차례 말씀드릴 때는 가만히 계시더니 이제야 저를 찾아오신 것을 보면 말입니다."

"미안하오. 사정이 그렇게 됐소."

"괜찮습니다. 장 대인 마음이야 제가 더 잘 알지요. 어떻게든 칼을 맞대지 않는 것을 원하신 것이 아닙니까. 석가장이 무서워서가 아니라 피를 흘리는 것을 피하고자 하셨던 거니까 말이지요."

장원태는 별다른 대답을 하지 않았다.

다만 숨겨둔 의중을 드러내듯 진중한 얼굴을 하고는 입을 열었다.

"내가 온 이유는 알 테니 짧게 말하겠소. 본 가는 고수가 필요하오."

송방은 기다렸다는 듯 고개를 끄덕였다.

"역시 결정을 내리신 게로군요. 좋습니다. 잘 생각하셨습니다."

드륵.

그는 의자를 조금 더 앞으로 당겼다.

그러고는 서글서글한 눈매를 조금 더 들이밀며 말을 이었다.

"어느 정도 수준을 원하십니까? 노파심에서 말씀드리지만 오늘 들르신 삼룡표국과 남산표국과는 많은 차이가 있습니다."

"……"

"요즘 세를 확장한다고 시끄럽게 떠들어도 결국 그들의 수준이야 작은 동네에 겨우 맴도는 정도가 아니겠습니까. 그에 반해 저희는 말입니다."

송방은 천천히 미소를 지우며 말했다.

"중원을 무대로 합니다."

중원.

거래하는 규모와 가진 힘이 전혀 다르다는 말을 강조한 것이다.

"어떤 수준을 원하십니까? 보표(保標)나 표사 중에는 워낙 여러 등급이 있어서 말입니다."

송방의 말에 장원태는 등을 의자에 기댔다.

그러자 등 뒤에서 지금까지 침묵하고 있던 일 장로 장운이 그에게 목함 하나를 내밀었다.

장원태가 그것을 받고 송방에게 건넸다.

"흐음."

끄윽.

송방은 목함을 받자마자 장원태를 흘낏 한 번 쳐다본 후 천천히 열었다.

그러고는 안에 들어 있는 것을 보곤 잠시 눈을 감았다 뜨며 말했다.

"…최상급이군요."

목함을 닫는 송방에겐 더는 웃음이 보이지 않았다. 장원태의 각오를 읽은 만큼 신중해진 것이다.

그는 의자 팔걸이를 손으로 슥 문지르다 입을 열었다.

"혹시 파불(破佛)이라고 들어보셨습니까?"

"파불? 파계승(破戒僧)을 말하는 것이오?"

"비슷합니다. 하나, 조금 차이가 있습니다. 둘 다 법도를 어긴 중들로 소림사에게 쫓겨난 자라는 것 같습니다만 무공의 수준은 파불이 더 높다는 것에서 차이가 있지요."

송방은 말을 이어나갔다.

"파계승은 그냥 계율을 어긴 중입니다. 소림사에서 마음만 먹는다면 쉽게 제압해 처리가 가능하지요. 한데 파불은 다릅니다. 제압이 불가능하지요. 물론 천하의 소림사가 마음을 먹는다면 못 할 것이 어디 있겠습니까만, 아무튼 피해가 커 선뜻 나서지 않는다는 겁니다."

"……."

"그만큼 강하다는 말입니다. 마침 그런 자가 본 표국에서 밥을 먹고 있기도 하고요."

송방은 장원태를 노려보며 말했다.

"강남일권(江南一拳) 방각 대사(方覺大師)를 내어드리겠습니다.

또한 실력 있는 보표들이 이곳에 도착하는 대로 추가로 더 보내 드리지요."

그 순간 등 뒤에 있던 일 장로의 눈이 부릅떠졌다.

장원태 역시 놀란 표정을 지으며 말했다.

"그는 백대고수 아니오!"

목소리를 높이는 그들에게 송방은 감정의 동요 없이 대답했다.

"방각 대사가 뛰어난 고수임에는 의심할 여지가 없지만 백대고수는 좀 과분한 말입니다. 아시겠지만 중원엔 소림사, 무당파, 화산파 등 구파(九派)가 있고 개방이라는 일방(一幇)이 있지 않습니까? 그곳에서 장문인을 포함한 문파를 대표하는 고수 각각 다섯만 선별해 보십시오. 여기서 벌써 오십 명이나 됩니다."

"……."

"물론 오대세가도 포함해야지요. 거기다 알려진 사파 조직 세 곳도 합해야 합니다. 그럼 벌써 구십 명입니다. 백대고수라는 표현은 정말로 쉽게 내뱉을 수 없는 말이지요."

장원태와 일 장로 장운은 조용히 송방의 애기를 듣고 있었다.

"하지만 넓은 의미에서 보자면 그리 말할 수도 있습니다. 뛰어난 절학신공을 지닌 삼절(三絶)이니 육봉(六峰)이니 하는 그런 자들도 비슷한 의미이지 않겠습니까. 물론 칠객같이 워낙 유명한 자들은 예외겠지만요."

명문 정파의 다섯 손가락 안에 드는 고수.

송방이 말한 대로 백대고수란 무게는 실로 대단한 것이었다.

"이 은혜는 내 잊지 않겠소."

"은혜랄 것까지요. 저흰 정당한 대가를 받았을 뿐입니다. 운송비를 두 배로 늘려주지 않았습니까."

구룡표국이 장씨세가와 거래하는 양은 한 해 은 오만 냥이 넘었다.

그 금액을 단순히 고수를 영입하는 조건으로 준다는 것이다.

구룡표국 역시 최고의 고수를 내어줬지만 그리 큰 손해는 아니었다.

사실 가치로 따지면 장씨세가가 큰 손해였다.

상황이 절박했기에 장원태는 무리를 할 수밖에 없었다.

"어서 그자를 불러오너라."

그의 말에 한 사내가 빠르게 갔다.

장원태는 기대했다.

과연 소문으로만 듣던 그의 수준이 어떨지.

그가 오면 장씨세가는 묵객을 포함해 백대고수 두 명을 보유할 수 있는 것이 아닌가.

그리하면 석가장도 이젠 두려워할 정도의 상대가 아니었다.

저벅저벅.

발소리를 들었을 때쯤.

생각에 잠겨 있던 장원태는 웅장하게 등장할 파불이란 자를 상상하며 고개를 들었다.

그런데…….

"너는 여기 웬일인가."

그곳엔 생각지도 못한 인물이 서 있었다.

"아… 가주님, 아… 가주님……."

그는 바닥에 주저앉아 울먹이기 시작했다.

그의 헝클어진 머리카락이 불길한 예감을 강하게 들게 했다.

"이 공자가… 납치되셨습니다!"

第十五章

당신이 부른 사람

"이게 무슨 소리냐! 누가 납치돼! 누가!"

장원태는 대전으로 들어오던 순간부터 장내가 떠나갈 듯 외쳤다.

고성을 지르는 것도 드문 일인데 얼굴이 붉어지고 눈이 충혈된 모습은 장로들도 거의 본 적이 없었다.

"이것부터 보시지요."

이 장로는 장원태에게 종이 한 장을 내밀었다.

그는 이 장로가 건넨 종이를 낚아채며 빠르게 내용을 읽어갔다.

처음 뵙겠소, 장 가주. 노부는 노야방. 강호에서 혈패수사라는 별호를 가지고 있소. 거두절미하고 용건만 말하겠소. 이 공자를 데려간 이유는 간단하오. 그대들이 소공자를 위협한 정황을 파악했기 때문이오.

"이놈들이……."

장원태는 손을 부들부들 떨었다.

다 읽지 않았음에도 치밀어 오르는 분노로 인해 말이 새어 나온 것이다.

곡해 마시오. 석가장의 소공자는 마음이 넓은 분이오. 이 공자를 데려간 것은 그때의 앙갚음을 하려는 것이 아닌 그저 혼을 좀 내주려고 한 것뿐이니까. 그러니 이 공자가 있는 위치도 그려놓지 않았겠소.

장원태의 시선이 밑에 그려져 있는 지도로 향했다.

낙선산(落線山)이란 곳이오. 상계의 사람이니 어디인지 알 게요. 이 공자를 찾고 싶거든 언제든 오시오. 참고로 사 장로도 함께 거하고 있으니 같이 보시면 될 거요. 보시오. 자, 이 정도면 우리가 앙갚음을 하려고 한 게 아닌지 아실 게요. 그럼 기다리겠소.

그는 덜덜 떨리는 몸을 부여잡고 힘들게 말을 꺼냈다.

"외총관!"

"예, 가주님."

한쪽에 사색이 된 얼굴로 서 있던 장태윤이 그의 앞으로 다가왔다.

"다시 한번 모두가 알 수 있게 자세히 말해보거라."

"예……."

장태윤은 침을 꼴깍 삼키며 어제 있었던 일을 자세히 설명했다.

"…혹시나 걱정이 되어 뒤를 따라가다 보니 이 공자의 혈흔이 있었고 이 공자는……."

"호위무사는!"

"따르지 않았습니다. 그러는 것이 대공자에게 더 사내답게 보일 거라고 하셨습니다. 그게 팽 대공자의 말이었고 그래서… 제가… 제 불찰입니다."

"하아!"

장원태는 깊은 숨을 몰아쉬었다.

지나치게 흥분된 마음을 가라앉히기 위해서였다.

지금에 와서 모두를 질책해 봐야 달라질 건 없다.

그보다 앞으로 어떻게 해야 할 건지가 더 중요했다.

"일 장로."

"예."

일 장로 장운이 장원태 앞으로 다가왔다.

"본가에서 낙선산을 아는 이가 누가 있는가?"

"련 아가씨입니다. 상단의 일로……."

그 말에 장우는 시선을 돌렸다.

"련이는 어딨나?"

"……."

"련은 어디 갔는가!"

장원태의 목소리가 다시 커지자 이번엔 황 노인이 나오며 말했다.

"아가씨는 잠시 묵객을 만나러 갔습니다."

"뭐?"

장원태의 눈썹이 올라갔다. 애써 누그러뜨렸던 노기가 치솟은 것이다.

그 순간 좌편에 앉아 있던 삼 장로가 일어나며 소리쳤다.

"이게 무슨 소린가! 지금 이 공자께서 납치된 상황에 아가씨를 혼자 보내? 네놈이 정신머리가 있는 것이냐!"

장원태보다 더 큰 고성이 장내를 쩌렁쩌렁 울렸다.

이전 사건으로 감정이 좋지 않은 삼 장로가 울화가 터진 것이다.

"머, 멀리 있다고 하지 않았습니다. 장씨세가의 외원이 보일 정도로 가까운 산 중턱에 있다고 해서……."

"네놈! 감히 지금이 어떤 상황이라고 말대답을 하는 것이냐. 지금 그것을 변명이라고 해!"

삼 장로의 목소리가 또다시 커지자 지켜보던 사람들의 표정도 급격이 어두워졌다.

엄밀히 따진다면 황 노인의 잘못이 아니다.

위계상 그가 장련을 말린다고 해도 그녀가 가겠다고 하면 막을 힘이 없다.

그런데도 상황이 상황인 만큼 그를 말리는 자가 없었다.

그리고 이번엔 장원태도 나서지 않았다.

"내 지금 당장 네놈의 다리를 분질러 놓겠다. 어디서 이름도 없는 맹 출신의……."

"그는 믿을 수 있는 자입니다."

삼 장로가 또다시 언성을 높이려 할 때였다.

한쪽에서 침묵을 지키던 사내가 입을 열고 나섰다.

그를 본 삼 장로의 눈이 커졌다.

나선 이가 바로 자신이 데려온 능자진이었던 것이다.

"능 대협, 외람되지만 지금 이 상황은 능 대협이 나설 자리가 아니오."

"압니다. 알지만 확신할 수 있기에 나선 것입니다."

"확신……."

"그가 있으면 안전할 겁니다. 묵객만큼인지는 모르겠지만 적어도 그는 저희 셋보다 믿을 수 있는 자입니다."

삼 장로가 난처한 표정으로 주춤거렸다.

능자진은 자신이 데려온 자다. 그가 저리 나서는 것에 대해 뭐라 해야 할지 말을 머뭇거렸다.

"모두 그만하거라."

그때쯤 장원태가 중재를 하며 나섰다.

조금 숨을 골랐는지 얼굴빛이 다시 본연의 빛으로 돌아와 있었다.

잠시 뒤 장원태는 긴 한숨을 내쉬며 대전을 나가 버렸다. 하지만 냉랭한 바람은 여전히 대전 안을 맴돌고 있었다.

＊　　＊　　＊

장원태가 대전으로 들어오던 그 시각.

장씨세가 뒷산을 오르는 남녀 한 쌍이 있었다.

산길은 험하지 않았다.

경사도 낮은 데다 사람의 발길이 잦았던 탓에 보통 사람도 쉽게 오를 수 있는 곳이었다.

"아!"

한 발짝씩 걸음을 옮기던 장련이 휘청였다.

터억.

광휘가 어깨를 들어 올리며 그녀가 중심을 잡을 수 있게 도와주었다.

"하아. 하아."

장련은 광휘의 어깨를 잡고는 한동안 움직이지 않았다. 그 모습에 광휘가 입을 열었다.

"진정하시오."

"네. 진정해야죠. 그래야죠."

말은 그러했지만 장련은 이미 무릎을 반쯤 굽히고 있었다.

척 보기에도 다리에 힘이 풀려 있었다.

지친 기색이 역력했다.

고작 반 각도 걷지 않았는데 호흡이 가빠지며 얼굴이 새파랗게 질려 있었던 것이다.

"살아 있겠죠?"

장련의 목소리는 어느 때보다도 가냘파져 있었다.

"죽이지는 않았을 거예요. 그럴 이유가 없을 거예요."

이 공자가 납치되었단 말을 들은 뒤 그녀는 한동안 말을 잇지 못했다.

그러다 묵객을 만나러 가야겠다고 생각해 이곳으로 온 것이다.

"어떻게 생각해요? 맹에 있었잖아요. 이런 경우도 있지 않았나요."

그녀는 고개를 들어 광휘를 바라봤다. 어떤 대답이든 해주길 원하는 표정이었다.

광휘는 장련의 시선을 받아들이다 가만히 입을 열었다.

"죽일 생각이었으면… 납치도 하지 않았을 게요."

"그렇겠죠?"

평소 말이 없던 광휘의 대답 때문이었을까.

광휘는 말에 장련은 이상하게 마음이 안정되었다.

그가 말한다고 달라질 것은 없는데 왠지 모르게 그런 기분이 들었다.

오라버니를 죽이지 않을 거란 생각이.

"오셨습니까?"

그때 올라가는 길목 쪽에서 죽립을 쓴 자가 천천히 걸어 내려왔다.

그를 보던 장련은 눈을 껌뻑거렸고 광휘는 말없이 자리에 서 있었다.

끼이익.

"모셔 왔습니다."

나무 잎새 소리와 함께 죽립을 쓴 사내가 문을 열고 들어왔다.

뒤이어 장련과 광휘도 모습을 드러냈다.

"먼저 앉으시지요."

묵객은 자리에서 일어서 원반 구조로 만들어진 탁자 옆, 의자 쪽을 손짓했다.

묵객은 장련이 자리에 앉고 광휘가 그녀 뒤에 선 모습을 확인한 다음에야 자신의 자리에 앉았다.

"미안하게 되었소. 내 석가장의 움직임을 주시하느라 이 공자의 사건을 조금 뒤늦게야 알게 되었소."

이에 장련이 물었다.

"석가장의 움직임을 주시하고 있었다면서 어떻게 오라버니가 납치되는 것을 모르실 수가 있는 건가요?"

"그건 내 수준에서 알 수 없었던 정보였소."

묵객은 장련을 향해 차분히 말을 이었다.

"그들은 이미 이 공자가 움직일 거란 사실을 알고 있었소. 그에 반해 나는 알지 못했소. 아니, 애초에 이 공자가 나가리라고 전혀 생각지 못했던 게요."

묵객은 처음부터 석가장에게만 신경을 쏟았다.

어차피 그들이 보유한 고수의 움직임만 파악하면 대처할 수 있는 여건이 나오기 때문이다.

그런 상황에서 예상치 못한 변수가 발생했다.

이 공자가 바로 그것이었다.

"저는 당신께 책임을 물으려는 것이 아니에요. 이번 일은 본가의 경솔함이 더 크니까요."

장련은 심호흡을 한 뒤 말을 이었다.

"지금 상황이 어떤지는 알고 계신가요?"

"조금 전 이유를 전해 들었소."

"그럼 길게 말하지 않을게요. 제가 궁금한 건 하나예요. 묵객께서는 오라버니와 사 장로를 구할 수 있으신가요?"

장련의 솔직한 속내였다.

중원을 흔들 정도로 위명이 자자한 묵객이니까 가능하지 않을까.

그가 홀로 오라버니를 구할 수 있다면 원점으로 되돌릴 수 있지 않을까 하는 것이다.

"흐으음……."

묵객은 길게 신음을 내뱉었다.

그에겐 평소에 짓는 미소가 보이지 않았다.

그가 이 사안을 어떻게 대하고 있는지 알 수 있는 부분이었다.

"소저, 이 문제는 조금 다르게 접근해 봐야 될 문제인 것 같소."

"네?"

"이들이 왜 이런 행동을 하게 됐는지 말이오."

묵객은 잠시 두 번의 호흡 정도를 침묵한 뒤 말을 이었다.

"애초에 그들이 이 공자를 납치한 목적이 뭐라고 생각하시오?"

"그거야… 오라버니를 인질로 잡고 우리를 겁박해 본 가를 무너뜨리려는……."

"전혀 아니오."

묵객은 시선을 들었다.

우측 창가, 어긋나게 덧댄 판자 사이로 들어온 빛이 묵객의 이마와 입술 부분만을 선명하게 비췄다.

"지도가 함께 왔소. 노야방, 혈패수사는 기관진식에 능통한 자요. 자신이 능력을 최대한 발휘할 수 있는 곳을 선택한 뒤 부르고 싶었던 게요."

"……."

"그들은 나를 잡으려는 것이 목적인 게요. 장씨세가에서 가장 드러나 있는 고수는 바로 묵객이니까."

"아……!"

장련은 순간 눈을 부릅떴다.

그의 말을 들으니 왠지 그럴지도 모른다는 생각이 들었던 것이다.

석가장은 노골적으로 위치와 장소를 알려주었다.

그리고 찾으러 오라는 얘기까지 했다.

정말 숨기고 이용하려는 의도였으면 그런 방법을 쓰진 않았을 것이다.

그들이 지금 향하고 있는 곳은 바로 눈앞에 있는 묵객이었다.

"죄, 죄송해요. 저는 그것도 모르고……."

장련은 어찌할 바 모르는 얼굴로 그를 바라보았다.

묵객은 그제야 숨겨왔던 미소를 드러냈다.

"하하하. 괜찮소. 노야방이 강호에 제법 이름을 떨쳤다고 하지만 칠객의 명성에 비해 한참은 떨어진다오. 내가 이런 사람이오, 소저."

갑자기 유쾌하게 변한 그의 모습에 장련은 답하지 못했다.

오라버니가 납치됐을 땐 오직 그를 구해야겠다는 생각했다.

그것 때문에 결국 그에게 큰 실례를 범한 것이다.

"여어… 형장, 오랜만에 보오."

묵객은 장련을 위해 화제를 돌릴 요량인지 광휘를 불렀다.

무뚝뚝한 표정으로 장련의 뒤에 서 있던 광휘가 그를 바라봤다.

"형장의 생각은 어떻소? 내가 노야방이 쳐놓은 기관진식을 뚫고 이 공자를 구해 올 수 있다고 보시오?"

광휘가 그를 바라봤을 땐 묵객은 밝은 미소를 띠고 있었다.

광휘는 잠시 시선을 아래로 내렸다.

그러고는 다시 묵객에게로 옮기더니 굳게 닫고 있었던 입을 열었다.

"고민하는 것을 보니 힘들 듯싶소."

"……!"

순간 묵객의 미간이 꿈틀댔다.

어감이 미묘하게 가슴속을 파고든 것이다.

말수가 적은 자라는 사실이 더욱 그의 신경을 자극했다.

감추려 했던 호승심이 크게 일었다.

"말씀하시는 것은 마치……."

어느새 가늘어진 눈빛을 띤 묵객이 광휘를 바라봤다.

"형장은 할 수 있다는 뜻으로 들리는 것 같은데… 내 말이 맞소?"

그 말에 광휘는 고개를 끄덕였다.

"할 수 있소."

"무사님."

그 말에 둘의 대화를 듣고 있던 장련의 고개가 획 돌아갔다.

묵객의 표정 역시 순간 일그러졌다 다시 돌아왔다.

할 수 있다는 광휘의 말이 두 사람을 당혹케 했던 것이다.

"하하하."

묵객이 큰 소리로 웃으며 숨을 크게 들이셨다.

잠시 뒤, 그는 광휘를 응시하며 말을 이어나갔다.

"과연. 형장의 그 당찬 기세가 참 맘에 드오. 뭐니 뭐니 해도 무인이라면 그런 배포가 있어야지."

광휘는 그의 말에 답하지 않았다.

이미 눈이 편한 쪽으로 시선을 돌린 상태였다.

"소저, 오늘은 일단 내려가시는 게 좋겠소. 내일 아침 제가 어떤 식으로든 결론을 내 연통을 날릴 테니까. 힘든 마음은 알지만 그때까지 기다려 줄 수 있겠소?"

"네, 그리하겠어요."

장련은 힘없이 말하며 자리에 일어섰다. 그러고는 광휘와 함께 처소를 나갔다.

"묵객 어르신."

조금 시간이 흘렀을 때였다.

벽에 기대고 있던 죽립을 쓴 청년, 담명(譚明)이 말했다.

"왜?"

"아침엔 분명 이 공자를 구하려고 하셨잖습니까. 저에게 낙선산이 그려진 지도를 구해 오라고 하신 것은 그 뜻이 아니십니까?"

"그랬지."

"그럼 왜 장련 아가씨께는 그리 말씀하지 않으시고……."

묵객이 웃으며 말했다.

"부탁한다고 넙죽 가겠다고 하면 내가 너무 없어 보이지 않으냐?"

"예?"

"자고로 여자는 말이다. 과한 도움은 좋아하지 않는다. 오히려 부담을 가지지. 보이지 않게, 그러면서 해결해 주는 남자, 그런 남자를 더 따르는 것이야."

입가에 미소를 머금자 담명의 표정이 굳어졌다.

묵객의 발언은 현 사안의 심각성을 전혀 인지하지 못하는 발언이었다.

"어르신, 지금 장난하실 상황이 아니지 않습니까. 한 세가의 공자가 납치된……."

"알아, 잘 안다."

묵객이 담명에게로 고개를 돌렸다.

"장씨세가에게 부담을 주지 않는 것이 최우선이다. 도와주겠다며 생색을 내는 것은 옳지 못한 방법이지. 도움을 주는 것보다 어떤 방식으로 도움을 줄지 더 생각해야 한다는 말이다."

담명은 더는 묻지 않았다.

늘 가벼운 모습만 봐서인지 잠시 착각했었다.

묵객의 가벼운 모습 뒤엔 뜻을 관철하는 협이 있는 것을 또다시 잊은 것이다.

그는 그런 사내였다.

그러니 자신이 이토록 쫓아다니는 것이 아닌가.

"하오문에 지시한 지도는 언제 받을 수 있느냐?"

"지금쯤 그곳에 들르면 지도를 건네줄 것입니다. 제가 받고 오겠습니다."

"아니."

묵객은 자신의 옷섶을 한 번 강하게 잡아당겼다. 그리고 등 뒤의 단월도를 점검하다 그를 향해 말했다.

"같이 가지."

"알겠습니다."

담명이 먼저 밖으로 나갔다.

묵객이 그런 그를 따라가려다 갑자기 멈칫했다.

조금 전 어이없는 상황이 떠올랐던 것이다.

"할 수 있다라."

묵객은 코웃음을 치며 고개를 저었다. 그러고는 읊조리며 거처를 나갔다.

"보면 볼수록 재밌는 사내군."

*   *   *

묵객을 만나고 돌아온 장련은 가주 장원태의 부름을 받고 집무실로 향했다.

장련이 낙선산으로 이동하는 표행길에 몇 번 참관했던 만큼 따로 지시할 것이 있는 듯했다.

잠시 뒤 그녀가 가주의 집무실에서 나왔을 때 날은 어두워져 있었다.

장련은 기다리고 있던 광휘와 함께 거처로 이동했다.

사박. 사박.

광휘는 거처 안으로 들어온 뒤 어색함을 느꼈다.

꽤 오랜 시간 이렇게 사방이 막힌 방 안에서 누구와 함께 있었던 적이 없었던 것이다.

특히나 더 어색했던 것은 장련의 표정이었다.

그녀는 의자에 앉은 뒤 아무런 말을 하지 않았다.

탁자 한쪽에 놓인 호롱불만 끊임없이 바라보고 있었다.

광휘는 꽤 무거워진 분위기에 자리를 피하려고 몸을 돌렸다.

그러던 그때 장련의 목소리가 그의 발길을 붙잡았다.

"왜 오라버니가 대공자를 만나러 갔을까요?"

"……."

"시일이 너무 촉박했어요. 위험 요소도 많았죠. 그런데 굳이 거길 갔어요. 아무리 팽가에게 도움을 청할 기회가 그 순간밖에 없었다고 해도 말이에요."

광휘는 슬쩍 그녀를 바라봤다.

그녀는 여전히 호롱불을 응시하고 있었다.

"오라버니는 현명한 사람이에요. 과거 석가장에서 연회를 열 때도 불길한 느낌을 제일 빨리 알아챘죠. 그런 오라버니가 왜 거길 갔을까요. 그것도 혼자서……."

"어쩌면… 소저 때문일지도 모르겠소."

광휘가 입을 열었다. 장련의 고개가 돌아왔다. 대답하리라고 생각도 못 한 부분이고, 말 또한 이해가 되지 않았다.

"그게 무슨 말인가요? 저 때문이라뇨?"

"소저가 묵객을 데리고 왔지 않소."

장련은 한동안 말을 잇지 못했다.

그렇다.

그러고 보면 그럴 수도 있었다.

현명한 만큼 자존심도 강한 이 공자다.

그리고 그는 위기 상황의 장씨세가에 아무 타개책을 마련하지 못했다.

장련이 묵객을 데려오는 동안에.

"저 때문에… 저 때문이었군요."

장련의 눈동자가 흔들렸다.

"제가 묵객을 데려왔기 때문이군요. 하긴 그러네요. 오라버니도 무언가를 하고 싶었을 테니까. 현명하지만 책임감도 강하니까."

장련의 목소리에는 힘이 없었다.

가냘픈 목소리가 더 가냘프게 들릴 만큼.

"만약에 말이죠. 제가 묵객을 데려오지 않았다면 어땠을까요? 지금쯤 오라버니가 잡혀 있을까요? 아님 본가에 남아 있을까요?"

광휘는 침묵했다.

이 상황에서 어떠한 말을 해야 좋을지 그로선 알지 못했다.

"무사님, 아버지가 고수 한 분을 더 데려왔대요."

"……."

"이번에도 백대고수래요. 소림사의 직전제자 출신으로 강남에서는 무려 일권이라는 칭호를 받았다고……. 어제 말씀드렸죠? 그 구룡표국이라는 곳. 그곳 사람이래요."

광휘는 이번엔 대답할 수 있었다.

그녀가 무슨 말을 하는지 이제야 깨달은 것이다.

"좋은 소식이구려."

그래서 생각했다. 고수를 데려왔으니 잘된 것이라고.

"그럼 이제 우리도 석가장과 싸우면 이길 수 있는 건가요? 백대고수라 불리는 분들이 두 분이 있잖아요. 이젠 아무런 걱정을 안 해도 되는 거죠?"

장련은 밝게 웃었다. 하지만 이내 그 웃음은 서서히 지워졌다.

그리고 한동안 정적이 흘렀다.

문밖의 바람 소리가 들릴 정도로 두 사람은 꽤 오랜 시간 동안 침묵을 지켰다.

"무사님."

장련이 광휘를 향해 몸을 돌렸다.

"무사님, 우리에게도 고수가 있었으면 좋겠어요."

광휘가 묵객을 거론하려고 할 때 장련이 재차 말을 이었다.

"백대고수 말고요. 정말로 강한 고수 말이에요. 그 존재만으로도 아무도 건들 수 없는. 옆에 있다는 것만으로도 누구도 함부로 할 수 없는 그런 고수가."

"……."

"그런 고수가… 우릴 지켜줬으면 좋겠어요."

어둠 속 옅은 불빛이 그녀를 감정적으로 변하게 만들었을까.

장련의 눈가에 눈물이 서서히 고이기 시작했다.

"그러면 석가장도 이렇게까지 하지 않을 거잖아요. 이런 식으로 납치 같은 것은 하지 않을 거잖아요."

결국 그녀는 눈물을 흘리고야 말았다.

복받친 감정이 무너진 둑처럼 무너져 내린 것이다.

"그런데 알아요. 그럴 리가 없다는 사실을. 그런 대단한 사람이 우리 장씨세가를 왜 지켜주겠어요. 아무런 인연도 없는데요."

"……."

"그렇잖아요. 그런 대단한 사람이 본 가를 지켜줄 리가 없잖아요. 그죠, 제 말이 맞죠?"

광휘를 더는 그녀에게 눈길을 주지 않았다.

이미 한쪽의 진열된 책장으로 시선을 돌린 채로 서 있었다.

"미안해요. 제가 좀 바보 같을 때가 있어요."

장련이 눈물을 훔쳤다.

씩씩해지려고 이를 악물었다.

이 상황에서 약해지면 놀림감밖에 되지 않는다.

자신이라도 나약해지지 않아야 했다.

"전쟁이 그치고 나면……."

침묵하던 광휘가 입을 열었다.

장련의 눈동자가 돌아오자 광휘가 재차 말을 이었다.

"이 전쟁이 그치고 나면 정작 세가에 도움이 되는 자들은 소저 같은 사람들이오. 나 같은 무인들이 아니라."

"…제가요?"

광휘는 눈짓으로 옆을, 서책이 가득 꽂힌 책장을 가리켰다.

서책의 두께도 그렇지만 이름도 범상치 않은 수많은 책이 빽빽이 꽂혀 있었다.

인두세(人頭稅), 화폐, 관수품, 역학(譯學), 객주(客主), 보부상이란 글귀가 보였다.

상계 쪽 집안답게 그녀가 그간 지금껏 무엇을 해왔는지를 알 수 있는 대목이었다.

"나는 기억력이 좋지 않소. 사람들도 원만하게 사귀지 못하오. 그리고 좋은 물건이 있어도 어디에 쓰는 물건인지 어떤 가치가 있는 것인지 모르오. 통역도 못 하고 돈도… 거의 없소."

"……."

"그런 내가 당신보다 나은 것이 있다면… 아마 칼 쓰는 것 정도뿐일 것이오."

광휘는 말하고 싶었다.

할 줄 아는 것이 많이 없다는 걸.

그저 어릴 적부터 배운 것이 칼 쓰는 것뿐이라 이것만 하고 산다는 걸.

"그리고 한마디만 더 하겠소."

광휘가 몸을 그녀의 방향으로 돌렸다.

"황 노인이 하인으로 들어오는 데 소저가 누구보다 적극적이었다고 들었소."

장련은 내원을 돌던 중 갑자기 물어왔던 그의 질문을 떠올렸다. 큰 죄를 짓고 나간 황 노인이 어떻게 들어올 수 있었는지에 대한 물음이었다.

"그게 왜요?"

"당신은 묵객만을 데려온 것이 아니란 소리오."

"네?"

장련은 눈을 껌뻑였다.

무슨 소리인지 한 번에 이해하지 못한 것이다.

광휘가 처음으로 장련과 시선을 맞췄다.

그러고는 그녀를 뚫어져라 바라보며 입을 열었다.

"결국 당신이 부른 것이오."

"……."

"나란 사람을."

『장씨세가 호위무사』 제1막 2권에서 계속…

外傳 一

오래된 이야기

광희 편 一

천중단.

총 참가 백팔 명.

사파 척결단: 오십육 명

생존자: 다섯 명

—명호(明湖), 방곤(方坤), 웅산군(熊山君), 구문중(求門重), 염악(閻嶽)

최종 생존: 없음

살수 암살단: 오십이 명

생존자: 두 명

—광휘(光輝), 단리형(段里形)

최종 생존: 한 명

—단리형(段里形)

스으윽.

밀지에 쓰인 글귀를 내려다보던 개방 방주 유사공(流絲空)이 눈을 찌푸렸다.

입을 꾹 다문 채로 한참을 바라보던 그가 고개를 들었다.

"무슨 의미요?"

"보시는 대로입니다."

맞은편에서 노쇠하고 칼칼한 음성이 들려왔다.

깊숙이 눌러쓴 갓 밑으로 낭창낭창하게 뻗은 긴 수염.

귀밑에 언뜻 보이는 흰머리가 자못 유장한 느낌을 자아내는 노인이었다.

"한 총관, 지금 내가 뭘 묻는지 정말 모르시겠소?"

불쾌해진 개방 방주의 시선이 날카롭게 변했다.

그럼에도 한 총관이라 불린 노인이 침묵으로 일관하자 결국 유사공이 밀지의 한 지점을 찍었다.

'생존자 한 명'이라 쓰여 있는 부분을 가리킨 그가 고개를 들었다.

"왜 한 명인 게요?"

"……."

"왜 한 명이냐고 묻지 않소!"

쾅! 닥닥닥.

강하게 내려친 탁자가 부서질 듯 흔들렸다.

탁자 받침이 이가 나간 듯 한참 동안을 요동치다 천천히 멎었다.

정적이 찾아올 때쯤 맞은편 노인, 한진걸(漢眞傑)이 입을 열었다.

"그래서 부탁드리려고 온 것입니다, 방주."

"이보게, 총관!"

스윽.

유사공의 언성이 더욱 높아지는 순간 한진걸은 쓰던 죽립을 벗어 탁자 위에 살며시 올려놓았다.

그러고는 내렸던 고개를 천천히 들었다.

"……!"

화가 머리끝까지 치솟았던 유사공의 눈썹이 노인의 모습을 보고 짧게 흔들렸다.

눈을 감고 있는 총관의 얼굴은 예전과 뭔가 눈에 띄게 달라져 있었기 때문이다.

"한 총관? 자네 설마……."

"저부터 지웠습니다."

그리고 천천히 전해져 오는 충격이 유사공의 뒷덜미를 강타했다.

한진걸은 눈을 감은 것이 아니었다. 그의 눈두덩이가 움푹 파여 있는 것이, 눈알이 뽑혀 나간 듯했다.

"더 이상 더러운 꼴을 보지 않으려, 저부터 실행에 옮겼습니다."

"이보게……."

"부탁드립니다. 맹주는 가장 높은 곳에서 빛나야 하는 자리입니다. 그 빛이 더 밝게 빛날 수 있게 해주십시오. 방주께서는 제 마음을 아시리라 믿습니다."

"허어……."

유사공은 긴 탄식을 내뱉었다.

맹의 총관인 그가 자신부터 지웠다는 말. 그리고 맹주를 더욱 빛나게 해야 한다는 말이 무슨 의미인지 알 것 같았다.

그건 아마도 '저 사람'에 관련된 정보 역시 모두 지워야 한다는 각오를 드러내는 것일 터였다.

"이는 감정으로 접근할 수 있는 것이 아님을 알 걸세."

유사공이 하대를 하며 거부 의사를 분명히 했다.

"백번 양보해 사파 척결단의 생존자를 지우는 것까진 이해해 보겠네. 하지만 천중단 단장은 아니야. 광휘는 중원 전체를 구했어. 그런데 그의 존재 자체를 지운다고? 천중단 대원들이 그가 이런 취급을 받고도 가만히 있겠는가? 같은 천중단 소속이 아닌 이 늙은 거지도 피가 끓거늘!"

유사공은 긴 말을 내뱉으며 쾅! 탁자를 후려갈겼다.

"방주께서 도움을 주시면 가능하지 않습니까?"

"총관! 선을 지키게. 어디 나한테까지 정치질인가!"

"방주, 정치질이 아니라 천중단을 위해섭니다."

이제 총관은 책상에 닿도록 머리를 숙였다.

"천중단의 한 명은 반드시 맹주가 되어야 합니다. 그래야 죽은 대원들에 대한 보상, 나아가 그 가족들까지 도울 수 있습니다. 만약 그들이 아닌 다른 이가 맹주가 된다면……."

"……."

"이름을 세워주려다 오히려 위험하게 만들 수 있습니다. 맹이 어찌 돌아가는지 아시지 않습니까. 지금의 영수들은 천중단의 업적을 폄하하려고 할 터. 결국……."

"이런."

유사공은 손을 들어 눈을 덮었다.

과거의 영광을 칭송하는 사람이 많을수록 오늘을 살아가는 사람들에게는 독으로 작용한다.

유사공 자신은 가볍게 넘겼던 부분을 총관 한진걸이 정확하게 지적하고 있었다.

천중단이 아닌 자가 맹주가 되면 분명 예전의 영웅들이 이루었던 업적을 축소하거나, 멋대로 왜곡시킬 수도 있는 일이다.

"솔직히 얘기해 보게."

한참을 속으로 이것저것 헤아려 보던 유사공이 침중한 얼굴을 들었다.

"결국 이 역시 맹의 자존심을 위해서인 게지?"

"…무슨 말씀이신지?"

"사실 최초에 맹주직을 제안받았던 것은 광휘 단장이 아닌가."

꿈틀.

한진걸의 눈알 없는 눈이 가늘게 경련을 일으켰다.

"자네도, 나도 알지 않나? 애초에 그가 천중단에 들어왔을 때 얼마나 많은 시비가 있었는지. 출신이 한미하다는 이유로 보이는 곳, 보이지 않는 곳에서 갖은 모멸이 다 있었네."

"……"

"살수와의 전쟁을 끝내 버렸어. 평소 그를 고깝게 보던 놈들도 그제야 머리를 낮추고 예를 갖추어야 했겠지. 하지만!"

유사공의 얼굴이 일그러졌다.

"맹주직을 거절하자 또다시 숨겨왔던 저열한 본색을 드러낸 게지! 아주 꼭지가 돌아버린 게야!"

"방주, 그건……."

"지긋지긋했을 테지! 아무리 죽이려고 사지로 몰아도, 끝끝내 살아서 돌아왔으니까! 오히려 불가로 판정 난 임무까지 수도 없이 깨뜨리고 더욱 이름을 얻었지! 심지어 천중단 대원들의 마음을 모두 사로잡고 단장까지 되었으니!"

쿵!

유사공은 열불이 터져 언성이 찢어질 듯 올라갔다.

"그렇게 밑에 두고 부리려던 하급 무사! 강호인 모두가 선망하는 자리에 오르고! 제 놈들이 목숨을 거는 그 자리를 아무것도 아닌 것처럼 걷어차 버렸다! 여기에 그자들이 자존심이 상한 것 아닌가! 내 말이 틀린가, 총관!"

"후우……."

총관은 괴로운 탄식을 내뱉었다. 그러고는 천천히 고개를 끄덕였다.

"방주께 거짓말을 할 필요는 없지요. 솔직히 그런 이유도 있었습니다."

"대체 맹이 뭐 하는 곳인가! 협(俠)을 지키고 나아가 중원을 지키는 곳이 아니던가! 목숨을 걸고 가장 사선(死線)에서 적들과 싸워온 군웅에게 어찌 이따위 대접을 해!"

쾅! 쾅! 쾅!

한진걸은 긍정했지만 유사공은 되레 폭발했다. 그는 이제 격정을 이기지 못하고 마구 탁자를 후려갈겼다.

"참으로 맞는 말씀입니다. 눈이 똑바로 박히지 못한 자들이나 할 짓이지요."

"이!"

멈칫!

유사공은 또다시 쏘아붙이려다 움찔댔다.

한진걸의 얼굴에 시선이 고정되자 떠오르는 무언가에 경직된 자세로 멈춘 것이다.

"후우……."

이내 뼈아프게 한숨을 내쉬었다.

한진걸이 어떤 사내인지는 그도 안다.

그래서 더욱 분노했다. 맹의 다른 이는 몰라도 그마저 이런 부정에 눈감을 줄은 몰랐기에.

한데 이제 보니 한진걸은 자신보다도 더 이 일을 부끄럽게 여기고 있었던 모양이다.

아마도 그가 스스로를 지운다며 자기 눈을 뽑아버린 것에는, 맹에 대한 그런 자괴감 또한 있었을 터.

"단리형… 그는 하겠다 하던가?"

유사공이 물었다.

이제 그의 어투에는 힘이 빠져 있었다.

"설득해야지요."

"이 사안에 대해선 모르고?"

"그렇습니다."

"하긴. 알면 맹주직을 절대로 받지 않을 사람이지."

유사공은 시선을 창가 쪽으로 돌렸다.

선택은 쉽지 않았다.

받아들이면 광휘에게 씻지 못할 잘못을 저지르는 것.

하지만 거부하면 한진걸의 말대로 천중단의 마지막 생존자와 그들의 유족마저 위험하게 할 수 있었다.

"하겠네."

"감사합니다."

유사공의 말에 한진걸은 긴 한숨을 내쉬었다.

"단 그냥은 안 돼. 그의 동의 없이는 할 수 없네. 우선 그의 승낙을 받고 오게."

"이미 승낙하셨습니다."

"…뭐?"

한진걸의 말에 유사공의 눈이 커졌다.

"직접 그러던가? 광휘 단장이?"

"예. 자신은 아무래도 상관없다고……."

한진걸이 말끝을 흐리자 유사공의 눈빛도 가라앉았다.

상관없다.

역시 그다운 말이었다.

"내가 생각이 짧았구나. 그래, 그랬겠지. 그러면 어디에도 얽매이기 싫어서. 그리했을 게 당연했거늘."

그는 또 한 번 긴 한숨을 내쉰 뒤 한진걸에게 물었다.

"어디로 간다던가?"

"어제 말도 없이 떠나서서 본 사람은 없습니다. 언질 하나 남기지 않으셨습니다."

유사공은 힘없는 시선을 바닥으로 내렸다.

이미 쌀이 익어 밥이 된 형국이다.

막을 수도, 저지할 수도 없이, 이미 정해진 상황을 그저 따를 수밖에 없다는 것이 참으로 스스로를 무력하게 느끼게 했다.

"시간을 좀 주게. 내가……."

"알겠습니다. 하지만 가급적 서둘러 주십시오. 제가 이 자리를 잡고 있는 것도 오래는 안 될 테니까요."

그 말을 끝으로 한진걸은 물러났다.

유사공은 먹먹한 얼굴로 자리에서 일어나 창을 열었다.

덜컥.

닫힌 문을 열고 누군가 걸어왔다. 유사공을 호위하는 죽(竹) 호법이었다.

"참… 은퇴하기 좋은 날이로군."

"방주, 은퇴라니요……."

"거지도 낯짝이 있는 법이다. 해서는 안 될 일을 하고도 어찌 뻔뻔하게 얼굴을 들고 살겠나? 누구는 제 눈알까지 파내고 직위를 물러나는데 말이다."

"……."

죽이 잠시 유사공을 바라봤다.

말은 없었지만 그는 방주가 말한 자가 총관임을 알고 있었다.

죽이 목소리를 낮춰 물었다.

"후개는 누구로 하실 겁니까."

"능시걸."

"방주, 그는 후계 중 나이가 가장 많지 않습니까. 차라리……."

"그 아이로 하라."

유사공이 고개를 돌려 죽을 바라보며 말을 이었다.

"광 단장이 본 유일한 후계였다."

"아……."

"언젠가 그가 우리를 찾는 일이 있다면… 단번에 알아볼 수 있을 테지. 뭐. 오늘의 빚을 갚을 기회도 될 테고."

유사공은 다시 창가로 고개를 돌렸다.

그의 얼굴에는 지난 칠 년간.

수많은 피를 흘리며 싸웠던 광휘의 모습이 투영되고 있었다.

'부디 이제는 편히 살길 바라네, 광휘 단장. 더는 그 싫어하던 피도 보지 않고…….'

*   *   *

광휘의 걸음이 멈췄다.

한 달 동안 쉬지 않고 걷다 드디어 목적지에 당도한 것이다.

그의 눈앞에 낡아버린 집 하나가 보였다.

문짝도 반쯤 뜯겨 나가 있었고 집 옆의 회화나무의 나뭇잎이 집의 일부분을 뒤덮고 있을 정도로 관리가 오랫동안 되지 않은 곳이었다.

'이쯤이 좋겠군.'

주변을 둘러본 광휘는 한 곳으로 걸어갔다.

집 우측, 화단을 만든 곳처럼 발목 높이만큼 굴곡이 진 공간이었다.

터억. 턱.

광휘는 들고 왔던 긴 목함과 어깨에 멘 봇짐을 내려놓았다.

콱콱콱.

그러고는 모래가 쌓인 곳에 구덩이를 파기 시작했다.

좌르르륵.

한참을 파낸 뒤 광휘가 봇짐을 펼치자 십여 권의 서책들이 우수수 쏟아져 나왔다.

바닥에 널브러진 책자들을 바라보던 광휘는 한동안 움직이질 않았다.

"살수 암살단 대원들은 모두 들거라!"

구 년 전, 살수 암살단이 창설되던 해.

모든 대원이 앉아 있던 공터에서 총교두로 임명된 사내가 외쳤다.

"자신이 가진 최고의 무공을 조장에게 맡긴다. 살아 돌아오는 자는 가져갈 것이고, 돌아오지 못하면 어떻게 쓸지는 본인의 판단에 맡기마."

대원들 앞에는 각기 백지로 된 두툼한 서책이 놓여 있었다.

아마도 이 책에 비전 절기를 기록하라는 뜻일 테다.

"가문의 비전을 어떻게 유출하란 말입니까?"

앞쪽 줄에 있던 한 대원이 이유를 물었다.

광휘 역시도 의문이었다.

비전 절기를 왜 조장에게 맡기는지에 대해.

"이미 구대문파와 오대세가가 동의한 일이다. 판단은 그대들에게 맡기겠다. 난 그저 전달을 했을 뿐."

"말도 안 되는 소리를……."

"허, 기가 차는군."

당연히 총교두라 불리는 자는 대원들을 이해시키지 못했다.

광휘 역시 이해하지 못했으니.

대원들의 반발 때문인지 예상대로 각 조의 대원들은 조장이란 자에게 절기를 제대로 건네지 못했다.

물론 형식적으로 건네주기는 했었다.

단지 그 안에는 각 문파와 세가의 절기들이 없었을 뿐.

'소림오권(少林五拳)…….'

지금 광휘의 손에는 한 권의 비급이 들려 있었다.

자신이 조장이 되고 처음으로 비전 절기를 건넨 자가 바로 혜승 선사였다.

"이건 가짜가 아닙니다."

광휘는 이해하지 못했다.
다름도 아닌 소림을 대표하는 고수가 자신에게 이것을 주는
이유가.

"굳이 말한다면 그냥이랄까."

광휘에겐 그는 변덕스러운 자로 보였다.

"전문적으로 무공을 배우지 않은 조장에겐 무엇보다 이것이 필
요할 것입니다."

다른 대원들과 다른 점이라면 그 변덕이 자신에겐 호의로 다
가섰다는 것뿐.

"도움이 될 것입니다. 분명히."

소림오권.
달마대사가 용과 호랑이, 표범, 뱀과 두루미의 동작을 본떠서
만들었다는 권법.

현존하는 거의 모든 중원의 권법들이 이곳에서 파생되었다고 할 만큼 소림사의 집대성 무학이라는 데는 이견이 없었다.

"대원들도 언젠가 알게 될 거라 생각합니다. 왜 소승이 그대를 믿고 이걸 건넨 건지."

광휘는 소림오권이라 쓰여 있는 책을 구덩이에 가장 먼저 집어넣었다.
그러고는 다시 손을 뻗어 하나의 비급을 잡았다.
매화검법(梅花劍法)이었다.

"그리 빤히 볼 필요 없소."

화산파, 홍안의 노인이라 불리는 백건악이란 자였다.
그는 대원들 중에서도 자신에게 가장 적대감을 보였던 자였다.

"명색이 강호를 위한 일이라 주는 거니까. 처음 볼 때도 말했지만 난 당신 같은 자들을 매우 싫어하오."

그렇기에 대답은 항상 거칠었다.

"나와 급이 맞으려면 뭐라도 배워야 할 게 아니오. 귀한 것을 건네는 것이니 죽도록 노력하시오."

백대고수 백건악이란 자는 마지막까지 거만했다.

그럼에도 그의 얼굴이 선명히 떠오르는 것은 아마도 항상 그와 같이 다니던 백무심 때문일지도 몰랐다.

그는 말을 하지 못하는 농아(벙어리) 검수였지만 항상 자신을 향해 웃으며 예를 갖추었다.

스스슥.

광휘는 또 하나를 집어 들었다.

태극혜검(太極慧劍)이었다.

"이번에 커다란 도(刀)를 만들었다고 했지요?"

긴 눈썹을 휘날리며 조곤조곤 말을 건네는 중년인.

무당파 장후(張厚) 도장이었다.

"그래서 주는 겁니다. 큰 도는 움직임이 느린 만큼 사량발천근이란 수법이 꽤 요긴하게 쓰일 것 같아서. 익힐지 어떨지는 조장의 능력에 달린 거겠지만요."

슥슥슥.

강호에 유명한 절기들이 그의 손에 들렸다 구덩이로 들어갔다. 그러다 오호단문도(五虎斷門刀)의 서책을 들던 광휘가 자기도 모르게 멈칫했다.

'팽진운(彭眞運)······.'

광휘는 잠시 눈가를 찡그렸다.

천중단 단장이 되기 전, 칠 조 마지막 조원이었던 사내.

그는 누구보다 용감했고 거침이 없었던 자였다.

"조장, 만약 내가 이번 임무 때 죽는다면 이 무공을 한번 꼭 보셨으면 하오. 최근에 깨달은 심득을 넣어놓았으니 조장에게 분명 도움이 될 거요."

"문파의 비기를 이리 줘도 되는 것이냐?"

"부담 가질 것 없소. 이건 본 파에 있는 진본도 아니고 내가 내키는 대로 만든 주석이니까."

광휘는 고개를 저었다.

"팽가의 도를 내가 쓸 일은 없지 싶다만. 진운."

광휘는 쓸쓸한 표정을 지으며 말을 내뱉었다.

처억.

모든 무공서를 집어넣은 광휘는 헤집어놓은 모래를 붓기 시작했다.

어느 정도 땅이 다져지자 이후 들고 왔던 목함을 들어 그 위에 조심히 내려놓았다.

그 뒤 근처에서 쓸 만한 돌을 찾아 그 위에 올려놓았다.

'술도······.'

모든 것을 다 마치고 나니 심히 술에 대한 갈증이 몰려왔다.

이런 쓸쓸한 날엔 아무래도 마셔야 할 것 같았다.
한두 병이 아닌.
아마 한 됫박은 준비해야 할 것 같았다.

外傳 完.

장씨세가 호위무사 도움말

　―맹(盟): 무림맹, 강호의 정의를 위해 구파일방을 필두로 한 무림 연합체가 만든 최고의 단체.

　―인명록: 사람의 이름을 기록한 책. 주로 세가 크고 사람이 많은 집안에는 이런 인명록을 반드시 둔다.

　―중원: 중국 문화의 발원지.

　―죽립: 대나무로 만든 삿갓.

　―장포: 긴 외투.

　―귀보: 귀중한 보물.

　―자단목: 암적색의 튼튼한 재목.

　―당(堂): 궁궐이나 궁궐처럼 큰 건물.

―각반: 발목 보호대.

―기형검: 형상이 일반적이지 않은 검.

―보(步): 한 걸음.

―자, 척: 약 30㎝

―촌(寸), 치: 3㎝

―표주박: 조롱박을 반으로 쪼갠 박.

―채주: 산적의 우두머리. 중세 중국에서는 한 개 산을 주름 잡은 도적들이 OO채 등등으로 산채의 이름을 붙였다.

―연납: 무른 납. 성형하기가 쉬워 검의 무게중심을 잡는 데 자주 쓰인다.

―아명: 어릴 때 이름.

―자(字): 성인이 되었을 때 이름. 스승이나 친인들이 그에게 '이리이리 정진하라'는 의미로 붙여주는 것으로, 유생들은 특히나 자를 부르는 것을 상대를 더 존중하는 것으로 여겼다.

―본명: 부모님이 지어준 이름.

―호(號): 편하게 부르는 이름.

―가가(哥哥): 다정하게 부르는 말.

―호사가: 소문이나 후일담 등을 말하기 좋아하는 사람. 돈이나 밥을 얻어먹으며 이야기를 파는 매화자를 말하기도 한다.

―도부꾼: 물건을 가지고 이곳저곳 돌며 장사하는 사람.

―회자정리 거자필반: 만나면 헤어지고, 헤어지면 다시 만난다. 인생무상, 욕심이 없다는 것을 빗대어 씀.

―발도술: 칼집에서 칼을 빠르게 빼는 기술. 납도해 두었던 도

를 뽑는 순간 가장 강력한 일격을 뿜어낸다. 단거리달리기에서 몸을 움츠렸다 발을 박차는 순간이 가장 빠른 걸 생각하면 된다.

—무당파: 구대문파 중 하나. 권, 검법으로 유명한 문파.

—장강수로채: 장강을 끼고 노략질을 일삼는 수적 무리.

—장강: 길이가 6,000㎞ 이상, 중국의 상해 지역에서 중국 중심을 관통하여 흐르는 강.

—해남파: 중국 남쪽 끝 해남도에 위치한 문파.

—외문기공: 차력사들처럼 근육을 단련시키는 무공.

—권각술: 주먹과 다리를 쓰는 기술.

—무명(無名): 이름이 없는 사람.

—자형관: 관문이나 요새가 설치되어 있는 곳.

—소리장도: 웃음뒤에 칼을 감추고 있다는 뜻.

—대협과 소협에 대해: 자신보다 연배가 높거나 명성이 높은 사람에게 예의상 대협이란 말을 건넴. 그와 반대로 자신과 동등하거나 나이가 작은 사람에겐 소협이라 함. 본시는 의로운 협행을 한 사람들을 말하지만, 실은 주먹 좀 썼다는 사람들을 존중해 주는 의미에서 다 이렇게 부르곤 했다. 현대에서 어디 들어가면 '어서 오십시오. 사장님'이라고 무조건 사장 되는 것과 같다.

—강남, 강북, 강서, 강동: 여기서 강은 장강의 강(江)으로 중원에서도 중심인 곳. 장강을 기준으로 동, 서, 남, 북으로 나뉜다.

—산서, 산동: 이건 태행산이라는 산을 기준으로 동, 서로 나뉜다.

—광동, 광서: 중국 남쪽 광남의 동로(東路)와 서로(西路)를 기

준으로 나눈 지역.

　―흑도: 사파 중에서도 사악한 길을 걷는 자들.

　―명호(名號): 유명한 별명.

　―마차에 관해: 성도의 최고 직책은 군사를 부리는 도지휘사(우리나라로 치면 시장).

　―역참: 말을 갈아타는 곳. 주로 파발이라고 하여 나라의 일을 전달할 때 이용하는 곳.

　―피풍의: 한마디로 바람막이용 옷.

　―다관: 주전자.

　―다기: 찻잔.

　―상단: 상회의 집단. 큰 무리.

　―상회: 개인이나 작은 상인 집단.

　―연해: 육지와 가까이 있는 바다.

　―내지: 해안이나 변두리의 안쪽 지역.

　―피복: 두건, 장갑 신발 등 몸에 착용되는 모든 것(흑의인이라 하면 머리부터 신발까지 전부 검은색).

　―견의: 비단 중에서도 귀한 옷.

　―분재: 나무를 화분 따위의 곳에 심어 가꾸는 일.

　―관목: 보통 사람의 키보다 낮은 나무.

건물 상식

　―전(殿): 궁궐 내 중요 건물, 공식 업무 수행.

―당(堂): 입살 업무.

―각(閣): 전과당을 보조하는 기관.

―루(樓): 2층 이상의 고층 건물.

―정(亭): 사방이 트인 건물.

―장(莊): 지역 유지(토호 세력).

―전표: 전장에서 쓰이는 금전수표.